dtv
Reihe Hanser

Anneli Tullgren, als Jugendliche verurteilt wegen Mordes an ihrem Mitschüler Hilmer, ist aus der Haft entlassen. 13 Jahre sind seit dem Mord vergangen. Hilmers Tochter Tove will den Tod ihres Vaters rächen. Doch bevor sie selbst tätig werden kann, wird sie Zeugin eines Überfalls, bei dem Anneli schwer verletzt wird. Tove behauptet gegenüber Kommissar Fors, sie sei die Täterin. Doch Fors durchschaut das Mädchen schnell. Er hat einen anderen Verdacht ...

Mats Wahl, 1945 geboren, lebt als freier Schriftsteller in Stockholm. Er hat über 40 Bücher veröffentlicht, darunter Romane für Kinder und Jugendliche, Theaterstücke, Drehbücher und pädagogische Fachbücher. Für seine Romane bekam er zahlreiche bedeutende Auszeichnungen, u. a. den Deutschen Jugendliteraturpreis für ›Därvans Reise‹ (dtv 62013). Drei Fälle mit Kommissar Fors sind in der *Reihe Hanser* bereits erschienen: ›Der Unsichtbare‹ (dtv 62164), ›Kaltes Schweigen‹ (dtv 62244) und ›Kill‹ (dtv 62277).

Mats Wahl

Die Rache

Aus dem Schwedischen von
Angelika Kutsch

Deutscher Taschenbuch Verlag

Das Gedicht auf S. 206/207 ist zitiert nach
© William Butler Yeats, Die Gedichte.
Neu übersetzt von Marcel Beyer, Eva und Mirko Bonné,
Gerhard Falkner, Norbert Hummelt, Christa Schuenke,
erschienen 2005 in deutscher Übersetzung
im Luchterhand Literaturverlag, München,
einem Unternehmen der Verlagsgruppe Random House GmbH.
Abdruck mit freundlicher Genehmigung.

Das gesamte lieferbare Programm der *Reihe Hanser*
und viele andere Informationen finden Sie unter
www.reihehanser.de

In neuer Rechtschreibung
April 2009
Deutscher Taschenbuch Verlag GmbH & Co. KG,
München
© 2005 Mats Wahl
Titel der Originalausgabe: ›Återkomst‹
(Brombergs Bokförlag, Stockholm)
© 2007 der deutschsprachigen Ausgabe:
Carl Hanser Verlag München
Umschlagbild: Peter-Andreas Hassiepen
unter Verwendung eines Bildes von Corbis/zefa/Mika
Gesetzt aus der Stempel Garamond 10,75/13˙
Satz: Satz für Satz. Barbara Reischmann, Leutkirch
Druck und Bindung: Druckerei C. H. Beck, Nördlingen
Gedruckt auf säurefreiem, chlorfrei gebleichtem Papier
Printed in Germany · ISBN 978-3-423-62396-4

1

Die Frau, die zwischen zwei Mädchen den Marktplatz überquerte, hatte bleigraues Haar. Es war zu einem Knoten hochgesteckt, der sich langsam auflöste. Haarsträhnen fielen über ihre nackten Schultern. Die Frau war groß und hielt den Rücken gerade. Die Mädchen zu ihren beiden Seiten mochten um die vierzehn sein. Man sah sofort, dass es Zwillinge waren. Sie hatten sich bei der Frau eingehängt und blieben hier und da an einem Stand stehen und zeigten auf eine Frucht oder ein Gemüse.

»Tove liebt Melonen«, flüsterte das eine Mädchen. »Sie freut sich, wenn sie eine kriegt, so eine goldgelbe da. Sie sagt, sie will Vegetarierin werden.«

»Lydia isst Fleisch«, sagte das Mädchen, das Tove hieß. »Sie ist unmoralisch.«

»Das sagst ausgerechnet du!«, zischte Lydia. »Du hast nicht die geringste Moral.«

»Meine Moral ist eben eine andere als deine«, behauptete Tove und streckte der Schwester die Zunge heraus. Dann wandte sie sich der Großmutter zu. »Es ist doch möglich, dass zwei Menschen eine unterschiedliche Moral haben können, ohne unmoralisch zu sein?«

»Ich glaub schon«, sagte die grauhaarige Frau. »Es wäre schrecklich, wenn es anders wäre.«

»Bekomme ich eine Melone?«, bat Tove.

Im selben Moment prüfte jemand einen Lautsprecher. »Eins, zwei, drei …« Und dann: »Willkommen zu dieser Wahlveranstaltung. Wir von der Partei Nya Sverige wollen über unsere Politik informieren. Heute spricht Anneli Tullgren, Kandidatin für den Reichstag.«

Schwacher Applaus ertönte, und dann hallte eine starke, klare Frauenstimme über den Platz. Tove und Lydia waren mit offenen Mündern stehen geblieben. Lydia war blass geworden und presste die Hände auf die Ohren.

Tove hielt eine goldgelbe Melone in der rechten Hand. Die Großmutter versuchte, ihre Enkel wegzuziehen. Aber Tove rührte sich nicht vom Fleck.

»In unserem Land gibt es viele positive Kräfte!«, ertönte es aus dem Lautsprecher, und die Stimme hallte wider zwischen den Häusern rund um den Marktplatz. »In unserem Land gibt es guten Willen. Aber es gibt auch Schmarotzer, Leute, die nichts leisten wollen, die unsere Gutmütigkeit ausnutzen. Wir von Nya Sverige wollen den Sumpf beseitigen. Wir werden das Sumpfgelände auf dieselbe Weise trockenlegen wie unsere Vorfahren die Sümpfe hier in der Ebene urbar machten und fruchtbare Äcker schafften. Wir wollen uns die Bittstellergesellschaft vorknöpfen. Wir wollen dafür Sorge tragen, dass die Menschen für sich selbst aufkommen, und wenn sie sich verweigern, dann dürfen sie nicht damit rechnen, dass ein anderer für sie sorgt. Wir wollen Rechtschaffenheit. Wir wollen Pflichtgefühl. Wir wollen Verantwortung. Wir haben es satt, diejenigen mit durchzufüttern, die meinen, Unterstützung sei ein demokratisches Recht. Wir haben Kriminalität und Mauschelei satt. Wir wollen die alten schwedischen Werte wie Arbeit, Pflicht und Vaterlandsliebe zurückerobern.«

Einen Augenblick wurde es still und der Mann, der »eins, zwei, drei« gezählt hatte, stellte eine Frage.

»Anneli Tullgren, mit sechzehn haben Sie einen Menschen umgebracht. Wie sehen Sie Ihr Verbrechen heute?«

Anneli Tullgren antwortete, wie sie diese Frage schon unzählige Male beantwortet hatte.

»Ich war jung und dumm, und ich habe geglaubt, Vaterlandsliebe seien schwarze Stiefel mit Stahlkappen. Ich habe geglaubt, Einfluss und körperliche Gewalt sind dasselbe. Ich habe geglaubt, richtig zu handeln. Jetzt weiß ich, dass ich an das Falsche geglaubt und falsch gehandelt habe. Ich habe für mein Verbrechen gebüßt. Ich verteidige meine Tat nicht. Unser Land bauen wir nicht mit Gewalt auf, wir bauen es auf mit tragfähigen Gesetzen, einem starken Rechtsapparat und harten Bandagen gegen die, die uns ausnutzen wollen. Wir wollen ein starkes, gesundes Land aufbauen, und wer dabei sein will, ist herzlich willkommen. Wer gegen uns ist, wird bald merken, wie falsch das ist.«

»Wie ist Ihre Meinung zur Reichspolitik? Was ist die dringlichste Frage?«

Anneli Tullgren hielt das Mikrofon so nah an den Mund, dass man sie atmen hören konnte.

»Die dringlichste Frage ist die Einwandererfrage. In einigen Jahren wird sich unsere Arbeitsmarktlage radikal verändert haben. In einigen Jahren wird hier ein himmelschreiender Mangel an Arbeitskräften herrschen. Im Land werden wir keine Arbeitskräfte mehr finden. Unsere Bevölkerung altert, und wir brauchen Menschen für die Produktion. Wir brauchen Menschen für Pflegeeinrichtungen. Wir werden unsere Grenzen für Arbeitskräfte öffnen müssen.«

Anneli Tullgren holte Luft, bevor sie fortfuhr:

»Unser Bedarf an Arbeitskräften ist nicht damit zu decken, indem wir Flüchtlinge ins Land lassen. Wir können niemals alle aufnehmen, die vor etwas fliehen. Wir werden Menschen aufnehmen, die arbeitswillig sind und sich selbst versorgen können. Die Einwandererbehörde werden wir total umgestalten.«

Anneli Tullgren legte eine Pause ein und sagte dann:

»Das ist die wichtigste Aufgabe, eine Aufgabe, die ich anpacken werde, wenn meine Anhänger mich in den schwedischen Reichstag wählen.«

»Danke, Anneli Tullgren, für Ihre ehrlichen Auskünfte!«, sagte der Mann. »Jetzt kann das Publikum Fragen an Anneli Tullgren stellen. Sie ist die Nummer eins der Partei Nya Sverige auf der Reichstagsliste.«

Jemand auf dem Platz rief:

»Wie kann eine Person, ein Nazi, die wegen Mordes verurteilt ist, um das Vertrauen der Wähler bitten? Wie kann sich so jemand auf die Ladefläche eines Lasters stellen und reden, ohne sich zu Tode zu schämen? Wie kann man Anneli Tullgren sein, ohne ständig blutrot vor Scham herumzulaufen?«

Der Mann mit dem Mikrophon übertönte den rufenden Fragesteller.

»Es hat immer Leute gegeben, die anderer Meinung sind, und das ist ein Glück, denn wir leben in einer Demokratie. Vielleicht sollten wir jemand anders zu Wort kommen lassen?«

Die Frau mit den langen grauen Haaren bezahlte die Melone und zog die beiden Mädchen vom Marktplatz weg. Als sie in einer Nebenstraße waren, nahm das Mädchen, das Lydia hieß, die Hände von den Ohren. Tove warf einen Blick über die Schulter und sagte:

»Die bring ich um.«

Sie wandte sich auf der Straße zum Rathaus um und schaute über den Marktplatz mit all seinen bunten Ständen und zu Anneli Tullgren, die mit einem Mikrofon in der Hand auf der Ladefläche eines Lasters stand.

»Ich bring Anneli Tullgren um.«

Da presste Lydia die Hände auf die Ohren und begann zu schreien.

Vom Marktplatz brachte der Wind einen Duft nach Äpfeln und feuchter Erde mit sich.

2

Kriminalkommissar Harald Fors saß auf dem Stuhl mit fünf Rollen. Er klopfte mit einem Bleistift gegen einen Schneidezahn, während er sich die Lokalnachrichten anhörte.

Dort wurde berichtet, dass eine Frau, die sich um einen Platz im Reichstag bewarb, bei einer Wahlveranstaltung auf dem Marktplatz mit Steinen beworfen worden war. In der Sendung wurde die Frau interviewt. Sie sprach über Demokratie und das Recht für alle, ihre Meinung zu sagen.

Kriminalinspektorin Carin Lindblom kam herein ohne anzuklopfen. Sie ließ die Tür hinter sich offen und ging geradewegs zum Fenster, wo sie einen Zeigefinger in die Erde um einen riesigen Gummibaum steckte.

»Gegossen! Bravo!«

»Wie war's?« Fors drehte sich um.

»Liebesurlaub. Nur Liebe. Mir tut der ganze Körper weh wie nach einem Siebenkampf der Frauen. Aber nur bestimmte Körperteile, rat mal, welche.«

»Gratuliere«, sagte Fors. »Ist er denn auch nett?«

»Man kann nicht alles haben.« Carin Lindblom ließ sich seufzend auf dem Besuchersofa nieder, das in der Ecke unter dem Fenster stand. Es war ein Ecksofa mit Platz für höchstens fünf nicht allzu füllige Kollegen. Auf dem Tisch davor standen zwei Kaffeetassen, die eine mit schwarzem, teerartigem Bodensatz.

»Und wie geht's hier?«, fragte Carin, guckte in die Tasse und verdrehte die Augen.

»Tja«, sagte Fors. »Gestern Konferenz in Linköping. Viel Gelaber, wenig Pläne. Gejammer wegen fehlender Mittel. Das Übliche. Alle ritten ihre Steckenpferde. Und ich ritt meins. Dieselbe Leier wie vor zwei Jahren. Wir hätten genauso gut eine Tonbandaufzeichnung von der letzten Konferenz abspielen können. Niemand hätte etwas bemerkt. Schon gar nicht der Reichspolizeichef. Gibt es überhaupt einen einfältigeren Menschen?«

»Das glaub ich schon«, sagte Carin Lindblom.

»Und die Putzfrau ist krankgeschrieben«, sagte Fors. »In der Ecke liegen Staubflusen.«

»Ekelhaft.« Carin rümpfte die Nase. »Ich vertrag keinen Staub mehr.« Und dann nieste sie. »Siehst du, ich bin allergisch. Du brauchst nur das Wort ›Staub‹ auszusprechen, und schon muss ich niesen. Das ist eine Art Altersschwäche, glaub ich. Wie ist der Neue?«

»Tunell ist lang wie eine Bohnenstange und hat eine Stimme wie ein schnurrender Kater. Basketcoach. Zwei kleine Töchter. Wirkt nett. Er scheint auch gut mit Stjernkvist auszukommen. Sie arbeiten gerade an der Ermittlung von Überfällen durch jugendliche Täter.«

»Erreichen sie was?«

Fors verzog den Mund. »Kaum. Niemand hat etwas gesehen. Niemand will etwas aussagen.« Er klopfte mit dem Stift gegen einen Zahn.

Carin stand auf. »Ich geh in mein Zimmer. Sollte nach Rolfs Vikariat nicht ein Mädchen kommen?«

»Im Lauf der Woche. Elise irgendwas. Ich glaube, sie hätte heute kommen sollen.«

Carin summte eine Melodie und begann, sich hin- und herzuwiegen, den einen Arm um den Oberkörper geschlungen, den anderen ausgestreckt.

»Beethoven«, sagte Fors. »Für Elise.«

»Er ist ein begnadeter Tänzer.« Carin lächelte.

In der Tür vor ihr stand Polizeidirektor Hammarlund.

»Ich auch«, sagte Hammarlund, »ich bin auch ein begnadeter Tänzer.«

»Ich weiß.« Carin seufzte und sah nicht gerade überzeugt aus. Dann drängte sie sich an Hammarlund vorbei. Im Korridor ertönte das Klacken ihrer Absätze.

»Ist das wirklich gut?« Hammarlund sah Fors fragend an. »Dass die Kolleginnen in Pumps zur Arbeit kommen?«

»Warum nicht?«, sagte Fors. »In unserer Behörde gibt es Leute, die stemmen hundertvierzig Kilo beim Bodybuilding ohne rot anzulaufen. Und manchmal ist es ihre einzige Qualifikation. Warum sollten wir dann nicht auch Personen einsetzen, die auf Absätzen rumlaufen können, die so dünn sind wie Sushistäbchen und ungefähr genauso hoch? Carin ist außerdem ein guter Bulle. Das ist mehr, als wir von so manchem unserer Muskelberge behaupten können.«

Hammarlund machte die Tür hinter sich zu und ging zum Fenster. Er steckte einen Finger in die Erde um den Gummibaum, musterte den Finger und wischte ihn an einem Papiertaschentuch ab.

»Wir haben eine weitere anonyme Mitteilung bekommen.«

Er nahm einen Zettel aus der Brusttasche. Es war die Fotokopie eines Briefes. Der Brief war aus Buchstaben zusammengesetzt, die aus einer Tageszeitung geschnitten worden waren. Sie waren auf einem Blatt aufgeklebt, das wie gewöhnliches Schreibpapier aussah. Die Mitteilung lautete:

AchiLes SEFeris hat pissTolE un TreSen

»Unter« hat drei Buchstaben verloren und »Pistole« hat einen zuviel«, stellte Fors fest.

»Jemand, der nicht besonders gut in Rechtschreibung ist«, sagte Hammarlund. »Du kennst doch Seferis?«

»Klar. Ich rede mit ihm.«

Hammarlund streckte die Hand aus, und Fors gab ihm die Kopie des Briefes.

»Wenn das stimmt, was im Brief behauptet wird, dann sollte sofort jemand hinfahren. Falls er Waffen in seinem Restaurant hat, müssen wir ein ernsthaftes Wörtchen mit ihm reden, oder?«

»Selbstverständlich. Hat Stenberg sich das Original angesehen?«

»Die Buchstaben sind mit Casco-RX-Kleber aufgeklebt. Der wird in vielen Schulen benutzt. Das Zeichenpapier wird ebenfalls oft in Schulen verwendet.«

Fors griff nach seinem Jackett. Es war aus Leinen und butterblumengelb.

»Hübsch«, sagte Hammarlund und befühlte den Stoff.

Fors sah zufrieden aus. »Hat Annika mir im Frühling in Bologna zum Geburtstag geschenkt.«

Hammarlund strich sich übers Kinn und hielt die Fingerspitzen kurz unter die Nase, so, als wollte er an ihnen riechen.

»So eine Frau müsste man haben.«

Hammarlund war frisch geschieden und sah häufig unglücklich aus.

»Du bist doch Tänzer«, sagte Fors. »Wir könnten mal einen Abend tanzen gehen, alle drei, Annika tanzt gern Boogie. Dein Tanzstil ist bestimmt sehr bereichernd.«

Hammarlund lächelte, aber sein Lächeln wirkte nicht belustigt und erreichte nicht seine Augen.

»Ich tanz lieber Tango.«

»Wirklich?«, sagte Fors. »Das wusste ich nicht. Dass du Tango tanzt.«

»Man hat ja selten Gelegenheit, das zu zeigen«, behauptete Hammarlund. »Man braucht einen Partner, der einem folgen kann. Und solche findet man fast nur in Tangoclubs.«

»Annika würde vor Entzücken sterben, wenn sie mit dir Tango tanzen dürfte«, sagte Fors, »förmlich sterben, ich versprech es dir.«

Jetzt lächelte Hammarlund und sah fast heiter aus.

»Wäre doch schade um so einen süßen Käfer. In den Armen von einem alten Kerl zu sterben, der bereits Fett angesetzt hat.«

»Es gibt schlimmere Tode«, behauptete Fors.

Und dann gingen sie gemeinsam den Korridor entlang und bestiegen jeder einen anderen Fahrstuhl. Hammarlund fuhr zum Stockwerk des Polizeidirektors hinauf, und Fors fuhr hinunter in die Garage.

3

Achilles Seferis betrieb westlich vom Zentrum neben dem Parkplatz ein Restaurant. Als er es vor vierzehn Jahren eröffnet hatte, hieß es »Griechenwurst«. Dann hatte er den Verkauf von Wurst aufgegeben. Er spezialisierte sich auf Salate und betrieb nebenher ein Unternehmen, das Olivenöl importierte. Das Lokal war zweimal umgebaut worden, es gab sechs Angestellte, und das Ganze lief jetzt unter dem Namen »Der Grieche«.

Fors war hier Stammkunde.

»Guten Morgen!« Er streckte seine Hand aus, und Achilles Seferis tat alles, um die dargereichte Hand schier zu zerquetschen. Seferis lächelte und machte eine Geste mit dem linken Arm.

»Mein Freund, wie kannst du einen Vormittag Morgen nennen? Glaubst du, ich schlafe bis sieben? Glaubst du, ich steh erst auf, wenn es hell ist? Ich bin seit Viertel nach sechs auf den Beinen. Da war es ein guter Morgen, da war es schön. Ich hab im Morgenmantel und einem Pullover unter der Eiche in meinem Garten gesessen und eine Tasse Kaffee getrunken und gedacht, so sollte der Morgen sein, an dem Tag, an dem Achilles Seferis sterben wird.«

»Achilles«, sagte Fors, »wir Männer mit den grauen Haaren denken manchmal so etwas.«

Seferis drehte sich zur Espressomaschine um und bereitete einen Kaffee für Fors.

»Gestern hab ich deine Frau gesehen«, sagte Achilles. »Sie wird immer schöner.«

»Du auch, Achilles«, sagte Fors. »Du wirst auch immer schöner, besonders um den Bauch herum.«

Seferis sah ihn mit einem Grinsen an.

»Ich hab zugenommen, seitdem meine Tochter mich zum Großvater gemacht hat. Ich weiß nicht, woher das kommt. Als mein Sohn Vater wurde, ist das nicht passiert.«

Seferis musterte Fors mit gerunzelter Stirn.

»Aber du bist kein Großvater?«

»Nein.«

Seferis nickte und stellte die kleine Tasse auf einen Unterteller vor Fors hin, und Fors führte die Tasse zum Mund, nahm einen Schluck und stellte sie ab.

»Mein Chef«, sagte er, »hat einen anonymen Brief bekommen.«

»Aha.« Seferis stützte die Hände auf den Tresen und beugte sich zu Fors vor.

»In dem Brief heißt es, du hast eine Pistole unter dem Tresen.«

Seferis nickte, als würde er über das nachdenken, was Fors gesagt hatte.

»Einen anonymen Brief«, sagte Achilles Seferis.

»Genau.«

Seferis beugte sich noch weiter zu Fors vor und flüsterte: »Ich hab eine Pistole. Möchtest du sie sehen?«

»Gern.«

Seferis zog eine Schublade auf und nahm einen mattschwarzen Revolver heraus. Er reichte ihn Fors.

»Eine Spielzeugpistole«, stellte der fest.

»Eine Spielzeugpistole«, bestätigte Seferis.

»Warum hast du eine Spielzeugpistole im Restaurant?«

Seferis verdrehte die Augen. »Ist das verboten?«

»Nicht dass ich wüsste. Warum hast du eine Spielzeugpistole unterm Tresen?«

»Du weißt doch, dass es im Juni einen Überfall auf mein Restaurant gegeben hat?«

»Ja.«

»Sie sind wieder da gewesen. Ich hab sie draußen auf dem Parkplatz gesehen. Sie kommen manchmal, kurz bevor wir schließen. Ich hab einem von ihnen den Revolver gezeigt. Ich hab gesagt, dass ich ihm in den Schwanz schieße, wenn er mein Restaurant betritt. Genau das hab ich gesagt.«

»Mit einer Spielzeugpistole?«

»Es sind nur Kinder. Die kann man noch mit Spielzeug erschrecken. Seitdem ich mit der Pistole herumgefuchtelt habe, haben sie sich hier nicht mehr blicken lassen.«

»Du kennst also einen von ihnen?«

»Kennen ist wohl zu viel gesagt. Ich hab ihn am Hals gepackt und draußen gegen die Wand gedrückt. Dem kleinen Scheißkerl sind fast die Augen aus dem Kopf gequollen. Ich hab ihm den Revolver gegens Ohr gedrückt, dass es zu bluten anfing. Er sah aus, als hätte er Angst.«

»Das kann ich mir vorstellen«, sagte Fors. »Wann war das?«

»Im Juni.«

»Und wie hat der Junge ausgesehen?«

»Als wollte er sich vor Angst in die Hose machen.«

»Verstehe«, sagte Fors, »wie sah er sonst aus?«

»Ein kleiner Dreck. Dünn, schwarze Haare, so schwarz wie meine, bevor sie grau wurden von all den Formularen, die ich fürs Finanzamt ausfüllen musste, tja. Der übliche Aufzug. Baseballmütze, Trainingsklamotten, Turnschuhe. Was soll ich sagen? Solche Typen laufen hier zu Hunderten herum. Kleine Rowdys. Noch nie in ihrem Leben einen Handschlag getan. Treiben sich auf den Straßen rum und spucken zwischen den Zähnen aus. Hoffen, dass jemand kommt und ihnen eine Goldkette und einen BMW schenkt. Ein kleiner Loser, der von Bling-Bling träumt.«

»Und den hast du mit deiner Spielzeugpistole erschreckt?«

»Den hab ich erschreckt.« Seferis nickte und sah zufrieden aus. »Und wenn der noch mal aufkreuzt, hol ich ihn ins Restaurant und lege seine kleine Hand auf den Grill. Dann lernt er, was es heißt, sich mit Achilles Seferis anzulegen. Hast du ›Troja‹ gesehen?«

»Ja«, sagte Fors.

Seferis nickte. »Dann weißt du, von wem ich meinen Namen habe. Brad Pitt. Nach dem heiß ich.« Er beugte sich noch weiter vor. »Meine Fersen sind in Ordnung. Verstehst du? Keine Blößen und keine Schwächen. Paris kann mit seinem Bogen schießen, so viel er will. Er kann keine Achillesferse treffen. Und weißt du, was mein Patroklos ist?«

»Nein«, sagte Fors, »was ist dein Patroklos?«

»Das Restaurant«, flüsterte Seferis und schlug mit der flachen Hand auf den Tresen. »Wer dem Restaurant schadet, den trifft Achilles' Zorn.«

»Ich verstehe«, sagte Fors.

Seferis schüttelte den Kopf.

»Das glaub ich nicht, aber lassen wir es dabei, du verstehst es also. Dann wirst du auch verstehen, dass ich keine Badon kenne, wenn ich einen dieser Schlingel erwische, die hier abends auf dem Parkplatz rumhängen.«

»Pardon«, sagte Fors, »es heißt kein Pardon.«

Seferis stieß Luft durch die Nasenlöcher aus und starrte Fors an.

»Dann gibt es kein Badon«, wiederholte Seferis, »dann ist hier die Hölle los. Deswegen solltest du deinen Kumpeln im Bullennest sagen, dass sie diese Rotzbengel unter Kontrolle halten sollen. Die Gangsterbrut bricht Autos auf und macht Kratzer in den Lack und überfällt Leute, die allein unterwegs zu meinem Restaurant sind. Die Rotzbengel sind bad for business. Verstehst du?«

»Ich verstehe«, sagte Fors. »Vielen Dank für den Kaffee.«

Er legte den Spielzeugrevolver neben die Kaffeetasse. Seferis nahm ihn und deponierte ihn wieder in der Schublade unter dem Tresen.

Fors hob grüßend die Hand, ging hinaus zu seinem Golf und fuhr zurück zum Polizeipräsidium.

4

Im Besprechungsraum B der Abteilung für Kinderpsychiatrie des Zentralkrankenhauses waren sechs Sessel im Kreis aufgestellt. An der einen Wand hing eine verglaste Chagall-Reproduktion, an der anderen gingen zwei Fenster Richtung Krankenhauspark hinaus. An der einen Schmalwand gab es einen One-way-screen. Der Vorhang war dunkelblau und mit Monden und Sonnen gemustert. In einer Ecke unter dem einen Fenster stand eine Sandkiste auf zwanzig Zentimeter hohen Beinen. Neben der Sandkiste standen zwei Schränke mit Rolljalousien.

Lydia betrat den Raum als erste, gefolgt von Tove und der Frau mit den dicken bleifarbenen Haaren. Dann folgten ein Mann mittleren Alters in schwarzen Jeans und moosgrünem Pikeepullover, eine schlanke Frau mittleren Alters, die eine Brille mit runden Gläsern trug, und schließlich noch eine Frau. Sie hatte ihre roten Locken zu einem Pferdeschwanz hochgebunden und schloss die Tür hinter sich.

»Bitte sehr«, sagte die Rothaarige und zeigte auf die sechs Sessel.

Lydia schaute zu ihrer Großmutter, dann warf sie ihrer Mutter einen Blick zu. Erst dann setzte sie sich. Tove ließ sich in den Sessel gegenüber ihrer Schwester fallen. Die Großmutter der Mädchen setzte sich neben Tove. Die Frau mit den runden Brillengläsern nahm zwischen Lydia und der Großmutter Platz.

»Also«, begann die Rothaarige und sah ihre Besucher nacheinander an, »ich heiße Mirjam Fock und bin Psychologin.«

»Und ich«, sagte der Mann in dem moosgrünen Pullover, »bin Assistenzarzt des Oberarztes dieser Klinik. Ich heiße Jan Stranne.«

Die Frau mit den roten Haaren sah zwischen Lydia und Tove hin und her.

»Wer von euch ist Tove und wer Lydia?«

»Ich bin Lydia«, antwortete Lydia.

»Dann bist du also Tove«, stellte die Rothaarige fest.

Tove nickte und die Rothaarige wandte sich an die grauhaarige Frau.

»Und Sie haben um diesen Termin gebeten.«

»Genau«, antwortete Aina Stare.

Dann richteten sich die Augen der anderen fünf auf die Frau mit den runden Brillengläsern.

»Und Sie sind die Mutter der beiden Mädchen?«, fragte Jan Stranne.

»Ja«, antwortete Ellen Stare. »Das bin ich. Aber ich versteh nicht recht, wozu dieses Treffen gut sein soll.«

Sie nahm die Brille ab und putzte sie mit dem Pulloverärmel.

Die Frau mit den roten Haaren nickte und wandte sich an Aina Stare.

»Da Sie um dieses Treffen gebeten haben, Frau Stare, möchten Sie vielleicht den Grund erklären?«

Aina Stare seufzte. »Ich mache mir Sorgen um die Mädchen.«

»Was macht Ihnen Sorgen?«, fragte der Mann.

»Das ist eine lange Geschichte«, antwortete Aina Stare. »Sie reicht fünfzehn Jahre zurück.«

»Erzählen Sie.«

Aina Stare räusperte sich. »Ellen war damals sechzehn.

Sie war schwanger. Der werdende Vater wurde von Jugendlichen mit ultrarechten Ansichten überfallen und totgetrampelt.«

Sie erstickte einen Seufzer, ehe sie fortfuhr:

»Dann wurden Lydia und Tove geboren. Die Frau, die die Bande anführte, die den Vater der Kinder umgebracht hat, ist momentan auf allen Werbeflächen der Stadt zu sehen. Sie kandidiert für die Reichstagswahl. Alles deutet darauf hin, dass sie als Repräsentantin für Nya Sverige in den Reichstag gewählt wird. Kürzlich war ich mit Tove und Lydia auf dem Marktplatz, wo eine Wahlkundgebung stattfand. Diese Frau sprach von der Ladefläche eines Lasters.«

Wieder machte Aina Stare eine Pause, ehe sie weiterredete:

»Tove sagte, sie bringt sie um. Und Lydia geriet außer sich. Es war nicht das erste Mal. Ständig sagt Tove: ›Die bring ich um.‹ Sobald die Frau im Radio zu hören ist oder ein Bild von ihr auftaucht, sagt Tove: ›Die bring ich um.‹ Und Lydia ist jedes Mal vollkommen außer sich.«

»Wie heißt die Frau, die euren Vater umgebracht hat?«, fragte die mit den roten Haaren.

»Anneli Tullgren«, antwortete Tove. »Und die bring ich um.«

Lydia stöhnte, es klang wie ein Schluchzen.

»Warum willst du Anneli Tullgren umbringen?«, fragte der Mann.

»Weil sie meinen Vater umgebracht hat.«

»Auge um Auge, Zahn um Zahn, denkst du so?«

»Ja«, antwortete Tove. »Auge um Auge, Zahn um Zahn. So denke ich.«

»Weißt du auch schon, wie du es anstellen willst?«, fragte Stranne.

Tove lächelte. »Ich habe sehr viel darüber nachgedacht, wie ich es machen werde. Ich kann es auf mehrere verschiedene Arten tun, aber ich denk nicht dran, Ihnen das zu erzählen. Auch nicht, wann ich es tue, aber ich tue es bald.«

Lydia schluchzte auf und hielt sich die Ohren zu. Sie weinte.

»Wie alt bist du, Tove?«, fragte der Mann.

»Bald vierzehn«, antwortete Tove.

Der Mann nickte und sah Ellen an.

»Was sagen Sie dazu, Frau Stare?«

Ellen Stare zuckte mit den Schultern.

»Was soll ich dazu sagen?«

»Tove droht, einen Menschen umzubringen. Und wenn sie es ausspricht, gerät Lydia in Verzweiflung, hält sich die Ohren zu und fängt an zu weinen«, sagte Stranne.

»Ich weiß es nicht«, sagte Ellen, »ich weiß wirklich nicht, was ich dazu sagen soll. Was soll ich sagen?«

Sie sah sich um. Der Mann dachte, dass es schon lange her sein musste, seit Ellen sich die Haare gewaschen hatte.

»Es ist ihr egal«, schluchzte Lydia und nahm die Hände von den Ohren. »Mama denkt, es ist nicht wahr. Aber ich weiß, dass es wahr ist. Tove macht immer, was sie sagt.«

»Du bist also sicher, dass Tove Anneli Tullgren etwas antun will?«, fragte Stranne.

Lydia nickte.

»Was glaubst du, wie sie es machen wird?«

»Ich weiß es nicht«, schluchzte Lydia und schüttelte den Kopf. Sie sah ihre Mutter an. Ihre Stimme wurde schrill:

»Du solltest dich darum kümmern! Tove wird es tun. Großmutter hat es verstanden, aber du kapierst nichts. Du hast nie was kapiert!«

»Was gibt's da zu kapieren?«, fragte Ellen Stare, die es nicht zu berühren schien, was Lydia ihr an den Kopf geworfen hatte.

»Du bist Toves Mama!« Lydias Stimme klang heftig und vorwurfsvoll. »Und Tove sagt, dass sie einen Menschen umbringen will. Du solltest etwas unternehmen und nicht zulassen, dass Großmutter sich Sorgen macht!«

»Wenn Großmutter ihr Leben damit verbringen will, sich Sorgen zu machen, dann ist das ihre Sache«, antwortete Ellen, nachdem sie eine Weile nachgedacht hatte. »Gegen Großmutters Sorgen kann ich nichts unternehmen.«

Ihre Stimme klang, als würde sie im Traum sprechen.

»Das mag stimmen«, meinte die Rothaarige, »aber was wollen Sie gegen Lydias Sorgen unternehmen?«

»Tja.« Ellen zuckte mit den Schultern. »Muss ich was dagegen unternehmen? Wir sprechen hier von der lebhaften Phantasie eines Kindes.«

Sie nahm ihre Brille wieder ab, hauchte gegen das Glas und wischte es am Pulloverärmel ab.

»Was für einen Beruf haben Sie, Frau Stare?«, fragte der Mann.

Ellen verzog den Mund. »Ich bin Hilfskraft in einem Altenheim.«

Sie nickte einige Male, als begutachte sie ihr Leben als Hilfskraft im Altenheim. Dann setzte sie sich die Brille wieder auf.

»Ellens Leben ist zerbrochen, als Hilmer starb«, erklärte Aina Stare. »Sie hat den Anschluss in der Schule verloren und nicht mehr wiedergefunden.«

»Ich bringe sie um«, flüsterte Tove. »Für das, was sie uns angetan hat. Bald bringe ich sie um.«

5

Harald Fors machte sich eine Notiz über seinen Besuch bei Seferis. Danach rief er bei der Schutzpolizei an und verlangte Kommissar Nylander zu sprechen.

»Nylander hier!«, brüllte Nylander.

»Hallo«, sagte Fors. »Ich bin bei Seferis in dem griechischen Restaurant gewesen.«

»Yes!«, brüllte Nylander.

»Seferis behauptet, dass eine Bande Jugendlicher abends den Parkplatz unsicher macht.«

»Stimmt«, bestätigte Nylander. »Aber was soll ich dagegen unternehmen?«

»Kannst du deine Jungs nicht bitten, abends mal vorbeizuschauen? Wenn sie jeden Abend einige Male am Parkplatz vorbeifahren und mit den Scheinwerfern zwischen die Autos leuchten, dann verziehen sich die Bengel wahrscheinlich.«

»Und was meinst du, wohin sie sich verziehen?«, fragte Nylander. »Solange sie sich dort aufhalten, wissen wir wenigstens, wo sie sind. Früher haben sie sich im Stadtpark rumgetrieben. Das war schlimmer. Niemand konnte abends durch den Park gehen, ohne bedroht oder niedergeschlagen zu werden. Der Parkplatz ist wenigstens beleuchtet. Und ich hab nur einen Wagen, der abends unterwegs ist. Ein armseliges Auto, das ist alles, was mir wochentags zur Verfügung steht. Was meinst du, für wie wichtig wir ein paar Kratzer im Lack von geparkten Autos halten? Außerdem läuft der Alarm über die Kommunikationszentrale, man weiß also nie, wo sich der Wagen gerade befindet. Kürzlich war er draußen in Lidholmen, um einen Einbruch in eine Villa zu verhindern. Es war nur leider so, dass man sich in der Zentrale verhört hatte, der Einbruch fand gar nicht in Lidholmen statt, sondern in Vidholmen. Zwischen Lidholmen und Vidholmen liegen sechzig Kilometer. Glaubst du, wir haben die Einbrecher geschnappt? Diese Idee, dass jemand in einer zwanzig Kilometer entfernten Zentrale unsere Wagen dirigieren soll, ist so verdammt dämlich, dass man gar nicht weiß, was man noch machen soll.«

Fors hielt den Hörer mit ausgestrecktem Arm von seinem Ohr entfernt, trotzdem konnte er problemlos verstehen, was Nylander brüllte und fauchte.

»Tu, was in deiner Macht steht«, bat Fors. Dann legte er auf und wandte sich wieder seinem Computer zu.

Sein Telefon klingelte.

»Ist da Harald Fors?«, fragte eine Frauenstimme.

»Richtig«, bestätigte Fors.

»Hier ist Anneli Tullgren.«

Fors hielt die Luft an. Vor fünfzehn Jahren hatte er Anneli Tullgren festgenommen. Sie war zu geschlossenem Jugendvollzug verurteilt worden. Während sie einsaß, hatte sie ihr Abitur gemacht. Dann hatte sie Jura und Staatswissenschaften in Uppsala studiert. Und jetzt war sie plötzlich auf dem Weg in den Reichstag.

»Sie erinnern sich doch an mich?«, fragte Anneli, als ob Fors sie hätte vergessen können.

»Ich erinnere mich an Sie. Außerdem ist Ihr Porträt in der ganzen Stadt verteilt.«

»Ich muss mit Ihnen sprechen«, sagte Anneli Tullgren. »Spätestens morgen. Und ich muss Sie an einem Ort treffen, an dem uns niemand sehen kann.«

»Gut«, sagte Fors. »Wo sollen wir uns treffen?«

Sie dachte einen Augenblick nach.

»Der Trimmpfad am Kullsee ist fünf Kilometer lang. Wenn man in nördliche Richtung läuft, kommt man zu einem Aussichtspunkt mit Blick über den ganzen See. Wenn Sie dort morgen Nachmittag um fünf auf einer der beiden Bänke sitzen, komme ich angejoggt.«

»Abgemacht«, sagte Fors. »Bis morgen.«

Er hörte Anneli Tullgren auflegen.

6

»Was können wir Ihrer Meinung nach für Sie tun, Frau Stare?«, fragte Jan Stranne.

Aina schwieg eine Weile, ehe sie antwortete:

»So etwas über ein Kind zu sagen ist entsetzlich, aber ich glaube, Tove ist imstande, ihre Drohung in die Tat umzusetzen.«

»Sie glauben, dass Tove einem anderen Menschen Schaden zufügen kann?«, fragte der Arzt.

Aina Stare nickte, und die Rothaarige wandte sich an Toves Mutter.

»Was meinen Sie?«

Ellen Stare ließ sich Zeit mit der Antwort. Sie nahm die Brille ab, setzte sie aber gleich wieder auf.

»Die Mädchen sind sehr verschieden«, behauptete sie. »Von Lydia hört man nie ein böses Wort. Sie nimmt es übel auf, wenn jemand flucht. Tove hat ein heftigeres Temperament, sie flippt aus wegen nichts und wirft mit Sachen um sich. Dass Lydia sich aufregt, wenn Tove so anfängt, ist nichts Neues. So ist es immer gewesen. Tove schreit, Lydia weint. Aber das bedeutet doch nicht gleich, dass Tove jemandem bewusst Schaden zufügen will. Im Zorn sagt man schon mal, dass man jemanden umbringen will. Tove kriegt einen Koller, wenn sie auf Anneli Tullgren stößt. Und da Anneli Tullgren auf allen Wahlplakaten und im Fernsehen und im Radio auftaucht, sagt Tove natürlich häufig ›die bring ich um‹. Aber bis zu einer Tat ist es ein weiter Weg. Tove ist doch noch nicht mal vierzehn.«

»Aber bald«, sagte Tove.

»Bald vierzehn«, korrigierte Ellen.

Die Rothaarige, an deren linker Seite Lydia saß, streckte eine Hand aus und berührte Lydia an der Schulter.

»Warum bist du jedes Mal so verzweifelt, Lydia?«

Lydia begann zu weinen. Es dauerte eine Weile, ehe sie antworten konnte. Sie bekam ein Papiertaschentuch und putzte sich die Nase.

»Weil nur Großmutter und ich wissen, was dann passieren wird«, sagte sie nach einer Weile. »Weil nur Großmutter und ich es verhindern können. Und weil uns niemand glaubt. Weil niemand begreift, dass Tove es ernst meint.«

»Aber«, sagte der Arzt im grünen Pullover, »Tove ist doch erst dreizehneinhalb.«

»Man braucht nicht älter zu sein, um jemanden umzubringen«, behauptete Lydia. »Außerdem sagt Tove, dass sie Anneli Tullgren genau aus dem Grund jetzt umbringen will. Weil sie noch ein Kind ist.«

»Jetzt kann ich euch nicht ganz folgen«, sagte die Frau mit den roten Haaren und runzelte die Stirn.

Lydia schaute auf und putzte sich noch einmal die Nase.

»Wenn Tove Anneli jetzt umbringt, kann ihr niemand etwas anhaben«, erklärte sie. »Unter fünfzehn ist man nicht straffähig. Tove kann Anneli Tullgren umbringen, und ihr passiert nichts.«

»Das stimmt nicht«, wandte Aina Stare nachdrücklich ein. »Man kann einen Menschen nicht einfach umbringen, ohne dass etwas passiert. Selbst wenn es so wäre, dass die Gesellschaft einen nicht verurteilt, passiert etwas mit einem selbst. Innen drin.«

Sie drückte ihre flache Hand gegen die Brust. An den Fingern waren keine Ringe. Sie ließ die Hand auf der Brust liegen.

»Man wird nie wieder der, der man einmal war, und was man getan hat, kann man niemals ungeschehen machen. Wenn man einen Menschen umgebracht hat, muss man für den Rest seines Lebens damit leben. Und wenn man wie Tove noch keine vierzehn ist, hat das zur Konsequenz, dass man ein ganzes Leben mit dieser entsetzlichen Schuld zurechtkommen muss. Man hat einen Menschen umgebracht, und die Schuld nimmt mit den Jahren nicht ab. Je älter man wird, umso mehr denkt man darüber nach, was man getan hat, es wird einen mehr und mehr quälen, dass man es nicht ungeschehen machen kann, und man wird feststellen, dass man sein ganzes Leben durch eine einzige Tat zerstört hat.«

Aina Stare holte Luft, ehe sie fortfuhr:

»Außerdem muss man sich ja fragen, ob Tove eine Art bizarre Rechtsprechung vollziehen will in einem Fall, der schon durch Rechtsprechung abgeschlossen ist. Anneli Tullgren hat für ihr Verbrechen gebüßt. Niemand wird zweimal für ein Vergehen bestraft. Das ist ein gutes Prinzip, das man einhalten sollte. Egal, ob es um Totschlag oder etwas anderes geht. Wenn der Verbrecher verurteilt wurde und seine Tat gesühnt hat, ist es aus der Welt. Es ist furchtbar, dass Tove sich über die Gesetze hinwegsetzen will, und es ist nur dadurch verständlich, dass sie noch ein Kind ist, sie versteht es nicht besser.«

Während sie sprach, hatte Aina Stare rote Wangen bekommen.

»Was haben Sie für einen Beruf, Frau Stare?«, fragte die Rothaarige.

Aina Stare nahm die Hand von ihrer Brust. »Ich bin Pastorin in Vreten.«

»Ich möchte mal wissen, was wir hier sollen«, sagte Tove seufzend und sah sich um. »Was ist das da?«

Sie zeigte auf die Sandkiste in der Ecke.

»Ein Sandkasten«, antwortete der Arzt.

Tove lächelte. »Spielt ihr hier im Sandkasten?«

»Ja«, sagte der Arzt, »im Schrank sind Spielzeugindianer und Soldaten, Prinzessinnen und Autos und anderes. Manche Kinder, die hierherkommen, sind so klein, dass sie noch nicht erzählen können, was sie erlebt haben.

Mit ihnen spielt man, und auf die Art erzählen sie von sich.«

»Wenn ich öfter hierherkomme, muss ich womöglich auch in dem Sandkasten spielen?«

»Möchtest du das denn?«, fragte der Arzt und strich sich eine Locke aus der Stirn.

Tove lachte laut. »Entschuldigung, wenn ich das sage, aber sind Sie verrückt? Ich werde bald vierzehn. Glauben Sie, ich würde im Sandkasten spielen wollen?«

Sie schüttelte den Kopf, runzelte die Stirn und musterte ihre Großmutter.

»Ich kapier das alles nicht. Wir sitzen beim Psychoklempner und reden darüber, dass ich Anneli Tullgren umbringen werde. Sie hat meinen Vater umgebracht. Wer von uns tickt denn hier nicht richtig? Ich frage ja bloß. Ihr findet mich seltsam, weil ich sie umbringen will. Aber das ist doch kein bisschen seltsam. Wenn jemand, den man gern hat, erschlagen wird, will man sich doch rächen. Das ist menschlich.«

»Du hast Papa nicht gern gehabt«, sagte Lydia leise.

»Was?« Tove setzte sich gerade hin und sah aus, als wollte sie sich auf ihre Schwester stürzen.

»Das kannst du nicht«, sagte Lydia. »Papa ist gestorben, bevor du geboren wurdest. Man kann einen Menschen, dem man nie begegnet ist, nicht gern haben.«

Tove sah sich um und sank zurück gegen die Stuhllehne.

»Das ist doch egal«, sagte sie nach einer Weile. »Wenn der eigene Vater erschlagen wurde, will man sich doch rächen. Man kann nicht zulassen, dass der Mörder jeden Abend im Fernsehen auftritt und in den Reichstag kommt und eines schönen Tages womöglich Staatsminister wird.«

»Dann willst du sie also umbringen, damit sie nicht Staatsministerin wird?«, fauchte Lydia. »Hast du schon mal was von Demokratie gehört?«

»Sie ist ein Nazi!«, brüllte Tove. »Sie geht über Leichen. Sie verdient es nicht zu leben.«

»Und das entscheidest du?« Lydia sprach leise und mit angehaltenem Atem. »Das soll Tove, die bald vierzehn wird, entscheiden?«

»Ja!«, brüllte Tove. »Das werde ich entscheiden, das hat er mir nämlich aufgetragen.«

»Was sagst du da?«, fragte die Rothaarige. »Wer hat dir das aufgetragen?«

»Papa«, rief Tove. »Er hat gesagt, sie muss sterben.«

»Wann hat dein Vater das gesagt?«, fragte die Rothaarige.

»Wenn ich mit ihm spreche. Er sagt es jedes Mal. ›Sie muss sterben‹, sagt er.«

»Aber dein Papa ist doch tot?« Der Arzt sah verblüfft aus.

»Ja«, sagte Tove, »aber ich habe Kontakt zu ihm.«

»Auf welche Weise?«

Tove antwortete nicht sofort. Sie sah sich erst um. Dann lächelte sie.

»Ich höre seine Stimme in den Bäumen, wenn es stürmt. Und manchmal im hohen Gras. Er flüstert mit mir.«

»Erzähl von dem T-Shirt«, sagte Lydia.

Tove sah sich wieder um, ehe sie antwortete. Sie zupfte an ihrem zerschlissenen T-Shirt.

»Ich habe das T-Shirt, das er getragen hat, als sie ihn umgebracht haben. Darin schlafe ich. Jede Nacht. So kann ich ihn am besten hören. Dann kommt er zurück. Wenn ich sein T-Shirt trage. Und besonders, wenn es nachts stürmisch ist. Dann höre ich ihn flüstern. Dann spricht er mit mir.«

7

Fors trug eine graue Trainingshose, ein weißes Hemd und eine graue Jacke mit Kapuze und lief den langgezogenen Hügel zu den Bänken auf der Anhöhe hinauf. Oben angekommen, beugte er sich vor und stemmte die Hände auf die Knie. Er streckte sich und schaute über den See. Dann ging er zu einer der Bänke, setzte sich und lehnte sich zurück. Es war zehn Minuten vor fünf.

Es war etwas windig, aber der Wind kam von hinten, aus dem Wald, und Fors saß im Windschatten. Als er die Augen zusammenkniff und blinzelte, konnte er sich für einen Moment vorstellen, an einem ganz anderen Ort zu sein.

Er war von Süden gekommen, und als er das baumlose Plateau überquert hatte, waren die Kiebitze aufgeregt vor ihm hergeflattert wie riesige dunkle Schmetterlinge. Auf der Nordseite des Gipfels war er über vereinzelte verharschte Schneefelder gegangen und hatte die Stelle erreicht, wo sich unterhalb von ihm das Flusstal ausbreitete. Er war dem See- und Flusssystem mit den Augen gefolgt bis zur Grenze und hatte die weißen Berggipfel weit hinten in Norwegen glitzern sehen, dann hatte er den Abstieg begonnen.

Er erreichte die Lichtung am Bach und rollte die Steine von der Feuerstelle. In dem verkohlten Haufen lagen Reste von dem Birkenkloben, den er im letzten Jahr Mittsommer aufs Feuer gelegt hatte. Er hatte die Säge vom Rucksack gelöst und war in den Windbruch gegangen, um Feuerholz unter einer Tanne zu sammeln. Er hatte es mit wasserdichtem Plastik bedeckt und dann sein feuchtes gegen ein trockenes Hemd ausgetauscht, hatte Feuer gemacht, Wasser aus dem Bach geholt und darauf gewartet, dass das Kaffeewasser kochte. Als der Kaffee fertig war, hatte er ihn getrunken und ein paar Scheiben Brot gegessen. Das Zelt hatte er dort aufgestellt, wo es immer gestanden hatte. Er hatte den Schlafsack im Zelt ausgerollt, die Rolle an seiner Angel befestigt, die Schnur durch die Führungsringe gezogen und war zum Fluss hinuntergegangen.

Es war noch zu früh gewesen, aber gegen Abend würden die Insekten schlüpfen. Er hatte eine große grüne Nymphe an den Haken gebunden und einige Würfe zu einer Stromschnelle ausprobiert, wo er früher Fisch gefangen hatte.

Aber nichts war passiert.

Er hatte sich auf den Rücken gelegt und mit den Augen ein paar leichte Wolken am Himmel verfolgt, und dann war er eingeschlafen. Als er aufgewacht war, hatte er einen Biber am Ufer entlangschwimmen sehen. Er hatte sich auf dem Ellenbogen aufgerichtet, der Biber hatte Angst bekommen und mit seinem flachen Schwanz das Wasser gepeitscht. Das Geräusch klang wie ein Pistolenschuss, und Fors ging hinunter ans Ufer und trank etwas Wasser. Dann war er an seinen Platz zurückgekehrt, hatte sich wieder ausgestreckt und gedacht, jetzt, in diesem Moment, gehörte ihm das ganze Paradies allein, und erst in acht Tagen würde er zur Bergstation zurückkehren.

Fors schloss die Augen und öffnete sie wieder, als er Schritte auf dem ansteigenden Weg hörte. Er drehte sich um und sah einen langbeinigen, glatzköpfigen Mann in roten Shorts und blauem Netzhemd herankommen. Der Mann trug einen Gürtel, an dem drei kleine Wasserflaschen befestigt waren. Er lief den Hügel hinauf, als bewege er sich auf einer ebenen Fläche. Der Läufer verschwand zwischen den Kiefern, und Fors schaute über den Kullsee.

Er versuchte in Gedanken an die Stelle zurückzukehren, wo er einmal zwei Lachsforellen gefangen hatte, die eineinhalb Kilo wogen, und er versuchte die Angler vor sein inneres Auge zurückzuholen, als sie seine Royal Coachman nahmen, aber der Läufer hatte ihn gestört und er konnte nicht mehr die Konzentration aufbringen, die nötig war, um sich an den Ort auf der anderen Seite der Berge zu versetzen, den Ort, an dem er seit fast zehn Jahren nicht mehr gewesen war und den er wohl nie wiedersehen würde.

Da hörte er wieder jemand den Abhang heraufkommen. Er drehte den Kopf und sah eine Frau in weißen Shorts und grauem T-Shirt, die sich im Laufschritt näherte. Sie lief nicht so schnell wie der Mann, der vor einer Weile vorbeigekommen war, aber sie hatte ein gutes Tempo. Um ihre Hüften war ein langärmliger Pullover gebunden.

Oben angekommen, setzte sie sich auf die andere Bank. Sie stützte den Kopf in die Hände und sprach zum Boden, so, als wäre Fors gar nicht da.

»Als ich aus der Anstalt entlassen wurde, nahm ein Mann zu mir Kontakt auf. Er stellte sich als Sekretär des Nordischen Blutbundes vor und erzählte, dass ich auserwählt sei, aufgenommen zu werden. Wer die Chance hat, aufgenommen zu werden, hat kaum Möglichkeiten abzulehnen. Man wird aufgrund von Meriten gewählt. Mein Verdienst bestand darin, dass ich einen von denen, die mit den Schwarzköpfen kuscheln, umgebracht habe. Der Bund ist in Zellen organisiert. In keiner Zelle sind mehr als fünf Personen. Der einzige, der jemanden aus den anderen Zellen kennt, ist der Zellenführer. Die anderen vier kennen sich nur untereinander. Der Nordische Blutbund war ursprünglich eine Organisation, die zu Odessa gehörte. Sie wissen, was Odessa ist?«

»Ja«, antwortete Fors und Anneli Tullgren sprach weiter, ohne den Blick zu heben.

»Nachdem der Nordische Blutbund allen alten Naziführern nach Südamerika verholfen hatte, war er ohne Aufgabe. Man suchte sich mit der Zeit eine neue. Man wurde auf schwedischem Territorium für die nationalsozialistische Sache tätig ... Dazu gehörten Banküberfälle und Waffendiebstähle, und man unterstützte Familien, in denen Kämpfer zu Gefängnisstrafen verurteilt worden waren.«

Anneli Tullgren lehnte sich zurück und legte die Arme auf die Rückenlehne.

»Vor zwei Jahren bekam die Organisation einen neuen Vorsitzenden. Es gibt neue Direktiven. Wir sollen ein Bauwerk an einem öffentlichen Platz in die Luft sprengen. Es könnte sich um ein Kaufhaus handeln, eine U-Bahn-Station oder ein Kino. Das Ganze soll am elften September in Stockholm stattfinden. Man will das so arrangieren, dass den Moslems die Schuld in die Schuhe geschoben wird. Meine Zelle soll die Sprengung ausführen.«

Anneli schwieg eine Weile, ehe sie – ohne Fors anzusehen – fortfuhr: »Die Order haben wir im April bekommen. Die Schlussbesprechung findet nächste Woche statt.«

»Wo ist Ihr Treffpunkt?«, fragte Fors.

Anneli Tullgren schaute über den See.

»Ich laufe diese Strecke nächsten Donnerstag um dieselbe Zeit.« Dann stand sie auf, zog den langärmligen Pullover an, kehrte zum Weg zurück und lief weiter.

Fors blieb noch eine Weile sitzen, dann ging er zurück zu seinem grünen Golf.

Auf dem Weg in die Stadt versuchte er ohne Erfolg, Hammarlund zu erreichen. Fors fuhr nach Hause und duschte sich, zog seinen Morgenmantel an und nahm eine Portion Hähnchen in Apfelsinensoße aus dem Tiefkühlfach. Er erhitzte die Portion und aß sie mit zwei Tomaten. Danach trank er eine Tasse Kaffee und rief Annika an. Sie berichtete über eine Sitzung des Gemeinderates und würde erst spät nach Hause kommen.

»Es ist was passiert«, erklärte Fors ihrem Anrufbeantworter. »Ich muss heute Abend arbeiten.«

Dann rief er wieder bei Hammarland an. Dieser saß mit seiner Nachbarin im Garten. Sie grillten T-Bone-Steaks und tranken Wein aus einem Drei-Liter-Pack.

»Ich muss dich treffen«, sagte Fors. »Es ist was passiert.«

Hammarlunds Stimme klang nicht begeistert. »Und das kann nicht bis morgen warten?«

»Das kann nicht einmal eine kleine Weile warten«, sagte Fors. »Können wir uns bei dir zu Hause treffen?«

»Klar, dauert es lange?«

»Vielleicht«, sagte Fors. »Ich fürchte, du musst deine Gäste bitten zu gehen.«

Hammarlund seufzte. »Es ist nur ein Gast. Sie heißt Birgit und ist meine neue Nachbarin.«

»Sie zieht bestimmt nicht gleich wieder aus, nur weil die Pflicht ruft. Sag, dass einer deiner Untergebenen persönlichen Kummer hat und nicht mehr warten kann.«

»Sie ist Masseuse«, sagte Hammarlund.

»Bitte sie zu gehen«, sagte Fors. »Ich bin in einer Viertelstunde bei dir.«

8

Polizeidirektor Hammarlund wohnte in einer einstöckigen gelb verklinkerten Villa, die über Eck gebaut war. Das Haus war von einem naturbelassenen Garten umgeben, und darin stand ein Fahnenmast mit Wimpel. Sobald Fors aus dem Auto stieg, roch er brennende Grillkohle.

Hammarlund saß mit einem Glas in der Hand im Wohnzimmer. Fors kam durch die offene Tür von der Veranda herein, und Hammarlund zeigte mit seinem dicken Zeigefinger auf einen der Sessel auf der anderen Seite des Glastisches.

Fors schnüffelte und lächelte.

»Sie ist gerade gegangen, nehme ich an. Aber ihr Parfum hängt noch in der Luft.«

»Spielverderber«, seufzte Hammarlund. »Um was geht

es?« Er setzte das Glas an den Mund und nahm einen ordentlichen Schluck von dem dunklen, fast schwarzen Wein.

Fors berichtete von dem Gespräch mit Anneli Tullgren. Hammarlunds Miene wurde mit der Zeit immer besorgter. Er stellte zwischendurch Fragen und bat Fors schließlich, alles noch einmal zu erzählen.

»Wir müssen den Geheimdienst hinzuziehen«, sagte Hammarlund, als Fors geendet hatte. »Ich ruf sofort an. Wahrscheinlich musst du nach Stockholm fahren.«

»Klar«, sagte Fors, »die Frage ist nur, warum sie plaudert.«

Hammarlund lehnte den Kopf zurück, als suchte er eine Antwort in der abplatzenden schwarzen Farbe an der Decke.

»Vermutlich, weil sie schon mal einen Menschen umgebracht hat. Ihr gefällt der Gedanke nicht, es noch einmal tun zu müssen. Wenn sie ein Kino in die Luft sprengt, kann es sich um Hunderte von Menschen handeln. Man muss schon einen ziemlichen Dachschaden haben, um das für eine vertretbare Politik zu halten. Vielleicht ist sie nicht verrückt genug.«

»Ich traue ihr nicht«, sagte Fors. »Andererseits kann ich mir nicht vorstellen, was jemand davon hätte, uns in so eine Geschichte zu locken.«

Der Weinkarton stand auf dem Tisch zwischen ihnen. Hammarlund öffnete den Hahn, hielt das Glas unter den Strahl und füllte es bis zum Rand. Er hob es gegen das Lampenlicht hinter Fors.

»Die Weine im Karton werden immer besser.«

Er nippte daran und schmatzte. Ein Tropfen lief an seinem Kinn herunter. Er wischte ihn mit dem Zeigefinger weg und leckte den Finger ab.

»Könnte es ein Versuch sein, uns in die Irre zu führen?«, fragte Fors.

»Selbstverständlich«, sagte Hammarlund. »Es kann alles sein, inklusive der Wahrheit. Aber dies ist keine Aufgabe für uns. Ich ruf den Geheimdienst an.«

Er stand auf und verschwand durch eine Schiebetür, Fors hörte ihn die Treppe hinaufpoltern und dann seine schweren Schritte im oberen Stockwerk.

Fors sah sich um. Auf dem Sessel neben ihm lag ein gehäkelter Schal. Er beugte sich vor und steckte die Nase hinein. Von dort kam der Parfumduft. Die Nachbarin, die Masseurin, hatte Grund zurückzukehren. Bald würde sie ihren Schal vermissen.

Dann dachte er an Anneli Tullgren. Bei den Verhören im Mordfall Hilmer Eriksson hatte sie geschwiegen. In der Gerichtsverhandlung hatte sie sich geweigert, auch nur ein Wort zu sagen. Jetzt suchte sie Fors auf und wollte reden. Was sollte man davon halten? Und warum wandte sie sich an ihn? Er hatte während der Ermittlung im Mordfall Hilmer Eriksson nie das Gefühl gehabt, dass er Kontakt zu dem Mädchen bekommen hatte. Und doch geschah so etwas häufig. Der Festgenommene entwickelt ein besonderes Vertrauen zu der Person, die ihn festgenommen hat. Eine vertrauensvolle, respektvolle Beziehung konnte sich entwickeln. Das kam vor, nicht zuletzt, wenn der Täter jung war.

Hammarlund kehrte zurück. »Morgen kommen Leute vom Geheimdienst. Du musst mit ihnen reden.«

»Klar.«

»Sie wollen dich nicht im Präsidium treffen. Morgen früh teilen sie einen Treffpunkt mit.« Dann ließ er sich auf dem Sofa nieder und trank von seinem Wein. »Was sollen wir von der Sache halten?«

»Ich frage mich, ob es nicht ein Versuch ist, uns auf eine falsche Fährte zu locken«, überlegte Fors laut. »Wenn die Nazis es schaffen, uns glauben zu machen, am elften September passiere etwas in Stockholm, dann werden wir viele Leute abgezogen haben, um die Region um Stockholm zu sichern. Und dann schlagen sie in Malmö oder Göteborg zu.«

»Was hast du gegen Norrköping oder Umeå?«, fragte Hammarlund. »Wenn man darauf aus ist, Menschen umzubringen, kann man doch überall zuschlagen. Ein Zug voller Reisender, ein Passagierschiff, alles lässt sich benutzen, wenn man Panik und Zerstörung verursachen will.«

»Mir gefällt der Gedanke nicht, dass ich benutzt werde«, sagte Fors. »Ich hab ganz stark das Gefühl, dass sie mich ausnutzen will.«

»Du kennst sie seit dem Eriksson-Fall. Ist sie so eine?«

»Sie ist rücksichtslos und verschlagen. Bei ihr muss man auf alles gefasst sein.«

»Auch auf die Wahrheit«, bemerkte Hammarlund.

»Schon«, sagte Fors, »die Wahrheit. Aber was ist die Wahrheit in dieser Geschichte? Eine Rechtsextremistin, bestraft für Totschlag, nimmt Kontakt zu der Person auf, die sie festgenommen hat. Sie erzählt ein Detail einer fast unglaublichen Geschichte. Sie erwartet, dass wir ihr auf der Stelle glauben. Wieso erwartet sie eigentlich, dass wir ihr glauben? Warum geht sie nicht davon aus, dass ich lächelnd den Kopf schüttle und sage, erzähl weiter, Anneli ...«

»Vielleicht erwartet sie es, weil sie die Wahrheit erzählt? In Deutschland haben die Nazis selbst ihren Reichstag angesteckt. Sie benutzten den Brand, um andere verdächtigen zu können. Auf diesem Gebiet haben die Nazis Traditionen. Das Grundgefühl unter den Rechtsextremisten ist meines Wissens Paranoia. Sie legen es darauf an, dass wir uns verfolgt fühlen, allerdings nicht von den Nazis, sondern von jemand anders. In den dreißiger Jahren in Deutschland waren es die Juden. Heute in Schweden sind es die Einwanderer und Homosexuellen. Jemand verfolgt uns, wir sollen sie verfolgen. Ist das nicht ihre alles beherrschende Denkweise?«

Hammarlund schwieg eine Weile, ehe er fortfuhr:

»Denk dran, dass unser Staatsminister auf offener Straße erschossen worden ist, und unsere Außenministerin wurde in einem Kaufhaus erstochen, was also ist eigentlich eine unglaubliche Geschichte? Alles kann passieren, alles ist möglich, aber als Polizist habe ich wenig Möglichkeiten, etwas zu verhindern. Vielleicht – aber nur vielleicht – können wir hinterher einen Täter fassen.«

»Nehmen wir mal an, Anneli Tullgren wird verfolgt«, dachte Fors laut.

Hammarlund sah ihn verständnislos an.

»Stell dir vor, jemand ist hinter Tullgren her«, verdeutlichte Fors. »Stell dir vor, jemand trachtet ihr nach dem Leben.«

»So what?« schnaubte Hammarlund.

Fors nahm das Weinglas, das Hammarlund abgestellt hatte. Er schnupperte am Wein und ließ das Glas wieder sinken.

»Anneli Tullgren könnte eine Konspiration entlarven,

die viele Menschenleben kosten würde«, sagte Fors. »Gleichzeitig wissen wir, dass es Leute gibt, die ihr gern schaden möchten.«

»Wer sollte das sein?«, fragte Hammarlund. »Sie wird bei ihren Wahlveranstaltungen bewacht. Sie kandidiert für den Reichstag für eine obskure Partei. Sie ist weder Staats- noch Außenministerin.«

»Es gibt Leute, die ihr übel wollen«, fuhr Fors fort. »Sie ist Extremistin und weckt starke Gefühle. Ich habe im Radio gehört, dass Tullgrens Veranstaltung auf dem Marktplatz abgebrochen werden musste, weil jemand mit Steinen warf. Stell dir vor, wenn jemand sie umbringt? Stell dir vor, jemand bringt sie um, ehe sie mehr von dieser Sprengladung erzählen kann, die am elften September irgendwo hochgehen soll. Stell dir vor, unsere Möglichkeiten, eine Tragödie zu verhindern, lösen sich in Rauch auf, weil jemand Tullgren umbringt.«

Hammarlund schwieg. Dann sagte er:

»Wir stellen Personenschutz zur Verfügung, wenn sie auf Wahlveranstaltungen auftritt. Für eine Rund-um-die-Uhr-Bewachung haben wir keine Mittel. Es sei denn, der Geheimdienst fällt so eine Entscheidung. Außerdem nehme ich an, dass ihre Partei irgendeine Art Leibwächter bereitstellt. Leute, die die Gewalt anbeten, haben sicher Freiwillige, die Tullgren bewachen wollen, damit ihr nichts zustößt.«

»Du solltest ihr so lange Schutz geben, bis der Geheimdienst übernimmt«, meinte Fors.

Hammarlund schüttelte den Kopf. »Wo wohnt sie?«

»In einem Haus am Svedjevägen.«

Hammarlund blies Luft durch die Nasenlöcher und

schüttelte erneut den Kopf. »Also bräuchte man einen auf der Rückseite und einen auf der Vorderseite sowie einen Dritten zur Ablösung, wenn einer pinkeln muss. Drei Männer. Könnte ich drei Männer abstellen, wüsste ich eine bessere Verwendung für sie, als einen Nazi beschützen zu lassen. Für eine Bewachung rund um die Uhr sind neun Männer nötig.«

»Und wenn ihre Leute wissen, dass sie mit mir gesprochen hat?«, sagte Fors. »Wir können nicht voraussetzen, dass die Nazis zurückgeblieben sind, nur weil sie widerliche Ansichten haben. Ihre Kameraden könnten Tullgren unter Kontrolle haben.«

»Wir unterschätzen unsere Gegner nie«, behauptete Hammarlund. »Aber ich hab keine Leute, Harald, so ist das nun mal. Und Tullgren muss versuchen, am Leben zu bleiben, bis der Geheimdienst morgen den Fall übernimmt. Das schafft sie bestimmt. *Unkraut vergeht nicht*, so heißt es doch.«

»Ich finde, wir machen einen Fehler.« Fors erhob sich. »Aber wenn wir keine Leute haben, dann haben wir eben keine. Aber es wäre zumindest vorstellbar, dass Nylander einen Bus mit jemandem in Uniform vor dem Haus parkt. Das würde sicher den einen oder anderen abschrecken, der ihr an den Kragen will.«

Hammarlund stand ebenfalls auf und ging zu dem Sessel, auf dem der Schal lag. Er hob ihn hoch und hielt ihn Fors hin.

»Hast du den Geruch erkannt?« Er schaute zur Verandatür.

»Sie ist bestimmt noch nicht zu Bett gegangen. Du kannst sie anrufen.«

Hammarlund lächelte. »Ehe du draußen auf der Straße bist, ist sie auf dem Weg hierher.«

Er legte eine Hand auf Fors' Schulter, dann verließ Fors das Haus auf demselben Weg, den er gekommen war. Als er an dem Grill auf der Terrasse vorbeikam, spürte er die Strahlungswärme an den Beinen.

9

Als das zweite Therapiegespräch schon gut eine Stunde gedauert hatte, begann es zu regnen. Heftige Windböen warfen den Regen gegen die Scheiben, und alle drehten den Kopf zum Fenster.

Tove lächelte. »Im Regen höre ich ihn auch immer.«

»Redest du jetzt von deinem Vater?«, fragte die Rothaarige, die an diesem Tag einen blauen Rock mit weißen Punkten trug. Die Punkte waren so groß wie Golfbälle.

Tove nickte. »Ich höre ihn bei Sturm. Deswegen hab ich Sturm gern.«

Die Rothaarige wandte sich an Toves Mutter.

»Was meinen Sie, Frau Stare, wie kommt es, dass Tove meint, mit ihrem Vater zu sprechen, obwohl er tot ist?«

Ellen Stare schwieg eine Weile. Sie fingerte an ihren Jeans, die über den Oberschenkeln fast durchgewetzt waren.

»Ich weiß es nicht.«

»Haben Sie mit Hilmer gesprochen, nachdem er gestorben war?«

Ellen Stare seufzte. »Im ersten Jahr hab ich nichts anderes getan.«

»Für Sie ist es also nicht merkwürdig, dass Tove mit ihm spricht, obwohl es ihn nicht mehr gibt?«

»Eigentlich nicht. Aber Tove hat ihren Vater ja nie gesehen.«

»Es gibt ihn«, flüsterte Tove.

»Worüber haben Sie mit ihm geredet?«, fuhr die Rothaarige fort. »Zu der Zeit, als Sie noch mit ihm gesprochen haben. Nachdem er gestorben war.«

Es dauerte eine Weile, ehe Ellen Stare antwortete. Sie sah in ihren Schoß, und als sie aufschaute, hatte sie Tränen in den Augen. »Über Rache.«

»Sie haben mit Hilmer über Rache gesprochen. Was für eine Art Rache?«

Wieder schwieg Ellen Stare lange, ehe sie antwortete.

»Ich wollte mich an Gott rächen.«

Aina Stare seufzte und faltete die Hände im Schoß.

»Sie seufzen, Frau Stare«, sagte der Mann, der auch an diesem Tag einen grünen Pullover trug.

»Ja«, sagte Aina und seufzte wieder. »Ellen hat nicht nur den Anschluss in der Schule und an ihre Freunde verloren, als Hilmer starb. Sie hat auch Gott verloren.«

»Nein«, sagte Ellen Stare nachdrücklich. »Nicht ich habe Gott verloren. Er hat mich im Stich gelassen. Das werde ich ihm nie verzeihen!«

»Hört!«, sagte Tove, als eine Regenbö gegen die Scheiben schlug. »Papa ist bei uns!«

Lydia begann zu wimmern. Es klang wie das Winseln eines Welpen.

Aina Stare seufzte tief.

»Vielleicht ist nicht nur Tove rasend vor Wut«, sagte der Mann im grünen Pullover.

»Man soll die andere Wange hinhalten«, wimmerte Lydia.

»Ist das so?«, fragte die Rothaarige. »Oder sind Sie alle rasend vor Wut über Hilmers Tod? Alle außer Lydia?«

Die Regenböen hämmerten gegen die Scheibe. Tove sah von einem zum anderen. Aina Stare schüttelte den Kopf und atmete, als bekäme sie nur schwer Luft. Ellen Stare fummelte an ihrer Jeans, als wollte sie einen irritierenden Fleck entfernen. Lydia hatte die linke Hand vor den Mund gelegt. Ihre Nägel waren blau lackiert. Am kleinen Finger war der Lack abgeblättert.

»Ich habe sie gehasst«, stöhnte Aina Stare. »Ich habe sie so gehasst, dass ich ...« Sie beendete den Satz nicht.

»Was?«, fragte die Rothaarige.

»Ich glaube, ich hätte sie umbringen können«, flüsterte Pastorin Stare. »Ich glaube, dass ich sie hätte umbringen können.«

»Tove behauptet also, das ausführen zu wollen, was Sie vielleicht selbst hätten tun wollen?«, fragte die Rothaarige.

»In Wirklichkeit würde ich so etwas natürlich nicht tun«, erklärte Aina Stare. »Nachts bin ich manchmal wach geworden, da lagen meine Hände um ihren Hals. Sie hat in meinem Bett geschlafen, und wenn ich aufwachte, war das Kissen durchnässt und meine Hände lagen um ...«

Sie hob ihre Hände und schaute sie an. Sie waren weiß und schmal.

Dann begann Aina Stare zu weinen, die Tränen blieben ihr im Hals stecken, und sie bekam keinen Laut mehr heraus, nur Schluchzen.

Lydia stand auf, ging zu ihrer Großmutter und nahm sie in die Arme. Aina streichelte Lydias Wange.

»Kleine, liebe Lydia«, flüsterte sie.

»Jetzt spricht er zu uns«, sagte Tove. »Hört!«

Sie setzte sich mit ernster Miene auf ihrem Stuhl zurecht.

»Was sagt er?«

»Dass Anneli Tullgren sterben muss«, antwortete Tove.

Da wandte Lydia sich an die Schwester: »Wie kannst du so etwas in Großmutters Gegenwart sagen!«, rief sie. »Wie kannst du Großmutter so wehtun!«

»Sie muss sterben«, wiederholte Tove. »Anneli Tullgren muss sterben. Und ich bin dazu bestimmt, sie umzubringen. Ich werde wiederkehren und sie umbringen.«

»Erklär bitte, was du damit meinst.«

Tove zögerte, ehe sie antwortete.

»Ich verstehe auch nicht, was du mit »wiederkehren« meinst«, sagte der Mann im grünen Pullover.

»Das war Bill!«, rief Lydia. »Bill hat ihr eingeredet, dass Papa wiederkehren wird.«

Tove lachte mit offenem Mund. Wenn sie lachte, schien ihr Gesicht größer zu werden. Sie öffnete den Mund. Das Lachen quoll aus ihr heraus. Sie hatte einen großen Mund mit gleichmäßigen weißen Zähnen.

»Bill!«, rief sie Lydia zu und dabei spritzte Speichel aus ihrem Mund. »Bill können wir vergessen!«

»Und das ist ein Glück«, seufzte Aina Stare.

Ellen Stare fummelte immer noch am Jeansstoff herum.

»Wer ist Bill?«

»Einer von Mamas hundert Lovern«, klärte Tove ihn auf. »Mama ist promisk.«

»Was?«, sagte Stranne. »Was meinst du mit promisk?«
»Sie hat dauernd neue Lover«, erklärte Tove.
»Macht dir das Sorgen?«
»Kein bisschen«, sagte Tove. »Sie ist erwachsen und kann machen, was sie will.«
»Du drückst dich für dein Alter sehr reif aus, Tove. Liest du viel?«, fragte der Arzt.
»Sie liest ständig«, antwortete Lydia an Toves Stelle.
»Das sagst ausgerechnet du«, fauchte Tove. »Lydia kann alles von C. S. Lewis auswendig.«
Lydia wurde rot.
»Und was liest du, Tove?«, fragte die Rothaarige.
»Alles Mögliche«, antwortete das Mädchen und zuckte mit den Schultern.
»Erzähl von Bill«, forderte Tove Lydia auf. »Erzähle, warum er nicht mehr kommt.«
»Wer ist Bill?«, fragte die Rothaarige wieder.
»Bill ist Ire«, erklärte Tove. »Er hat uns ›Gullivers Reisen‹ vorgelesen, als wir Englisch lernten. Und ›Animal Farm‹. Er hat uns ›Alice im Wunderland‹ vorgelesen. Vorigen Winter hat er sich danebenbenommen und mit Großmutter verkracht. Er hat drei Jahre bei uns gewohnt und nie Schwedisch gelernt. Aber wir haben Englisch gelernt. Dann ist er abgehauen. Lydia, erzähl, was er gesagt hat!«
Lydia schüttelte den Kopf.
»Erzähl, was er Heiligabend gesagt hat, als Großmutter das Tischgebet sprach und wir Weihnachtsgrütze essen wollten.«
Lydia schüttelte erneut den Kopf und hielt sich die linke Hand vor den Mund.

»Wollt ihr wissen, was Bill gesagt hat?«, fragte Tove und sah einen nach dem anderen an. Ein Lächeln versteckte sich in ihren Mundwinkeln, klein, fast unsichtbar.

»Ich möchte sehr gern wissen, was Bill gesagt hat«, sagte die Rothaarige.

Tove leckte sich über die Lippen.

»The ceremony of innocence is drowned. The best lack all conviction, while the worst are full of passionate intensity. And what rough beast, its hour come round at least, slouches towards Bethlehem to be born?«

Sie sah sich wieder in der Runde um. Ihr Lächeln wurde breiter. »Und wisst ihr, was er dann gesagt hat?«

»Nein, aber ich möchte es gern wissen«, sagte die Rothaarige.

»Er sagte, nicht Jesus sei im Stall geboren worden, sondern Satan. Das hat er Heiligabend gesagt. Im Pfarrhaus. Großmutter hat sich erhoben und auf die Tür gezeigt und gesagt, dass er verschwinden soll. Da hat Bill Mama gefragt, ob sie auch finde, er solle gehen. Mama antwortete, sie finde das auch. Da ist Bill gegangen. Wahrscheinlich ist er nach Hause nach Kerry gefahren. Da steht er im Pub und erzählt von den Schweden, die Weihnachten Grütze mit einer Mandel drin essen und glauben, Gott sei gut. Er sagt, dass die Iren, wenn sie überhaupt glauben, dass es einen Gott gibt, wissen, dass er nicht gut ist. Wir haben seine Familie letzten Sommer in Kerry besucht. Er hat fünf Schwestern. Alle haben rote Haare.«

»Du bist ekelhaft«, stöhnte Lydia.

»Ja«, sagte Tove. »Ich bin ekelhaft. Aber ich bin wenigstens nicht verlogen wie ihr anderen. Wie Lydia, die dauernd flennt und ein Abendgebet spricht und C. S. Lewis liest. Wie Großmutter mit ihrem Lieben Gott im Himmelreich. Wie Mama! Wisst ihr, was Mama getan hat?«

Toves Augen hatten sich verdunkelt, und die Haut über den Wangenknochen straffte sich.

»Nein«, sagte die Rothaarige und sah auffallend interessiert aus.

»Mama hat Großmutters Kirche abgebrannt. Das hat Mama getan. Und ich finde, sie hat verdammt recht gehabt, es zu tun, denn es ist ja, wie Bill sagt: Wenn es Gott gibt, dann ist er nicht gut.«

»Du bist wirklich zornig, Tove, das merkt man«, sagte der Mann. »Auf wen bist du am zornigsten?«

»Auf alle!«, rief Tove.

Dann sprang sie auf, lief zur Tür, riss sie auf und verschwand im Korridor, ohne die Tür hinter sich zu schließen.

Jan Stranne fischte einen Notizkalender aus seiner Brusttasche. Er blätterte eine Weile, dann sah er auf und begegnete Aina Stares Blick.

»Vor Weihnachten haben wir keine Termine mehr frei«, sagte er. »Falls nicht jemand absagt.«

10

Das Scandic Hotel war seit Mittsommer fertig. In der Eingangshalle roch es immer noch nach Farbe.

»Zu Frau Alke«, sagte er zu der Frau, die ihre Haare zu einem Pferdeschwanz hochgebunden hatte. An einem Schneidezahn klebte ein wenig Lippenstift. Die Frau musterte den Bildschirm und betätigte die Tasten. Ihre Nägel leuchteten rot wie die schwedischen Sommerhäuser.

»Wen soll ich ihr melden?«

»Fors.«

Die Frau telefonierte und berichtete, dass ein Herr Fors gekommen sei. Dann legte sie auf und zeigte zu den Aufzügen.

»Zimmer 911.«

Fors fuhr zum neunten Stock hinauf und suchte das Zimmer in einem langen, verwinkelten Korridor. Er klopfte an.

Sie sieht aus wie ein Schulmädchen, war das Erste, was Fors dachte, als ihm eine Frau in etwas, das aussah wie ein Kostüm aus Rohseide, die Tür öffnete. Sie hatte dunkle Haare, die bis zu den Schultern reichten, ein kindliches, irgendwie unvollendetes, unfertiges Gesicht und einen sehr kleinen Mund. Ihre Augen waren blau, und sie konnte nicht größer als einssechzig ohne Schuhe sein. Sie hatte schmale Schultern und verhältnismäßig breite Hüften. Wenn Fors ihr auf der Straße begegnet wäre, hätte er sie auf gute zwanzig geschätzt. Aber sie war entschieden älter. Ihr Handschlag war kräftig, so fest, dass Fors meinte, sie habe ihn eingeübt. Als er ihrem Blick begegnete, sah er die Fältchen unter ihren Augen.

»Karin Alke«, sagte sie und trat beiseite, um Fors einzulassen. Er kam in ein Doppelzimmer mit Aussicht über einen großen Teil der Stadt. »Schyberg wird jede Minute hier sein.«

»Schyberg?« Fors war die Überraschung anzumerken.

»Ja.« Alke musterte ihn. »Kennen Sie ihn?«

»Ein wenig.«

Alke zeigte auf die drei Sessel, die mit dem Rücken dem Zimmer zugewandt dastanden. Fors nahm auf einem an der Seite eines Tischchens Platz. Auf dem Tisch stand eine Lampe in Form eines Frauenkopfes. Alke ließ sich auf der anderen Seite des Tisches nieder. Sie saßen beide mit Blick auf die prächtige Aussicht. Das Fenster reichte bis auf den Fußboden, und die Scheibe hatte einen schwachen Blauton. Alke schlug ein Bein über das andere und zog den Rock herunter.

»Ich bin Chefin vom F-Büro. Schyberg ist einer meiner Ermittler, der die Verantwortung für diese Region hat.«

»Was ist das F-Büro?«, fragte Fors.

Alke antwortete nicht und kramte eine Schachtel Zigaretten hervor. »Macht es Ihnen etwas aus, wenn ich rauche?«

»Nur wenn Sie Pfeife rauchen.«

»Pfeife?«, sagte Alke, als wäre der Gedanke ans Pfeiferauchen völlig absurd.

»Ich finde das unweiblich«, erklärte Fors, »das Pfeiferauchen.«

»Wirklich?« Alke zündete sich eine Filterzigarette mit einem kleinen versilberten Feuerzeug an und blies den Rauch in Richtung Fenster. An Fors' Kommentar zum Pfeiferauchen schien sie genauso interessiert wie ein Fisch an einem Leben an Land.

»Es gibt die Vitmarbewegung. Sie taucht unter verschiedenen Bezeichnungen auf, aber die Unterschiede sind nicht besonders groß. Die meisten sind wahrscheinlich in der Schwedischen Widerstandsbewegung vertreten. Die mögen Rassenbiologie und Gewalt. Dann gibt es die Nationalsozialistische Front. Die sind so eine Art Nostalgiker. Manche versuchen, wie Goebbels zu klingen. Manchmal wirkt es albern, manchmal erschreckend. Dann ist da noch die Nationale Jugend. Bei denen findet man alle Arten, Jungen und Mädchen, die ebenso gut auf der anderen Seite hätten landen können, Jugendliche, die kaum des Lesens mächtig sind, junge Alkoholiker, junge Idealisten, die Mischung ist wahnsinnig. Sie sind mit der Schwedischen Widerstandsbewegung verbunden. Ihre Parole ist ›Verteidigt Schweden‹. Dann gibt es noch Blood and Honour. Ihr feuchter Traum ist Rassenkrieg. Es sind nicht sehr viele. Ferner haben wir Kristina Gyllenstierna, das war einmal ein Forum für nazibesessene Frauen der Oberklasse. Heute sind darin einige ziemlich gewaltbereite Mädchen vertreten. Und schließlich nicht zu vergessen all die alten Organisationen, die schon in den dreißiger Jahren des letzten Jahrhunderts dabei waren. Manche sind fast eingeschlafen, andere sind noch recht vital. Häufig sind sie Gegner der Anhänger von den anderen Fraktionen und verschwenden viel Energie darauf, andere Nazis zu bekämpfen. Mit der Organisation, von der Sie gehört haben, hatte ich nie Kontakt. Ich habe auch keinerlei Information über sie herausgefunden. Was sagten Sie, wie die heißen?«

»Nordischer Blutbund.«

»Nie gehört«, sagte Alke, blies eine schwere Qualmwolke gegen das Fenster und schaute über die Dächer der Stadt. Ein Stück entfernt stieg ein Schornsteinfeger zu einem Schornstein hinauf und beugte sich über die Schlotöffnung.

Alke blies erneut Rauch aus.

»Möchte wissen, wo Schyberg bleibt«, überlegte sie

laut, als wolle sie Zeit gewinnen. Sie nahm ein kleines silberfarbenes Telefon vom Tisch.

»Rutger Schyberg, F-Büro«, sagte sie ins Telefon und hielt es ans Ohr. Sie manövrierte Zigarette und Handy mit derselben Hand, während sie zerstreut den Schornsteinfeger fünfhundert Meter entfernt beobachtete.

»Wo bist du?«, fragte sie, als sich jemand meldete. Sie lauschte eine Weile, ehe sie hinzufügte: »Fors ist da. Wir warten.«

Sie beendete das Gespräch und wandte sich wieder an Fors.

»Möchten Sie etwas trinken? Kaffee? Mineralwasser?«

»Danke, nein. Sie haben meine Frage nach dem F-Büro nicht beantwortet.«

»Ich weiß«, sagte Alke. »Wir lassen viele Fragen nach dem F-Büro unbeantwortet, wenn sie unsere Tätigkeit berühren.«

»Sind Sie mit dem Auto aus Stockholm gekommen?« Fors schlug einen Plauderton an.

Auch diese Frage wurde nicht beantwortet. Stattdessen erhob sich Alke und ging zu dem Telefon, das auf dem Schreibtisch an der Wand stand. Sie bestellte zwei Flaschen Mineralwasser, drei Gläser und Eis. Dann kehrte sie zum Sessel zurück, drückte die Zigarette aus und strich mit der Hand über ihren Rock.

Jemand öffnete die Tür und kam mit großen Schritten ins Zimmer. Es war Rutger Schyberg.

»Hallo, Harald, altes Haus«, tönte er, während er näher kam. Schyberg trug eine hellgraue, gut gebügelte Hose, ein weißes Hemd, einen dunkelblauen Blazer mit vergoldeten Knöpfen und einen Schlips, auf dem haselnussgroße Rebhühner waren. Auf seinen emaillierten Manschettenknöpfen waren schwedische Kronen, die schwarzen Schuhe waren blank geputzt. Sein Gesicht, glatt rasiert und nach einem würzigen Rasierwasser duftend, war etwas zu rot, als dass man glauben konnte, er sei Antialkoholiker. In der Hand trug er eine schwarze Aktenmappe.

Fors erhob sich und begrüßte ihn.

»Was ist passiert?«, fragte Alke, als Schyberg auf dem dritten Sessel Platz genommen und die Mappe vor sich auf den Boden gestellt hatte.

»Guckt mal da, ein Schornsteinfeger!« Schyberg zeigte aus dem Fenster.

»Wir haben ihn gesehen«, sagte Alke. Sie klang gereizt. »Wo bist du gewesen?«

»Meine Aktentasche«, sagte Schyberg und runzelte die Stirn.

»Aha? Und was ist mit der?«

»Sie war verschwunden.«

Alke nickte.

Schyberg erklärte:

»Ich hatte sie beim Einchecken auf den Tresen gelegt. Dann kamen die Japaner.« Er wandte sich Fors zu. »Dreißig Japaner, vielleicht noch mehr. Eine ganze Busladung. Als ich aufs Zimmer kam, merkte ich, dass ich die Mappe auf dem Tresen vergessen hatte. Ich bin natürlich wieder runtergefahren. Die Japaner waren weg. Die Tasche auch. Es war ja klar, dass jemand sie aus Versehen mitgenommen hatte.«

»Wieso aus Versehen?«, fragte Alke.

»Doch wohl kaum absichtlich. Die sehen in vierzehn

Tagen achtzehn europäische Städte. Die sind so müde, dass sie kaum noch wissen, wie sie heißen. Noch weniger wissen sie, wo sie sich befinden. Eine von denen dachte wohl, es sei die Tasche ihres Gatten auf dem Tresen, was weiß ich. Zum Glück hatten sie ein- und nicht ausgecheckt. Ich habe sie also alle nacheinander angerufen und erfahren, wer eine Tasche zu viel hatte.«

Er bückte sich und klopfte auf die Tasche.

»Und es fehlt nichts?«, fragte Alke.

Schyberg sah sie verständnislos an.

»Wie sollte etwas fehlen, wenn die Tasche abgeschlossen ist und ich den Schlüssel in der Tasche habe?«

Alke sah von einem zum anderen.

»Sie kennen sich offenbar?« Ihr Blick blieb an Schyberg hängen.

»Wir hatten bei der gleichen Einheit Dienst«, erklärte dieser. »Aber das ist schon lange her. Man kann fast sagen, es war in unserer Jugend.«

Er öffnete die Lippen und entblößte eine Reihe Goldzähne. Der Kerl ist gealtert, dachte Fors.

»Wir fangen noch mal von vorn an«, sagte Alke. »Was also ist passiert?«

Fors berichtete von Anneli Tullgrens Anruf. Er erzählte von dem Treffen auf dem Trimm-dich-Pfad und von dem Gespräch mit Hammarlund in dessen Haus.

»Hammarlund hat den Geheimdienst angerufen. Das ist alles«, schloss er.

»Aha«, sagte Alke. »Wie beurteilen Sie den Ernst dessen, was Tullgren Ihnen berichtet hat? Auf einer Skala von eins bis zehn.«

Fors dachte eine Weile nach.

»Ganz gleich, um was es geht, es ist ein Versuch, uns zu beeinflussen. Entweder will man uns in die Irre führen, oder man will uns auf die richtige Spur führen. Was von beidem richtig ist, wissen wir nicht. Tullgren will in den Reichstag. Sie würde ihre Karriere als Reichstagsmitglied aufs Spiel setzen, wenn sie Kontakt zur Polizei aufnähme, um haltlose Gerüchte zu verbreiten. Wenn es ein Attentat gibt, irgendwo, gegen ich weiß nicht wen gerichtet, dann hat sie den Rücken frei.«

»Den Rücken frei.« Schyberg nickte. »Das ist richtig. Den Rücken frei.« Er schien darüber nachzudenken, was es hieß, den Rücken freizuhaben. Beim Nachdenken schaute er auf seine Schuhe.

»Tullgren geht davon aus, dass ich als Erstes mit meinen Vorgesetzten spreche«, fuhr Fors fort. »Ihr ist klar, dass so eine Angelegenheit etwas für den Geheimdienst ist. Sie hat den Rücken frei, wenn Trinkwasser vergiftet oder ein Zug in die Luft gejagt wird. Sie kann behaupten, sie habe Informationen gehabt, aber die hätten nicht ausgereicht. Irgendwie könnte es sogar eine Blume in ihrem Knopfloch werden, wenn jetzt etwas passierte. Sie könnte hinausgehen und behaupten, sie habe die Polizei informiert und diese hätte nichts unternommen. Sie könnte erzählen, dass sie mit mir gesprochen hat, sie könnte dem Fotografen einer Abendzeitung die Bank am Trimm-dich-Pfad zeigen. Wir könnten ein ganzer Blumenstrauß in ihrem Knopfloch werden.«

»Entschuldige«, sagte Schyberg, »aber was meinst du damit, dass man Trinkwasser vergiften könnte?«

»Das war nur ein Beispiel«, sagte Fors. »Ich weiß ja auch nicht, was die sich alles einfallen lassen. Aber etwas ist im Gange. Sie wollen uns auf die eine oder andere Weise benutzen.«

»Wenn sie damit an die Öffentlichkeit geht, wird sie von den Nazis erschlagen«, sagte Schyberg.

»Sie sprechen im Plural«, stellte Alke fest.

»Ich gehe davon aus, dass sie nicht allein ist«, sagte Fors. »Ich nehme an, dass sie eine ganze Organisation hinter sich hat. Vielleicht ist es nicht so. Vielleicht agiert sie auch auf eigene Faust. Vielleicht gibt es wirklich Attentatspläne, vor denen sie uns warnen will. Bis wir mehr Informationen haben, stelle ich mir vor, dass wir Teil eines Planes sind, ohne zu wissen, was für einer.«

»Wie sollte das denn gehen?«, fragte Schyberg verwirrt. Er stand auf, zog das Jackett aus und hängte es über eine Stuhllehne.

Als er sich wieder setzen wollte, klopfte es an der Tür, und er ging öffnen. Das Mädchen mit dem Tablett war groß und hatte einen Hals wie ein Fischreiher. Alle drei schwiegen, während sie herankam und das Tablett wortlos auf den Tisch neben die Lampe in der Form eines Frauenkopfes abstellte.

»Danke.« Schyberg nickte dem Mädchen zu.

Sie lächelte und ging wieder. Erst als die Tür hinter ihr geschlossen war, öffnete Schyberg den Mund.

»Ich finde, früher war es netter«, sagte er. »Als die Mädchen noch einen Knicks machten.«

»Warum nur die Mädchen?«, fragte Alke.

Schyberg sah verblüfft aus, sagte aber nichts. Alke goss Mineralwasser in die drei Gläser.

»Eis?«, fragte sie und schaute Fors an.

»Nein, danke.«

»Herr Fors mag keine Pfeife rauchenden Frauen, und du, Rutger, möchtest sie knicksen sehen. Vielleicht solltet ihr einen Verein gründen? ›Knicksende Frauen ohne Pfeife‹. In London würdet ihr damit Erfolg haben. Alte Männer aus der Oberschicht mit Schlips und Kragen würden Schlange stehen. Wo waren wir stehen geblieben?«

»Auf einer Skala von eins bis zehn«, sagte Fors. »Ich gebe Tullgrens Alarm eine Sieben.«

»Warum nicht eine Acht?«, fragte Alke und gab mit einem langstieligen Löffel ein Stück Eis in ihr Glas.

»Oder eine Neun?«, ergänzte Schyberg. »Warum keine Neun?«

»Weil wir nur einen Bericht haben. Wir haben keine Beweise für ihre Behauptungen. Sie ist unsere einzige Quelle, und sie hat sich nur ein einziges Mal geäußert. Ihre Angaben waren nicht besonders exakt. Sie hat uns nichts geliefert, was ihre Behauptungen untermauert. Es könnte nur Gerede sein.«

»Ich glaube nicht, dass es so ernst ist«, sagte Schyberg und nickte, als dächte er darüber nach, was er gesagt hatte. »Ich sage eine Sechs. Auf einer Skala von eins bis zehn.«

»Warum?«, fragte Alke.

Schyberg schnaubte. Man sah, dass er unter den Armen schwitzte. Das Hemd war nicht mehr ganz frisch. Er trug es vermutlich schon den zweiten Tag. Es war zu warm, um ein Hemd zwei Tage hintereinander zu tragen.

Fors warf einen Blick auf Schybergs Hand. Keine Ringe.

»Die sind doch alle gleich«, behauptete Schyberg, »die Extremisten. Viel Geschrei und nichts dahinter. Solche

Gerüchte sind nicht neu. Die Nazis wollen Schrecken verbreiten. Ihnen gefällt es, wenn Unruhe entsteht, die finden, dass sie etwas erreicht haben, wenn sie jemandem einen Schrecken eingejagt haben. Ich sage eine Vier auf einer Skala von eins bis zehn.«

»Diese Organisation, von der Herr Fors berichtet hat, kennst du die?«, fragte Alke und strich sich eine Locke aus der Stirn.

Schyberg schüttelte den Kopf. »Nie gehört. Könnte eine Ente sein.«

»Ente?«, fragte Fors.

»Lame duck«, verdeutlichte Schyberg.

»Ich verstehe«, sagte Fors. »Ihr arbeitet viel mit den USA zusammen, oder?«

Schyberg und Alke verzogen keine Miene.

»Wie willst du also in der Sache fortfahren, Rutger?«, fragte Alke und sah ihren Untergebenen an.

»Informationssuche«, sagte Schyberg, »breit angelegt. Zusammenarbeit mit der lokalen Schutzpolizei.« Dabei zeigte er mit der ganzen Hand und ausgestreckten Fingern auf Fors.

»Vielleicht sollte man ihr Polizeischutz geben«, sagte Fors.

»Wie soll es Ihrer Meinung nach weitergehen, Fors?«, fragte Alke.

»Sie muss mehr Informationen liefern. Vielleicht kann sie uns etwas erzählen, das für uns von entscheidendem Interesse ist. Sollte sie verletzt oder gar umgebracht werden, ehe wir mehr von ihr erfahren, dann – tja ...«

»Ich finde, wir sollten die Sache nicht dramatisieren«, sagte Schyberg.

»Hier geht es um eine Frau mit der Tendenz zum Drama«, meinte Alke. »Bringt einen Menschen um und schweigt sich durch den Prozess, erhebt Anspruch auf einen Platz im Reichstag und ist ein Maulwurf in einer naziähnlichen Organisation.«

»Lame duck«, sagte Schyberg und schüttelte den Kopf. »Könnte eine Ente sein, vergiss das nicht. Wir haben andernorts ernst zu nehmendere Bedrohungen.«

Er warf Fors einen Blick zu, der andeutete, wie gern er mehr darüber erzählen würde, wenn ihn nicht die Geheimhaltung daran hinderte.

»Was erwarten wir von der Zusammenarbeit mit den lokalen Polizeikräften?«, fragte Alke.

»Tja«, sagte Schyberg. »In diesem Stadium nicht viel. Ich glaube, wir haben ein recht gutes Bild von den Leuten, die in den Organisationen aktiv sind. Wir müssen unser Wissen über einige später hinzugekommene Mitglieder nur auf den neuesten Stand bringen, aber die, die im Skandinavischen Blutbund sind …«

»Nordischer Blutbund«, korrigierte Fors.

»Genau, genau«, sagte Schyberg. »Die Typen, die da mitmachen, wird man wohl kaum als Täubchen bezeichnen können, und es ist nicht vorstellbar, dass es gerade hier im Ort viele von ihnen gibt. Ich will sehen, ob wir jemanden finden, der uns darüber informieren kann, was das eigentlich ist, dieser Norwegische Blutbund.«

»Nordischer Blutbund«, sagte Fors.

»Genau«, sagte Schyberg, »der Nordische Blutbund. Man findet immer jemanden, der bereit ist zu plaudern. Man muss nur an der richtigen Stelle und auf die richtige Art fragen«, fuhr er fort.

»Vorausgesetzt natürlich, man stellt die richtigen Fragen«, bemerkte Alke und zündete sich eine Zigarette an.

»Selbstverständlich«, stimmte Schyberg zu. »Selbstverständlich muss man die richtigen Fragen stellen.«

Alke blies Rauch gegen das Fenster, und alle drei beobachteten, wie der Schornsteinfeger vom Schornstein kletterte.

»Das ist ja ein Mädchen!« Schyberg beugte sich vor. »Seht ihr? Eine Schornsteinfegerin! Die erste, die ich in meinem ganzen sündigen Leben sehe.«

»Wie kannst du das denn aus dieser Entfernung erkennen?«, sagte Fors.

»Ich hab wahnsinnig gute Augen«, behauptete Schyberg zufrieden. »Die da ist nicht besonders groß.«

»Solltest du dir nicht eine Tätigkeit suchen, bei der du deine ganze Begabung entfalten kannst?«, fragte Alke. »Vielleicht solltest du eine Schule eröffnen, in der Schornsteinfegerinnen das Knicksen lernen. Mit deinen guten Augen könntest du sie via Megaphon über weite Entfernung instruieren. Eine weite Entfernung ist wahrscheinlich empfehlenswert, weil du sonst mit dem Senkblei in Berührung kommen könntest.«

Schyberg versuchte amüsiert auszusehen, doch es gelang ihm nicht ganz.

»Nun denn«, sagte Fors, »falls es noch weitere Fragen gibt, dann wissen Sie, wo Sie mich erreichen können.«

»Wie geht es deiner Flugangst, Harald?«, fragte Schyberg.

»Danke, gut«, antwortete Fors.

Schyberg legte den Kopf schräg und musterte Fors mit einer Mischung aus Mitleid und unverhohlenem Widerwillen. »Es muss schrecklich sein, wenn man Angst vorm Fliegen hat.«

Alke wandte sich zu ihm um und blies ihm Rauch ins Gesicht. »Weißt du, dass du Schuppen hast?«

»Wirklich?« Schyberg legte sich die Aktenmappe auf die Knie, öffnete sie und holte ein Blatt Papier heraus, das er vor Fors auf den Tisch legte.

Es war das Standardformular des Geheimdienstes für die Konfidentitätsversicherung. Fors las den Text und bestätigte durch seine Unterschrift, dass er ein Gespräch mit Vertretern des Geheimdienstes gehabt hatte und dass er unter keinen Umständen weitertragen werde, dass ein derartiges Treffen stattgefunden hatte, wer daran teilgenommen hatte oder was besprochen worden war.

Schyberg nahm das Formular mit einem säuerlichen und etwas unergründlichen Lächeln wieder an sich und steckte es in eine dunkelblaue Plastikhülle. Die Hülle legte er in die Aktenmappe und verschloss die Tasche.

»Wo ist mein Stift?« Er sah Fors an.

Der schüttelte den Kopf und steckte seinen Kugelschreiber in die Innentasche seines Jacketts.

»Ich nehme an, Sie informieren Hammarlund?« Fors sah Alke an.

Diese nickte. Fors schaute Schyberg an, der die Tasche so vorsichtig auf den Boden stellte, als enthielte sie Kristallglas.

»Ich glaube, ich geh jetzt.« Fors erhob sich, nickte den beiden zu und ging zur Tür, während Schyberg aufstand und begann, seinen Jackettkragen mit einem Taschentuch zu bearbeiten.

»Ich glaub nicht, dass es eine Frau ist«, sagte Alke, als

Fors die Tür erreicht hatte und die Klinke heruntergedrückte.

»Wollen wir wetten?«, sagte Schyberg.

»Sie ist nicht mehr zu sehen«, sagte Alke.

Fors schloss die Tür hinter sich und ging zu den Fahrstühlen. Auf dem Weg nach unten teilte er den Lift mit acht japanischen Frauen. Aus seiner Jackettinnentasche nahm er Schybergs Kugelschreiber. Es war ein vergoldeter Cross-Stift. Als er den Fahrstuhl verließ, warf er ihn in einen Papierkorb, nickte der Frau an der Rezeption zu und ging hinaus zu seinem Golf.

11

Während Fors den Parkplatz auf dem Weg zu seinem Auto überquerte, gingen Polizeiinspektor Hjelm und Polizeiassistent Bodström den Korridor der Schutzpolizei entlang. Sie waren auf dem Weg zu Kommissar Nylanders Dienstzimmer. Beide waren bedrückt.

Nylander saß hinter seinem Schreibtisch und stocherte mit einem abgebrochenen Streichholz zwischen seinen Zähnen.

Hjelm und Bodström waren hochgewachsene, breitschultrige Männer. Nebeneinander konnten sie nur durch Garagentore eintreten, nicht durch normale Türen. Bodström wurde langsamer und ließ seinem nächsten Vorgesetzten den Vortritt.

Als Bodström dicht hinter Hjelm das Zimmer betrat, zeigte Nylander auf die Tür, und Bodström begriff, dass sie geschlossen werden sollte. Hjelm stellte sich etwas breitbeinig, die eine Hand auf dem Rücken, vor Nylanders Schreibtisch auf. Bodström, der seit einem halben Jahr in diesem Distrikt Dienst leistete, machte das Gleiche.

Nylander musterte sie wortlos. Bodström wurde rot.

»Was zum Teufel ist in euch gefahren?«, fragte Nylander und starrte mit gerunzelter Stirn das Streichholz an, das er danach in den Papierkorb warf.

»Wenn es um die Festnahme von Nynjake Akebuko geht, dann ist alles unter Kontrolle«, behauptete Hjelm.

»Nynjake Akebuko«, schnaubte Nylander. »Was ist das denn für ein Name?«

»Das ist Nynjake Akebukos Name, Kommissar«, klärte Bodström ihn auf.

Nylander stierte Bodström an.

»Du erinnerst mich an etwas, das ich einmal gelesen habe«, sagte er nach einer Weile. »Ich hab es nicht gern, an etwas erinnert zu werden, das ich einmal gelesen habe. Mach das nicht noch mal.«

»Nein, Kommissar!«, sagte Bodström.

»Wie ›nein, Kommissar‹?«, fragte Kommissar Nylander, während er ein neues Streichholz nahm, es durchbrach und fortfuhr, zwischen seinen Zähnen zu stochern.

»Ich werde den Kommissar nicht an etwas erinnern, das der Kommissar schon mal gelesen hat!«, brüllte Bodström im Kasernenhofton, den Blick auf die Tapete hinter Nylanders Kopf gerichtet.

Nylander starrte Bodström an und versuchte herauszufinden, ob der ihn auf den Arm nehmen wollte. Dann richtete er seinen Blick auf Hjelm.

»Rapport«, sagte er, nachdem er beschlossen hatte zu glauben, dass Bodström ihn nicht veralbern wollte.

Hjelm räusperte sich. »Wir befanden uns beim Einkaufszentrum Ringen. Es war kurz nach siebzehn Uhr, und es waren viele Leute unterwegs. Wir betraten die Galerie, um der Order entsprechend die Leute zu fotografieren, die sich dort aufhielten, ohne etwas in den Läden kaufen zu wollen. Dabei beobachteten wir einen verdächtigen Neger.«

»Lass mich raten«, sagte Nylander und musterte seinen Zahnstocher, ehe er ihn in den Papierkorb warf. »Es wird sich herausstellen, dass der Neger Nickejacko Ackepucko heißt.«

Bodström wagte es, den Mund zu verziehen, da er vermutete, dass Kommissar Nylander den fraglichen Namen bewusst entstellte, um sich auf diese Weise lustig zu machen.

»Nynjake Akebuko«, korrigierte Hjelm.

»Hab ich's nicht gesagt?«, triumphierte Nylander. »Gewöhnlicher Negername da unten im Land der Affen. Ungefähr wie Svensson bei uns.«

Jetzt lächelten Hjelm und Bodström, überzeugt davon, dass die Gefahr vorüber war.

»Der Kollege hatte die Kamera«, fuhr Hjelm in seinem Bericht fort. »Wir hatten Fotos von den stadtbekannten Trinkern gemacht und von einer Bande Rotzgören bei den Türen. Wir waren erstaunt darüber, dass sie noch da waren, und sagten zueinander, der Kollege und ich, seltsam, dass sie nicht abgehauen sind, als wir mit der Kamera kamen. Während der Kollege Fotos von ein paar Straßenhändlern machte, die ihr Spielzeug einpackten und weggingen, tauchte hinter uns der Neger auf. Er versuchte dem Kollegen die Kamera zu stehlen, als dieser den Apparat gerade in die Tasche stecken wollte.«

»Wollte er den Apparat in die Tasche stecken?«, fragte Nylander.

»Die Kamera, ja«, verdeutlichte Hjelm.

Nylanders Miene verfinsterte sich. »Willst du damit sagen, dass der Neger euch die Kamera zu stehlen versuchte, während ihr euren Dienst getan habt?«

»Genau.« Hjelm nickte. »Während der Dienstausübung. Er versuchte die Dienstkamera zu stehlen.«

»Während der Dienstausübung«, verdeutlichte Bodström und sah indigniert drein.

»Das war dumm von ihm«, kommentierte Nylander und starrte Bodström an. »Wie ist der Diebstahlversuch abgelaufen?«

»Für den Täter ist er schlecht gelaufen«, sagte Hjelm und lächelte. »Der Kollege setzte einen Ringergriff ein und ich das Pfefferspray. Der Festgenommene begann zu brüllen und um sich zu treten, deswegen mussten wir ihn hinlegen. Ihm wurden Handschellen angelegt, und als er versuchte aufzustehen, mussten wir ihm noch eine Pfefferdusche geben. Da beruhigte er sich etwas, scheute aber nicht davor zurück, die Aufmerksamkeit einiger Landsleute zu erregen. Die Neger benahmen sich bedrohlich, und wir riefen Verstärkung. Als der Einsatzwagen ankam, war die Stimmung ungemütlich, aber die Lage unter Kontrolle.«

»Unter Kontrolle?«, wiederholte Nylander zweifelnd.

»So gut es ging«, sagte Hjelm. »Unter den gegebenen Umständen. Es herrschte Aufruhrstimmung, wie man so sagt. Es hätte übel ausgehen können, wenn der Einsatzwagen nicht gekommen wäre. Die Freunde von dem Neger waren aggressiv und versuchten ihn zu befreien.«

»Wie lief der Befreiungsversuch ab?«, fragte Nylander.

»Wir verteidigten den Festgenommenen und uns selber mit Gummiknüppeln. Die Neger zogen sich zurück.«

»Ich verstehe«, sagte Nylander. Er nahm ein paar Papiere von seinem Schreibtisch und blätterte darin, bevor er fortfuhr: »Eine Anzahl Zeugen mit schwedisch klingenden Namen wie Örner, Hugosson, Gustavsson und Pershagen haben Zeugenaussagen gemacht und eine kollektive Anzeige erstattet. Sie behaupten, dass ihr den erwähnten Nynjake Akebuko ohne ersichtlichen Grund überfallen habt. Dass ihr ihn mehrmals in die Nieren geschlagen habt sowie ihm mehrere Male Pfeffer in die Augen gespray habt, als er schon mit Handschellen am Boden lag.«

»Der Festgenommene war nicht kooperativ«, teilte Bodström mit.

»Kann ich mir vorstellen«, sagte Nylander. »Aber die Zeugenaussagen stimmen nicht mit dem überein, was ihr erzählt. Einer der Zeugen ist ein ehemaliger Gemeinderat, ein anderer stellvertretender Direktor. Ihr werdet es schwer haben vor Gericht.«

»Es kommt also zur Anklage?« Hjelm sah niedergeschlagen aus.

Nylander sog an einem Schneidezahn und schmatzte.

»Die Angelegenheit ist an die Staatsanwaltschaft weitergeleitet worden. Sie liegt auf Anna Högbergs Tisch. Sie ist nicht gerade für ihre Bereitschaft zur Zusammenarbeit bekannt. Und du, Hjelm, hast ja auch nicht gerade eine ganz fleckenfreie Weste.«

Hjelm schürzte die Lippen. Ihm war klar, worauf Nylander abzielte. Während seiner Zeit auf der Polizeischule hatte Hjelm sich abfällig über weibliche Polizeikräfte und

Homosexuelle geäußert. Das war in der überregionalen Presse ausgeschlachtet worden, und man hatte darüber diskutiert, ob Hjelm seine Ausbildung überhaupt beenden durfte. Aber er war überprüft worden und hatte seine Legitimation bekommen. Seit dreizehn Jahren leistete er Dienst unter Kommissar Nylander. Im Dienst hatte er aus Fahrlässigkeit eine Kollegin erschossen. Als stellvertretender Chef des Einsatzkommandos war er wiederholt wegen Gewalt gegen Festgenommene angezeigt worden, und man hatte es für nötig gehalten, ihn eine Weile im Innendienst einzusetzen. Es ging das Gerücht, dass er einem Verein angehörte, in den man nur dann gewählt wurde, wenn man es schaffte, in kürzester Zeit einen Kasten Bier hinunterzukippen und danach die Nationalhymne in Habtachtstellung zu singen.

»Habt ihr noch etwas hinzuzufügen?«, fragte Nylander.

Die beiden uniformierten Polizisten sahen sich an. Hjelm schüttelte den Kopf.

»Und ihr habt keine blauen Flecken oder Verletzungen, die darauf hindeuten könnten, dass der Festgenommene Widerstand gegen Beamte geleistet hat?«

Die Polizisten tauschten wieder einen Blick.

»Ich hab einen blauen Fleck am Oberschenkel«, sagte Bodström nach einer Weile. »Aber der kommt vom Training letzten Freitag.«

»Ausgezeichnet«, sagte Nylander. »Geh zum Arzt und lass es fotografieren. Es ist ja bekannt, dass die Neger um sich treten. Hast du nicht auch was, Hjelm?«

Hjelm schaute bekümmert auf seine Hände und schüttelte den Kopf.

»Molgren und Kranz von der zentralen Ermittlungsgruppe kommen um drei hierher. Dann müsst ihr anwesend sein. Ich werde auch dabeisitzen. Du, Bodström, wirst vortragen, dass der Neger einen heftigen Tritt gegen dein Schienbein zielte und dass du das so interpretiert hast, dass er dich und deinen Kollegen verletzen wollte.«

»Ja, Chef«, sagte Bodström.

Nylander sah Hjelm an. »Und du bezeugst, dass du den Tritt gesehen hast und dass du so gestanden hast, dass der ehemalige Gemeinderat und der stellvertretende Direktor keinen genauen Einblick hatten.«

Hjelm nickte.

»Dann sehen wir uns also um fünfzehn Uhr.«

Hjelm und Bodström marschierten gemeinsam zur Tür hinaus. Nylander machte sich eine Notiz auf einem Zettel. Er notierte, dass die beiden erwähnten Polizisten einen Verweis bekommen hatten und dass sie außerdem zu einer Besprechung mit der zentralen Ermittlungsgruppe um fünfzehn Uhr bestellt worden waren.

Nylander hatte gerade seinen Stift hingelegt, als das Telefon klingelte.

Es war Hammarlund. »Ich muss dich sprechen. Auf der Stelle.«

»Sofort, Chef«, sagte Nylander, erhob sich, ging in den Korridor hinaus und nahm den Fahrstuhl zum Stockwerk des Polizeidirektors. Er nickte Hammarlunds Sekretärin Vickan zu. Dann betrat er Hammarlunds Büro und schloss die Tür hinter sich.

Das Büro des Polizeidirektors war doppelt so groß wie Nylanders. Es war möbliert mit einem ausladenden Schreibtisch und einem lederbezogenen Schreibtischstuhl mit hoher Rückenlehne. Auf dem Schreibtisch standen zwei Telefone, sonst war er leer. Auf einem kleinen niedrigen Tisch daneben stand ein Computer.

In der Ecke, mit Aussicht über den Park, standen zwei Sofas, davor ein Glastisch und auf der anderen Seite des Tisches zwei Sessel. Die Sofas und Sessel waren mit hellgrauem Baumwollstoff bezogen.

An der Wand über der einen Couch hing eine Winterlandschaft. Das Gemälde hatte früher im Gymnasium gehangen, aber nachdem dort ein Bild von Osslund gestohlen worden war, hatte man beschlossen, die Kunst der Kommune an einem sichereren Ort aufzuhängen.

»Setz dich«, forderte Hammarlund Nylander auf und zeigte auf die Sofas, während er sich erhob und dem Kommissar entgegenging.

Hammarlund war selbst einmal Kommissar und Chef der lokalen Kripo gewesen. Nach einer Änderung der Beförderungsbestimmungen hatte er eine Weiterbildung gemacht und war Polizeidirektor geworden. Die Stelle des Polizeidirektors war früher Juristen vorbehalten gewesen. Dies hatte sich nicht gut auf die Leitungsfunktion der Polizei ausgewirkt. Die Polizeidirektoren wurden von ihren Untergebenen einfach nicht für richtige Polizisten gehalten. Mit Hammarlund war das also anders. Er war ein richtiger Polizist. Dies erleichterte seine Arbeit beträchtlich.

»Was haben deine Jungs nun wieder angerichtet?«, fragte Hammarlund und ließ sich in einem der Sessel nieder.

»Ich nehme an, du meinst Hjelm und Bodström?«

Hammarlund machte eine resignierte Handbewegung. Nylander runzelte die Stirn und sah seinen Chef an.

»Ich hatte heute morgen eine ernsthafte Unterredung mit den beiden. Um drei haben sie einen Termin mit der lokalen Ermittlungsgruppe. Ich werde auch an der Besprechung teilnehmen, um das Gewicht der Angelegenheit zu unterstreichen. Die Sache liegt beim Staatsanwalt, es wird wohl einen Prozess geben, könnte ich mir denken. Bodström hat sich bei dem Handgemenge mit dem Festgenommenen verletzt und ist im Augenblick auf dem Weg zum Arzt, um sich ein Attest zu beschaffen.«

»Die wiegen doch fast hundert Kilo, jeder, Bodström und Hjelm?«, sagte Hammarlund.

»Kann schon sein.« Nylander nickte zufrieden bei dem Gedanken.

»Und keiner von den beiden ist unter einsfünfundachtzig«, sagte Hammarlund.

»Bodström ist mindestens einsneunzig«, sagte Nylander stolz.

»Der Mann, den sie gestern um siebzehn Uhr zwanzig im Einkaufszentrum festnehmen wollten, wiegt neunundsechzig Kilo. Er ist einsdreiundsiebzig groß und neunzehn Jahre alt.«

»Diese Typen können aggressiv werden«, gab Nylander zu bedenken.

»Redest du von deinen Männern?«

»Nein, nein«, sagte Nylander. »Natürlich von den Negern. Da war ja gleich ein ganzer Haufen zur Stelle, um den Festgenommenen zu befreien. Nach den Aussagen meiner Männer befanden sie sich in einer bedrohlichen Situation.«

»Nach der Aussage des pensionierten Gemeinderats Sven Örner sollen sich deine Männer einem farbigen jungen Mann genähert haben, der vor H & M stand, um Unterwäsche zu kaufen. Deine Männer gehen auf Nynjake Akebuko zu und fordern ihn auf, sich zu entfernen. Er sagt, dass er auf seine Schwester wartet. Der eine Polizist soll dann gesagt haben: ›Einer wie du darf vielleicht im Urwald sein Maul aufreißen, aber hier bist du ein Nichts.‹ Akebuko soll dann geantwortet haben, dass er sehr wohl etwas sei. Dann soll einer der Polizisten Akebuko unter den Armen hindurch am Nacken gepackt haben.«

»Wahrscheinlich ein Doppelnelson«, warf Nylander ein.

»... der andere Polizist soll dem Festgehaltenen Pfeffer in die Augen gesprayt haben. Der Zeuge will die Polizisten aufgefordert haben, den Festgenommenen loszulassen. Darauf soll einer der beiden Polizisten den Zeugen bedroht und gefragt haben, ob er wissen möchte, wie sich Pfeffer anfühlt, sonst soll er dahin gehen, wo der Pfeffer wächst. Danach sollen sie Akebuko auf den Boden gelegt und seine Hände auf dem Rücken mit Handschellen gefesselt und ihm erneut Pfeffer in die Augen gesprayt haben. In diesem Moment sollen mehrere der Herumstehenden, unter anderen ein Direktor von einer unserer Schulen, versucht haben einzugreifen. Die Zeugen sind mit Gummiknüppeln bedroht und aufgefordert worden, sich rauszuhalten. Sie mussten sich zurückziehen. Nach zwanzig Minuten traf der Einsatzwagen ein. Da hatten sich bis zu hundert Menschen um den Festgenommenen und deine Schutzleute versammelt. Der Polizist des Einsatzwagens beschreibt die Stimmung als bedrohlich. Der Festgenommene wird zum Revier gebracht, wo er entlassen wird, nachdem er von Karlström und Pettersson verhört wurde. Die Staatsanwältin sagt, deine Männer können sich schon mal nach neuen Jobs umsehen. Sie hat so viele starke Zeugenaussagen, dass sie sicher ist, dass die beiden verurteilt werden.«

»Tja«, philosophierte Nylander. »Du weißt ja, wie das ist. Als Polizist hat man die ganze Welt gegen sich. Sobald man aus dem Auto steigt, ist jemand da, der einem eins aufs Maul geben möchte. Hjelm ist vielleicht etwas unkontrolliert und schwatzhaft, aber im Grunde ist er ein guter Kerl. Er trainiert seit fast zehn Jahren zwei Handballvereine, Mädchen und Jungen. Für seine Arbeit mit Jugendlichen ist er mit der Ehrenauszeichnung der Kommune bedacht worden ...«

»Aber in den beiden Handballvereinen, die er trainiert, gibt es nicht einen einzigen Jugendlichen, der von Einwanderern abstammt«, sagte Hammarlund.

»Die Kanaken mögen keinen Handball«, meinte Nylander.

»Ich bestehe darauf, dass Hjelm und Bodström von der Straße entfernt werden, bis die Sache ganz aufgeklärt ist«, sagte Hammarlund.

»Klar«, antwortete Nylander. »Wir haben tatsächlich einen Auftrag, der ist wie für sie gemacht. Fors hat Personenschutz für Anneli Tullgren beantragt. Das könnte was für Bodström und Hjelm sein. Sie dürfen von der Dämmerung bis zum Sonnenaufgang vor Tullgrens Haus im Svedjevägen sitzen. Sie brauchen ja nicht beide gleichzeitig dazusitzen. Einer genügt. Dann schlagen wir zwei Fliegen mit einer Klappe. Die beiden sind von der Straße verschwunden, bis die Ermittlung beendet ist, und

Fors bekommt seinen gewünschten Personenschutz für Tullgren.«

Hammarlund dachte nach.

»Gut«, sagte er nach einer Weile. »So machen wir es. Sie sitzen abwechselnd jede Nacht in Uniform in einem Streifenwagen vor Tullgrens Haus. Das ist ausgezeichnet. Teile das bitte Fors mit.«

»Wird gemacht«, sagte Nylander, stand auf und ging zur Tür.

12

Tove und Lydia schliefen bei der Großmutter, wenn ihre Mutter Nachtdienst im Pflegeheim hatte. Das geschah häufig mehrere Nächte in der Woche.

Die Zimmer im Pfarrhaus waren groß, aber es gab nicht viele Zimmer. Wenn Tove und Lydia bei der Großmutter übernachteten, schliefen sie im selben Zimmer. Es war im ersten Stock, hatte sichtbare Deckenbalken und einen Kachelofen. Im Winter kam es vor, dass sie ihn einheizen durften, ehe sie schlafen gingen, aber Anfang September gab es noch kein Feuerholz im Holzkorb.

Pastorin Aina Stare hatte Schlafstörungen. Ihr Arzt hatte ihr ein schwaches Schlafmittel verschrieben. Die Tablette war kaum größer als ein Stecknadelkopf. Tove hatte im Frühling eine Tablette gestohlen und sie in der Küche mit einem Mörser zerstampft. Das Pulver hatte sie in einem Umschlag im Schrank in der Tasche einer Hose verwahrt, die ihr zu klein geworden war.

Dann hatte sie gewartet.

Heute Abend sollte es so weit sein.

Tove hatte Lydia gefragt, ob sie für sie beide einen Kakao kochen sollte, und Lydia, die im Bett lag und las, hatte das Angebot erfreut angenommen. Lydia und Tove hatten jeder einen Becher Kakao getrunken, und nach einer Weile war Lydia eingeschlafen.

Aina Stare, die einmal im Monat mit Freundinnen Bridge spielte, hatte das Haus um halb acht verlassen. Tove hatte zwei Kissen unter ihrer Decke so hergerichtet, dass es aussah, als liege sie im Bett und schlafe. Die Großmutter kam zwar immer spät von ihren Bridge-Abenden nach Hause, aber man konnte ja nie wissen.

Dann hatte Tove SEIN T-Shirt und SEINE Jeans angezogen und war die knarrende Treppe hinuntergegangen, sie hatte die Gummihandschuhe genommen, die neben dem Spülbecken hingen, und das Haus durch den Kücheneingang verlassen.

T-Shirt und Jeans waren zu groß, sie hatte die Ärmel und die Hosenbeine hochgekrempelt. Sie wünschte, sie könnte auch SEINE Schuhe tragen, aber Tove hatte kleine Füße und die Schuhe waren zu groß. In der Tasche hatte sie die neonfarbenen Gummihandschuhe. Sie zog sie an, ging zur Weißdornhecke und tastete in der Dunkelheit die Erde nach dem Hammer ab. Er lag dort, wo sie ihn in das hohe Gras gelegt hatte, und sie steckte ihn in eine Plastiktüte, bevor sie die Tüte auf den Gepäckträger des Fahrrades festklemmte. Danach suchte sie im Gras nach dem Schraubenzieher, den sie vielleicht brauchen würde, wenn sie durch ein halb geöffnetes Fenster ins Haus einsteigen müsste. Der Schraubenzieher gehörte ihrer Mutter. Sie hatte ihn vor ein paar Tagen aus dem Werkzeugkasten in der Besenkammer genommen. Sie steckte ihn in die Gesäßtasche.

Dann fuhr sie los.

Die Nacht war sternenklar, und ein Halbmond stand am Himmel. Tove fuhr in Richtung Stadt. Die ganze Zeit dachte sie daran, was sie vorhatte, und sie besprach mit IHM, wie sie es tun würde. ER hörte immer zu, wenn sie erzählte, wie sie es machen wollte, und sie lachte vor sich hin, als ihr einfiel, wie gut sie sich das alles ausgedacht hatte.

Den rostigen Hammer hatte sie Anfang Juli beim Pflücken wilder Erdbeeren in einem Straßengraben unweit vom Pfarrhof gefunden. Sie hatte sofort gewusst, dass es ein Zeichen von IHM war. ER war es, der sie zu dem Graben geführt hatte, zu den wilden Erdbeeren genau an dieser Stelle.

Sie war in der letzten Zeit mehrmals mit dem Rad an Tullgrens Haus vorbeigefahren und hatte bemerkt, dass die Verandatür immer offen stand. Aina Stare schlief bei offenem Fenster. Tove ging davon aus, dass auch Anneli Tullgren bei offenem Fenster schlief, vielleicht musste sogar die Verandatür offen stehen? Wenn das so war, würde sie ein leichtes Spiel haben. Falls es nötig wäre, dass Tove durch ein Fenster einsteigen müsste, würde es sicher auch gut gehen. Tove war schon lange in einer Gymnastikgruppe, die donnerstags in der Sporthalle trainierte. Sie war kräftig und geschmeidig und konnte an einem Tau bis zur Decke der Sporthalle hinaufklettern. Sie würde schon ins Haus gelangen.

Sie brauchte fünfzehn Minuten für den Weg. In einigen Häusern brannte noch Licht, andere lagen schon dunkel da.

Als sie in den Svedjevägen einbog, entdeckte sie einen Streifenwagen unter der Laterne vor Tullgrens Pforte. Im Auto war es dunkel. Tove meinte zu erkennen, dass niemand darin saß. Sie fuhr mit abgewandtem Gesicht daran vorbei, bog nach rechts ab und erreichte den Schutz der hohen Hecke, die Tullgrens Grundstück umgab. Rechts war Tullgrens Haus, links war der Wald. Tove hielt an, zog das Fahrrad über den Straßengraben und lehnte es gegen eine Kiefer. Sie zog die Gummihandschuhe aus und steckte Handschuhe und Schraubenzieher in die Plastiktüte auf dem Gepäckträger. Dann betrat sie die Straße und ging auf den Svedjevägen zu. An der Straßenecke blieb sie stehen. Zwanzig Meter entfernt parkte der Streifenwagen, die Motorhaube in die andere Richtung gewandt. Die Straßenlaterne beleuchtete das Auto. Ein Mann kam aus dem Wald und öffnete die Tür an der Fahrerseite. Das Licht fiel auf seine Uniform. Als er Tove den Rücken zukehrte, sah sie die Schrift auf seinem blauen Hemd: POLIZEI.

Der Mann setzte sich hinter das Steuer und schloss die Tür. Das Licht im Wageninnern erlosch. Tove blieb eine Weile stehen und betrachtete das Auto, dann kehrte sie zum Fahrrad zurück, zog die Gummihandschuhe an, steckte den Schraubenzieher in die Gesäßtasche, nahm den Hammer am Griff und ging wieder auf die Straße.

Als sie Tullgrens Grundstück erreichte, folgte sie der Hecke. Sie suchte nach einem Durchschlupf in der Hecke. Es war sehr dunkel und sie musste sich vorwärtstasten. Nach einer Weile fand sie ein Loch, durch das sie sich zwängen konnte.

Sie befand sich auf Tullgrens Grundstück. Im Dunkeln überquerte sie den Rasen und war sich sicher, dass sie vom Haus aus nicht zu sehen war. Im Zimmer hinter der Verandatür brannte eine Lampe, das Licht fiel auf die Veranda, und Tove hörte die Stimmen einer Nachrichtensendung.

Sie ging die Treppenstufen zur Veranda hinauf. Jetzt konnte sie entdeckt werden, wenn jemand von drinnen auf die Veranda schaute. Tove drückte das Gesicht gegen die Fensterscheibe links von der Verandatür.

Sie schaute in ein Wohnzimmer. Vor dem großen Fernseher, der eingeschaltet war, stand ein Ruhesessel. Im Fernseher liefen die Neun-Uhr-Nachrichten. Da es jetzt elf war, musste die Sendung aufgenommen worden sein. Jemand saß in dem Ruhesessel vor dem Fernseher. Tove konnte Füße und Waden sehen, mehr nicht.

Dann klingelte ein Telefon. Die Person im Ruhesessel stand auf. Tove duckte sich, um nicht entdeckt zu werden, dann verließ sie die Veranda und stellte sich unter einen Apfelbaum.

Die Person, die im Ruhesessel gesessen hatte, kam auf die Veranda. Das Licht fiel von hinten auf sie. Sie trug einen weißen Frotteemorgenmantel. Anneli Tullgren hielt ein Telefon in der Hand und schien einer Nachricht zu lauschen. Sie sagte nichts. Dann ging sie wieder ins Haus, und als sie drinnen war, versetzte sie der einen Hälfte der Verandatür einen Stoß. Die andere Hälfte der Tür blieb offen. Unmittelbar darauf wurde das Licht im Zimmer ausgeknipst, der Fernseher verstummte, und sein bläuliches Licht hinter den Fensterscheiben verschwand.

Tove ging wieder die Stufen zur Veranda hinauf. Die linke Türhälfte stand immer noch offen. Tove horchte eine Weile, bevor sie einen Schritt ins Wohnzimmer machte.

Sie hörte Wasser im Bad laufen und umklammerte den Hammergriff. Sie konnte fast nichts sehen, kaum die Konturen der Möbel.

Da hörte sie Schritte auf der Veranda. Tove bückte sich und hockte sich an die Wand neben dem geschlossenen Teil der Verandatür.

Jemand schlüpfte herein. Es war eine große schlanke Gestalt, die sich lautlos bewegte. Er – denn Tove glaubte, dass es ein Mann war – stieß gegen ein Möbelstück, und ihm entfuhr ein gedämpfter Fluch. Dann ahnte Tove mehr als dass sie es sah, wie er durch die Tür verschwand, die vermutlich zur Diele führte.

Ein Augenblick Stille.

Dann kam der Schrei.

Ein schriller lauter Schrei einer Frau, der in hörbares Keuchen und Stöhnen überging. Es folgte ein »Nein, nein …«, und dann fiel etwas auf den Boden, vielleicht war ein Stuhl umgefallen.

Der große Mann kehrte mit schnellen Schritten aus dem Vorraum zurück. Er ging auf die Verandatür zu, und als das Licht des Mondes auf ihn fiel, sah Tove, dass der Mann schwarz gekleidet war. Sein Kopf war mit einer schwarzen Mütze oder Maske bedeckt.

Der Mann ließ etwas fallen, was auf das Parkett knallte. Dann verschwand er im Garten.

Tove ließ ihm einen kleinen Vorsprung, dann richtete sie sich auf, packte den Griff der zugestoßenen Verandatür, riss sie weit auf und lief hinaus, die Treppe hinunter und über den Rasen zur Hecke. Sie zwängte sich durch die Hecke und spürte, wie die Dornen ihr Arme und Gesicht zerkratzten.

Sie kam hinaus auf die Straße und hörte das Geräusch laufender Schritte, die sich vom Svedjevägen entfernten.

Dann hörte Tove ein Klingelsignal. Jemand klingelte an Tullgrens Tür. Tove war übel, und die Beine wollten sie nicht tragen. Sie setzte sich neben die Hecke auf die Erde. Das Klingeln wiederholte sich, diesmal in kürzeren Abständen.

Tove ging zum Fahrrad, steckte den Hammer, den Schraubenzieher und die Gummihandschuhe in die Plastiktüte und klemmte sie auf den Gepäckträger. Sie zerrte das Rad auf die Straße. In Tullgrens Haus ging in einem Zimmer nach dem anderen Licht an. Tove schob ihr Rad zum Svedjevägen. Sie beobachtete den Streifenwagen. Die eine Tür stand offen. Auf dem Autodach kreiselte Blaulicht. Das Licht fiel auf ihre Hände am Fahrradlenker.

Sie stieg auf und fuhr los, bog vom Svedjevägen ab und erreichte die große Landstraße. Sie trat in die Pedale, so kräftig sie konnte. ER war zurückgekommen. ER hatte die Sache übernommen und das getan, was sie hatte tun sollen. ER hatte ihr beigestanden in dieser schweren Stunde.

»Danke«, flüsterte sie vor sich hin.

Sie flüsterte die Worte, die Bill ihr beigebracht hatte: »The ceremony of innocence is drowned.«

Wieder und wieder flüsterte sie den Satz vor sich hin.

Ehe sie den Pfarrhof erreichte, musste sie anhalten. Sie musste sich übergeben.

Erst kam Kakao, dann Galle. Danach noch mehr Galle. Sie begann am ganzen Körper zu zittern. Sie legte sich auf den Rücken und schaute hinauf in den Himmel. Sie sah den Großen Bären und den Halbmond.

Nach einer Weile stand sie auf, zog das Fahrrad aus dem Graben und fuhr weiter. Als sie auf den Hof der Pfarrei einbog, bemerkte sie Licht im Küchenfenster. Es war eine einsame Kerze, und das konnte nur bedeuten, dass Aina Stare vom Bridge nach Hause gekommen war.

Es war jedoch nicht sicher, dass sie Toves Abwesenheit bemerkt hatte, deswegen ging Tove um das Haus herum zum Haupteingang, aber die Tür war abgeschlossen. Sie kehrte zur Küchentür zurück, drückte die Klinke vorsichtig herunter und betrat den Vorraum. Zu ihrer Erleichterung sah sie, dass ihre Großmutter nicht in der Küche war. Sie tappte durch die Küche und versuchte dabei knarrende Dielen zu vermeiden.

»Bist du es, Tove?«, ertönte die Stimme der Großmutter im selben Moment, als Tove sich in Sicherheit wähnte.

»Ja.«

Tove hielt mitten im Schritt inne und drehte sich um. Die Großmutter kam aus ihrem Arbeitszimmer, die langen Haare hingen ihr über die Schultern.

»Wo bist du gewesen?«

»Draußen.«

»Mitten in der Nacht?«

»Ich hatte etwas zu erledigen.«

Die Großmutter sah sie forschend an.

»Und das konnte nicht bis morgen warten?«

»Nein.«

»Und deswegen hieltest du es für nötig, Kissen unter die Bettdecke zu stopfen, um mich irrezuführen für den Fall, dass ich in euer Zimmer schaue?«

Tove antwortete nicht.

»Wenn du unbedingt mitten in der Nacht hinausgehen

musst, wäre es mir lieber, wenn du einen Zettel schreibst, wohin du gegangen bist und wann du nach Hause zu kommen gedenkst. Ich habe schließlich die Verantwortung für dich, wenn du hier wohnst.«

»Ich kann die Verantwortung für mich selber übernehmen.«

Aina Stare schwieg eine Weile. Dann fragte sie:

»Ist es ein Junge?«

»Es ist meine Privatangelegenheit.«

»Ich verstehe«, sagte Aina Stare. »Aber wie privat deine Unternehmungen auch sein mögen, sie gehen mich etwas an, wenn du hier wohnst, das musst du begreifen.«

Tove nickte.

Aina Stare runzelte die Stirn und musterte ihre Enkelin.

»Du hast Kratzer im Gesicht.«

»Ich bin vom Fahrrad gefallen.«

»Und es ist natürlich sinnlos zu fragen, wo das passiert ist. Privatangelegenheit?«

»Genau.«

»Geht es dir gut?«

»Ja.«

»Du bist ja ganz blass. Möchtest du einen Kakao?«

»Nein, danke.«

»Wollen wir einen Tee trinken?«

»Ich glaub, ich geh jetzt schlafen.«

Und dann kehrte Tove der Großmutter den Rücken zu und ging nach oben. Sie wusch sich das Gesicht und putzte die Zähne, dann schlich sie in das Zimmer, in dem Lydia schlief. Sie nahm die Kissen unter der Bettdecke hervor und kroch ins Bett. Sie hatte ganz stark das Gefühl, nicht allein zu sein im Zimmer mit Lydia. Das Gefühl war so stark, dass ihr Tränen in die Augen stiegen. Sie schloss sie, und hinter den geschlossenen Lidern sah sie das dunkle Wesen, das durch die Verandatür kam.

Ihr Herz hämmerte.

Erst als es dämmerte, schlief sie ein.

13

Die Morgenbesprechung der Kriminalabteilung fand in Fors' Zimmer statt.

Stenberg und Karlsson von der Spurensuche saßen nebeneinander auf dem Sofa. Stenberg aß einen Wecken, hielt eine Kaffeetasse in der Hand und hatte Krümel im Mundwinkel. Karlsson tippte mit der einen Hand eine Nachricht in sein Handy, mit der anderen kratzte er sich im Schritt. Carin Lindblom stand am Fenster und stocherte mit einem Kugelschreiber in der Erde um den großen Gummibaum.

Stjernkvist und Tunell saßen nebeneinander, und Tunell guckte über die Schulter auf ein paar Papiere, in denen Stjernkvist blätterte. Spjuth las den Leitartikel in der Zeitung.

»Hat niemand Elin Bladh gesehen?«, fragte Carin, ohne sich umzudrehen. »Sie sollte doch gestern anfangen?«

Keiner der Männer antwortete.

»Also nee«, brummte Carin. »Niemand hat Elin Bladh gesehen. Entschuldigt, dass es mich gibt, entschuldigt, dass ich frage.«

Da kam Fors zur Tür herein.

»Guten Morgen!«, rief er und zog das schwarze Leinenjackett aus. Er hängte es an einen Haken an der Tür, setzte sich auf den Stuhl mit den fünf Rollen und bewegte sich zu seinen Untergebenen am Sofatisch, indem er sich mit den Füßen abstieß.

»Jetzt ist der Teufel los«, erklärte Spjuth und senkte die Zeitung. »Hast du die Morgennachrichten gehört?«

»Nee«, sagte Fors. »Wer fängt an?«

Spjuth faltete die Zeitung zusammen und steckte sie in die Jacketttasche. Stenberg streckte sich nach einem weiteren Wecken, Carin Lindblom lehnte sich mit der Hüfte gegen das Fensterbrett und begann zerstreut mit dem Kugelschreiber gegen einen Schneidezahn zu klopfen.

Fors griff nach der Thermoskanne. Er schüttelte sie, stellte fest, dass sie halb voll war, goss sich Kaffee in eine Tasse, gab noch etwas Milch dazu und fing Stjernkvists Blick auf. Stjernkvist hatte in der Nacht Dienst gehabt.

»Um zweiundzwanzig Uhr fünfundfünfzig ging Alarm vom griechischen Restaurant ein«, sagte er. »Das Ganze wurde als akuter Überfall beschrieben, eventuell Raub. Und die Sache war noch im Gange. Wir schickten einen Wagen hin, der gerade unterwegs war. Lund und Berggren kamen kurz nach elf an. Auf dem Fußboden gleich hinter der Tür lag Achilles Seferis. Er hatte mehrere Schläge gegen den Kopf bekommen, mit etwas, was Zeugen als Baseballschläger bezeichneten. Einem Kellner war der Unterarm ausgerenkt worden. Zwei Frauen, die in dem Restaurant arbeiten, standen unter schwerem Schock.

Ich weckte Carin und fuhr hin. Ich kam um zehn Minuten nach elf an, Carin kam zehn Minuten später. Wir haben vier Zeugen, von denen zwei im Restaurant arbeiten, zwei waren Gäste, die gerade das Restaurant verlassen hatten und sich auf dem Parkplatz davor befanden. Die Täter werden als drei Jungen oder junge Männer, die mit Wollmützen maskiert waren, beschrieben.«

Stjernkvist räusperte sich.

»Gleichzeitig mit Carin kam Alarm von Hjelm an. Er saß in einem unserer Wagen vor Anneli Tullgrens Haus im Svedjevägen. Hjelm hatte Schreie aus dem Haus gehört, war ausgestiegen und hatte mehrmals an Tullgrens Tür geklingelt. Als niemand öffnete, war er um das Haus herumgelaufen. Die Verandatür stand offen, und er ging hinein. Er fand Tullgren nackt auf der Schwelle zwischen Bad und Diele liegen. Sie lag auf dem Rücken und hatte eine Stichwunde im Bauch. Vom rechten Ohr zum Kinn hatte sie eine Schnittwunde. Sie blutete – wie Hjelm sagte – wie ein Schwein. Hjelm rief einen Krankenwagen.

Tullgren liegt auf der Intensivstation, und es ist zweifelhaft, ob sie überlebt. Dort befindet sich auch Achilles Seferis. Seine Verletzungen sind nicht lebensgefährlich, aber sie könnten möglicherweise zu teilweiser Invalidität führen. Der Arzt meint, es wird mindestens eine Woche dauern, ehe wir mit Seferis sprechen können. Was Tullgren angeht, ist die Lage wie gesagt kritisch. Als Hjelm uns alarmierte, haben Carin und ich uns getrennt. Carin fuhr zu Tullgrens Haus, ich blieb im Restaurant.«

Stjernkvist stieß Luft aus und sah seinen Chef an. Stenberg nickte und wiederholte Spjuths Feststellung:

»Jetzt ist der Teufel los.«

»Spjuth übernimmt die Ermittlungen im Restaurant«, sagte Fors. »Es könnte sich um die Clique Jugendlicher handeln, mit der Stjernkvist und Tunell sich schon einmal beschäftigt haben. Ihr bildet die Restaurantgruppe. Ich kümmere mich um Tullgren. Carin, du kommst mit mir. Elin Bladh wird zu unserer Gruppe gehören, wenn sie denn auftaucht. Hat die Spurensuche was entdeckt?«

»Oh ja«, grunzte Stenberg mit vollem Mund.

Karlsson übernahm das Reden:

»Wir haben zwei Baseballschläger gefunden. Den einen im Eingang des Restaurants, den anderen ungefähr hundert Meter entfernt vor dem Haus Folkungavägen 14.«

»Wir klingeln an den Türen und fragen nach«, sagte Spjuth. »Im Folkungavägen gibt es reichlich Mietshäuser. Wenn drei Jungen, nachdem sie Seferis zusammengeschlagen haben, den Folkungavägen entlanglaufen, dann erregen sie Aufmerksamkeit, nehme ich an. Sie werden wohl kaum leise gewesen sein. Wenn ich diese Art Früchtchen richtig einschätze.«

»Gut«, sagte Fors. »Noch was?«

»Nichts, was das Restaurant angeht«, sagte Karlsson. »Aber bei Tullgren hat der Täter das Messer liegen lassen. Es ist ein Solingendolch. Früher wurde behauptet, sie seien so scharf und gut geschliffen, dass man damit durch eine Ein-Kronen-Münze stechen konnte, ohne die Messerspitze zu verbiegen.«

»Handelte es sich nicht um eine Zwei-Kronen-Münze?«, fragte Spjuth.

»Vielleicht war es ein Hunderter?«, sagte Carin.

»Rutscht mir ...«, sagte Spjuth.

»Was kriege ich?«, fragte Carin.

»Wo lag das Messer?«, fragte Fors.

»Im Wohnzimmer, vor der Verandatür.«

»Wie weit ist das vom Bad entfernt?«, fragte Tunell.

»Sieben, acht Meter«, antwortete Karlsson.

»Warum wurde das Messer nicht beim Opfer liegen gelassen?«, fragte Stjernkvist.

»Der Täter hat vielleicht geglaubt, er braucht es noch mal auf dem Weg hinaus«, spekulierte Tunell.

»Du meinst, es war noch jemand im Haus?« Fors sah Stenberg an, der gerade mit seinem dritten Wecken beschäftigt war.

»Nicht, soweit wir wissen«, antwortete Karlsson.

»Ich versuche, mit dem Rauchen aufzuhören«, erklärte Stenberg, als alle rund um den Tisch zuschauten, wie er in den dritten Wecken biss.

»Also, fangen wir mit Seferis' Restaurant an«, sagte Fors, »wer könnte Seferis überfallen haben?«

»Vielleicht ist es keine Privatangelegenheit«, sagte Tunell, »vielleicht geht es um Business.«

»Du meinst, dass jemand anders den Laden übernehmen möchte?«, sagte Stjernkvist.

»Ja. Oder vielleicht schuldete Seferis jemandem Geld. Wir haben ja die Brandstiftungen in Pizzerien, vier Brände in einem halben Jahr. Die Restaurantbranche scheint schon länger in Bewegung zu sein.«

»Wo ich aufgewachsen bin, hat sich die Restaurantbranche nie bewegt«, sagte Spjuth. »Im Restaurant ›Eisenbahner‹ waren die Tischdecken immer gleich fleckig und das Kotelett immer auf die gleiche Weise zu Tode gebraten.«

»Bist du oft in Restaurants gewesen als Kind?«, fragte Stenberg.

»Ja«, sagte Spjuth, »meine Mutter war Kellnerin.«

»Vielleicht hat jemand eine Clique Jugendlicher angeheuert, Seferis unter Druck zu setzen, hast du das gemeint?«, fragte Fors.

Tunell nickte.

»Kürzlich war ich bei Seferis«, sagte Fors. »Wir hatten einen anonymen Brief bekommen, in dem stand, er habe eine Pistole unterm Tresen. Ich bin hingefahren und hab mich über die Lage informiert. Seferis holte einen Spielzeugrevolver hervor und erzählte, dass sich Jugendliche auf dem Parkplatz herumtrieben. Er hatte sich mit ihnen angelegt, weil sie das Geschäft kaputtmachten. Vermutlich kam der anonyme Brief von den Jugendlichen, die nicht kapiert hatten, dass es sich um ein Spielzeug handelte, und hofften, sie könnten Seferis in Schwierigkeiten bringen.«

»Rache«, sagte Spjuth. »Kleine Jungs sind heutzutage so leicht beleidigt. Wir müssen ein paar gute Zeugen auftreiben. Dann nehmen wir sie hoch. Kleine Jungs können nie das Maul halten. Außerdem sind es drei. Wer hat schon mal gehört, dass drei kleine Jungs Geheimnisse für sich behalten können?«

»Zwei können ein Geheimnis bewahren«, sagte Carin, »vorausgesetzt, dass einer von beiden tot ist. Sprichwort aus Sizilien.«

»Die Restaurantgruppe verhört die Zeugen und fragt an den Türen«, fasste Fors zusammen. »Ich habe fünfzehn Jahre lang Kaffee bei Seferis getrunken. Er ist ein anständiger Kerl. Ich glaube nicht, dass er sich Geld von einem Wucherer geliehen hat. Er scheint sich die Jugendlichen zu Feinden gemacht zu haben. Die müssen wir fassen. Können wir jetzt zu Tullgren übergehen?«

»Drei Stiche in den Bauch«, sagte Carin. »Eine zehn Zentimeter lange Schnittwunde vom Ohr über die Wange.«

»Er könnte Linkshänder gewesen sein«, sagte Tunell. »Wenn die Schnittwunde an der rechten Seite ist.«

»Wenn es keine Rückhand war«, sagte Stjernkvist.

»Er betritt das Bad«, sagte Carin, »er hebt das Messer, um ihren Hals durchzuschneiden. Sie duckt sich oder bewegt sich, sodass der Stich die Wange trifft. Danach sticht der Täter auf den Bauch ein. Übrigens, der Täter? Wir dürfen nicht vergessen, dass es sich dabei auch um eine Frau gehandelt haben kann«, fuhr Carin fort. »Frauen benutzen auffallend oft Messer. Wir haben im Schnitt vierzig Fälle von Totschlag, die von Frauen ausgeführt wurden. Im ganzen Land. Messer sind die häufigste Waffe bei tödlicher Gewalt. Immer mehr Leute werden wegen Vergehen gegen das Messergesetz festgenommen, aber die Anzahl der Totschlagfälle ist seit zehn Jahren unverändert. Man kann sogar eine geringe Abnahme konstatieren. Die meisten Messerstechereien kommen zwischen Menschen vor, die einander kennen. Wie viele Messerstechereien es gibt, weiß niemand, da nicht alle angezeigt werden. Aber es sind viele. Und manche, die schneiden und stechen, sind Frauen.«

Es wurde eine Weile über Carins kurzen Vortrag nachgedacht.

»Keine Schuhspuren?«, fragte Fors.

Karlsson schüttelte den Kopf.

»Drei Stiche in den Bauch und eine Gesichtsverletzung, das klingt nach viel Blut«, sagte Tunell. »Warum haben wir keine Schuhspuren?«

»Vielleicht hatte der Täter lange Beine und hat sich in Sprüngen vorwärtsbewegt«, sagte Karlsson.

Carin sah müde aus und seufzte.

Fors schaute sich in der Runde um. »Was ist also der Hintergrund?«

»Politik«, meinte Spjuth. »Tullgren kandidiert für eine ausländerfeindliche Partei und hat eine Vergangenheit als Nazi. Sie ist erst kürzlich während ihrer Wahlveranstaltungen angegriffen worden. Ein politischer Hintergrund ist also denkbar. Außerdem sind die Nazis dafür bekannt, dass sie sich nicht vertragen. Wie heißt noch dieser Naziführer, der vor einiger Zeit für ein halbes Jahr eingebuchtet wurde, weil er seine Schwester misshandelt hat?«

Das schien niemand zu wissen.

»Sie sollen sich darüber gezankt haben, wie weit Röhm wirklich homosexuell war. Die sind total ...«

Spjuth führte einen Finger an die rechte Schläfe und drehte ihn herum. Dann schüttelte er den Kopf.

»Vielleicht ist es ja auch eine Privatsache«, sagte Carin. »Es wäre schade, wenn wir uns an der Politik festbeißen, nur weil es im ersten Moment einleuchtend erscheint. Es könnte eine alte Liebe geben, die sich verschmäht fühlt.«

»Ist Liebe das Einzige, woran du denkst?«, fragte Stenberg.

»Ja«, sagte Carin. »Liebe sättigt besser als Kuchen. Und die Liebe setzt sich nicht auf die Hüften.«

»Wer's glaubt«, schnaubte Stenberg.

»Once on your lips, forever on your hips«, sagte Carin.

»Hast du ein Verhältnis?«, fragte Tunell.

Sie schwiegen eine Weile.

»Wir wissen es nicht«, fasste Fors zusammen.

»Es könnte etwas ganz Banales sein«, sagte Stjernkvist. »Vielleicht hat sie jeden Samstagmorgen um acht Uhr den Rasenmäher angeschmissen. Die Nachbarn sind vergrätzt. Jemand geht mit einer Klinge in der Hand zu ihr rüber, um ihr eine Lektion zu erteilen …«

»Das Haus ist das letzte im Svedjevägen«, sagte Karlsson. »Sie hat nur einen Nachbarn. Der scheint im Augenblick verreist zu sein. Es war jedenfalls niemand zu Hause, als wir ihn heute Nacht wecken wollten.«

»Hat jemand mit anderen Nachbarn gesprochen?«, fragte Fors.

»Nein«, sagte Karlsson. »Es sei denn, Hjelm hat es getan.«

»Der Idiot«, fauchte Spjuth. »Der ergreift doch nie die Initiative.«

»Was hat Hjelm berichtet?«, fragte Fors.

»Ein lauter, ziemlich schriller Schrei«, sagte Stenberg. »Hjelm ist aus dem Auto gestiegen und hat an der Haustür geklingelt. Niemand hat geöffnet. Er ist um das Haus herumgegangen. Gelangte ins Wohnzimmer durch eine offene Verandatür. Trat auf das Messer. Erkannte, dass etwas nicht in Ordnung war. Machte Licht im Zimmer, fand, dass ein Schrei und ein blutiges Messer verdächtig wirkten. Als er in die Diele kam, sah er Tullgren. Er hat einen Krankenwagen und Verstärkung gerufen. Danach hat er sich auf einen Stuhl vor die Haustür gesetzt und abgewartet.«

»Wer ist jetzt dort?«, fragte Fors.

»Hjelm ist abgelöst worden. Das Haus ist abgesperrt. Jemand von der Schutzpolizei steht Wache.«

»Wir fahren hin«, sagte Fors und suchte Carins Blick.

Da klopfte es an die Tür und im selben Moment wurde sie geöffnet. Die Frau, die in der Türöffnung stand, sah aus wie aus einer Werbung für Knäckebrot. Sie war blond, hatte die Haare zu einem Pferdeschwanz hochgebunden, trug einen weißen Rock und eine kurzärmelige terrakottafarbene Bluse. Ihre nackten Füße steckten in Sandalen. Sie war mittelgroß und sehr braungebrannt.

»Hallo«, sagte sie. »Mein Name ist Elin Bladh. Ich bin auf einer kleinen griechischen Insel hängengeblieben und konnte nicht rechtzeitig antreten. Aber jetzt bin ich hier.«

Alle Männer im Zimmer lächelten ungewöhnlich breit. Nur Carin Lindblom lächelte weniger begeistert. Dieses Mädchen ist gerade dreißig, dachte sie. Und sie schaute Karlsson an, dessen Lächeln in ein einfältiges Gaffen übergegangen war.

Elin Bladh war das, was Carin Lindbloms Großvater »eine hübsche Deern« genannt hätte.

»Willkommen«, sagte Fors und erhob sich.

Dann ging Elin Bladh herum und reichte jedem die Hand.

»Gut, dass Sie da sind«, sagte Fors. »Wir haben hier einiges um die Ohren. Wir haben Sie alle geradezu herbeigesehnt. Möchten Sie etwas über sich erzählen?«

»Ich bin dreiunddreißig«, sagte Elin Bladh, »habe in Uppsala und Stockholm gearbeitet, zuletzt bei der Fahndung. Hierher bin ich gezogen, weil ich gern ein etwas ruhigeres Berufsleben haben möchte.«

»Da haben Sie sich richtig entschieden«, behauptete Spjuth. »Hier passiert nie was.«

»Möchten Sie vielleicht einen Wecken?«, fragte Karlsson und warf Stenberg einen vorwurfsvollen Blick zu.

»Ich hab einen furchtbaren Jieper auf eine Zigarette«, sagte Stenberg und sah dabei aus wie ein Dreijähriger, dem man sein Lieblingsspielzeug weggenommen hat.

»Vergiss es«, sagte Spjuth. »Du bist zu alt für Tabak.«

»Als man klein war, war man zu jung zum Rauchen, jetzt ist man zu alt. Es gibt keine Gerechtigkeit auf der Welt«, jammerte Stenberg.

»Fällt dir das nicht ein bisschen spät ein«, sagte Carin. »Du wirst doch im nächsten Jahr pensioniert?«

Stenberg antwortete nicht. Fors wandte sich an Elin Bladh. »Sie kommen mit mir und Carin Lindblom. Wir müssen einen Tatort aufsuchen. Unterwegs informiere ich Sie über den Fall.«

Bevor sie das Zimmer verließen, öffnete Carin das Fenster und ließ es angelehnt. Es war schon warm.

14

Tove öffnete ein Auge.

»Was hast du getan?«, flüsterte Lydia.

»Lass mich in Ruhe«, knurrte Tove, noch versunken im Land der Träume.

»Großmutter weint«, sagte Lydia und schüttelte Tove am Arm.

Tove schlug beide Augen auf und sah in das Gesicht der Schwester. Lydia kniete neben Toves Bett.

»Warum?«

»Weil du es getan hast. Jetzt kommst du in die Hölle.«

Lydia zischte das Wort Hölle mit solcher Wut hervor, als ob sie sich befreien wollte, nicht nur vom Wort selber, sondern auch von den Gedanken, die hinter dem Wort standen.

»Hör auf«, stöhnte Tove.

»Sie bringen es im Radio«, sagte Lydia, »alle Sendungen handeln nur davon.«

»Wovon?«

»Was du getan hast«, zischte Lydia. »Von deinem Verbrechen!«

Dann erinnerte Tove sich. Es war seltsam, sie wunderte sich selbst darüber, dass sie so lange brauchte, um zu begreifen, wovon die Schwester sprach, dass sie so lange brauchte, aus der Welt des Traumes in die Wirklichkeit zurückzukehren.

»Großmutter sitzt in der Küche und weint«, sagte Lydia mit Tränen in den Augen. »Und du bist Schuld daran.«

»Warum weint sie?«

Lydia erhob sich und stemmte die Hände in die Hüften. Sie war noch im Nachthemd. »Das weißt du genau.«

»Wie spät ist es?«, fragte Tove.

»Nach neun.«

Dann fiel Lydia wieder auf die Knie neben dem Bett. Sie nahm Toves Hand. Die war kalt und trocken. Lydias Hand war heiß und feucht.

»Du musst ein Geständnis ablegen«, sagte Lydia. »Das ist deine einzige Rettung.«

»Was für eine Rettung?«

Lydia schüttelte den Kopf, dass ihre ungekämmten Locken flogen. »Du brauchst kein Theater zu spielen! Wir wissen, dass du es getan hast. Großmutter war wach, als du nach Hause gekommen bist, hast du das vergessen?«

»Nein«, sagte Tove, »hab ich nicht.«
»Wie hast du es getan?«, flüsterte Lydia. Um ihren Mund war ein Zug von Lüsternheit. Dieselbe Lüsternheit, wie wenn Lydia die Zunge nach einer Eiswaffel ausstreckte, dieselbe Lüsternheit, wie wenn sie eine reife Walderdbeere zwischen die Lippen schob.
Der Hammer im Graben.
Eine reife Walderdbeere im Gras.
»Ich hab mit dem Hammer zugeschlagen«, behauptete Tove. »Auf den Kopf.«
»Nein!«, stöhnte Lydia. Sie saß mit offenem Mund da. »Das kannst du nicht getan haben. Sie ist eine erwachsene Frau.«
»Ich bin einsfünfundsechzig, und sie ist nicht viel größer. Außerdem hat sie gesessen.«
»Sie hat gesessen?«
»Ja, auf dem Klo.«
Lydia gab einen Laut von sich, der klang, als würde ein Fahrradschlauch platzen. Die Luft schien zu entweichen, als ließe sie alle Luft heraus, um neue einzuatmen und sich mit dem Sauerstoff zu füllen, den sie brauchte, um nicht umzufallen.
»Nein«, stöhnte Lydia. »Das kannst du nicht getan haben!«
»Kann ich nicht? Du hast es doch im Radio gehört.«
»Sie haben nicht gesagt, wie es passiert ist«, antwortete Lydia.
»Sie hat bekommen, was sie verdient hat«, sagte Tove. Ihre Stimme klang zufrieden.
»Nein«, sagte Lydia. »Das stimmt nicht. ›Ihr habt gehört, dass gesagt worden ist: Du sollst deinen Nächsten

lieben und deinen Feind hassen. Ich aber sage euch: Liebet eure Feinde und bittet für die, die euch verfolgen!‹«

»Quatsch«, fauchte Tove, drehte sich zur Wand und schloss die Augen.

»Lieber Gott im Himmel«, hörte sie Lydia in einem Ton sagen, der klang wie die Großmutter. »Vergib meiner Schwester ihre Untat. Vergib ihr, denn sie weiß nicht, was sie tut.«

Tove schnellte herum, warf die Bettdecke ab, stellte sich vor die Schwester hin und packte sie am Hals, als wollte sie sie erwürgen. Die Schwester versuchte sich zu wehren, aber der Griff um ihren Hals wurde fester, und Tove zwang Lydia zu Boden. Lydias Gesicht lief rot an, als wollten ihre Wangen platzen, und ihre Augen traten aus den Höhlen.

Da kam Aina Stare ins Zimmer. Mit wenigen Schritten war sie bei den Mädchen, packte Toves Arme und versuchte, ihre Hände von Lydias Hals zu lösen. Es gelang ihr nicht sofort.

Lydia weinte.

Aina Stare hielt die Handgelenke ihrer Enkelin fest.

»Was hast du getan, Tove? Was tust du?« Speichel spritzte ihr aus dem Mund. Ihre Augen waren weit aufgerissen.

»Ich hab sie umgebracht!«, schrie Tove. »Und ich will nicht, dass ihr für mich betet! Hört auf, für mich zu beten! Hört auf!«

»Liebe, kleine Tove«, schluchzte die Großmutter und versuchte, das Mädchen in die Arme zu nehmen, aber Tove riss sich los.

»Ich hab sie mit dem Hammer erschlagen!«, rief Tove.

»Was für einem Hammer?«, schrie Aina Stare.

»Meinem Hammer!«, rief Tove. »Mit dem hab ich sie erschlagen.«

Lydia schluchzte.

»Was war das für ein Hammer?«

»Mein Hammer!«, rief Tove wieder. »Den hab ich ihr an den Kopf geknallt.«

Aina Stare schüttelte den Kopf. »Das kannst du nicht getan haben.«

»Ich habe sie umgebracht!«, brüllte Tove. »Ich hab ihren Schädel zertrümmert!«

»Nein.« Aina Stare schüttelte immer noch den Kopf. »Zum Glück ist sie nicht tot. Du hast sie nicht umgebracht.«

»Ich hab sie umgebracht!«, rief Tove. »Ich hab die verdammte Sau getötet. Sie ist tot, tot, tot!«

»Nein«, wiederholte Aina. »Tot ist sie nicht.« »Von was für einem Hammer redest du?«

»Mit dem ich sie erschlagen habe.«

Lydia hatte sich auf dem Fußboden ausgestreckt und schluchzte immer noch unaufhörlich. Aina hockte sich neben sie und strich ihr übers Haar.

»Zeig mir den Hammer«, sagte Aina und sah Tove fest an.

»Er ist im Hof.«

»Zeig ihn mir.«

Tove ging vor der Großmutter her die Treppe hinunter, durch die Küche und hinaus auf den Hof. Sie ging zum Fahrrad und zeigte auf die Plastiktüte mit dem Hammer. »Da.«

Aina Stare beugte sich über die Tüte auf dem Gepäckträger. »Was ist da drin?«, fragte sie, ohne die Tüte zu berühren.

»Ein Hammer und ein Schraubenzieher.«

Aina drehte sich um und legte Tove beide Hände auf die Schultern. »Erzähl mir genau, was passiert ist, kannst du das?«

»Ja«, antwortete Tove. »Was willst du wissen?«

»Alles.«

Tove setzte sich auf die Steinstufe vor der Küchentür. Sie schlang die Arme um ihre Knie. Die Sonne schien ihr ins Gesicht. Tove blinzelte.

»Ich hab mir im Frühling eine von deinen Schlaftabletten genommen und sie mit dem Mörser zu Pulver zerstoßen. Gestern Abend hab ich es in Lydias Kakao gekippt. Kurz vor elf bin ich losgefahren zu Tullgrens Haus. Ich hatte einen Hammer – sie zeigte auf den Gepäckträger – und einen Schraubenzieher und hab Gummischuhe mitgenommen, damit ich nirgends Fingerabdrücke hinterlasse.«

»Gummischuhe?« Aina Stares Stimme klang verwirrt.

»Gummihandschuhe«, korrigierte Tove sich. »Ich meine Gummihandschuhe. Als ich bei dem Haus ankam, stand ein Polizeiauto davor. Aber ich wusste, dass die Verandatür offen war. Ich bin durch die Hecke gekrochen und hab dabei Kratzer im Gesicht abgekriegt. Durchs Fenster sah ich Tullgren vorm Fernseher sitzen. Sie sah sich die Nachrichten an …«

»Gibt es denn so spät Nachrichten?«

»Es war eine Aufzeichnung der Neun-Uhr-Nachrichten. Als sie zur Toilette ging, bin ich ihr durch die Verandatür nachgegangen. Als ich ins Bad kam, saß sie auf dem

Klo und pinkelte. Ich stürzte mich auf sie und schlug mit dem Hammer auf ihren Kopf ein.«

Aina Stare sank auf der Steinstufe nieder. Sie strich sich mit der rechten Hand die Haare aus dem Gesicht und stützte sich mit der linken Hand auf der Treppenstufe ab.

»Kleine Tove«, flüsterte sie, »das kann nicht stimmen.«

»Natürlich stimmt das. Wer sollte so eine Geschichte erzählen können, wenn sie nicht wahr ist?«

Aina Stare schluchzte auf. Tränen liefen ihr über die Wangen. Sie war sehr blass, und ihre Augen waren gerändert.

»Wir müssen die Polizei benachrichtigen, das verstehst du sicher.«

»Klar versteh ich das. Aber die können mir nichts anhaben. Ich bin erst dreizehneinhalb. Und es besteht keine Gefahr, dass ich es noch einmal tue. Es gibt nur einen einzigen Menschen auf der ganzen Welt, den ich umbringen wollte, und jetzt ist dieser Mensch tot. Sie können mir nichts tun. I'm untouchable.«

»Untouchable?«

Tove antwortete nicht. Sie schlang die Hände fester um ihre Beine und legte den Kopf auf die Knie.

»Sei nicht traurig, Großmutter, du brauchst dir keine Sorgen zu machen. Das musste einfach geschehen. Sie durfte nicht leben.«

»Hast du nicht gehört, was ich gesagt habe?«, fragte Aina Stare.

»Was?«

»Anneli Tullgren ist nicht tot. Sie liegt auf der Intensivstation.«

Tove biss sich auf die Unterlippe und sah die Großmutter zweifelnd und etwas besorgt an.

»Ich hab's im Radio gehört. Die Polizei sucht nach dem Täter. Man glaubt, der Überfall auf Tullgren könnte etwas mit einem Überfall auf ein Restaurant in der Stadt zu tun haben.«

»Dann ist Tullgren also nicht tot?«

»Nein.«

Tove seufzte. »Tullgren liegt auf der Intensivstation?«, wiederholte sie in ungläubigem Ton.

»Ja.«

Tove dachte eine Weile nach, ehe sie weitersprach: »Vielleicht liegt sie im selben Zimmer, in dem Papa gestorben ist? Dann gäbe es ja doch noch eine Art Gerechtigkeit auf der Welt.«

»Tove«, sagte Aina Stare, »was immer du getan oder auch nicht getan hast, das, wovon du redest, hat nichts mit Gerechtigkeit zu tun. Wenn du Anneli Tullgren verletzt hast, hast du ein Verbrechen begangen.«

Tove schüttelte heftig den Kopf. »Keinesfalls. Eine wie die hat keinen Wert als Mensch. Sie hat kein Recht zu leben. Sie wollte nur Hass. Hass ist das Einzige, was sie fühlen kann.«

»Und du, Tove«, fragte Aina Stare, »was fühlst du?«

Tove dachte gründlich nach.

»Wenn sie nicht tot ist, bin ich enttäuscht. Aber trotzdem ganz zufrieden. Weil ich versucht habe, das zu tun, was nötig ist. Ich habe ausgeführt, was Papa wollte.«

»Nein«, sagte Aina Stare. »Ich bin sicher, dass er das nicht wollte.«

Tove lächelte. »Das kannst du gar nicht wissen. Nur ich

spreche mit ihm. Er hat mich gebeten, es zu tun. Er hat gesagt, dass er keinen Frieden findet, solange Anneli Tullgren weiter den Geist von Menschen vergiftet.«

»Liebe Tove«, seufzte die Großmutter. »Und was hat deinen Geist vergiftet?«

»Ich habe getan, was ich tun musste. Wenn sie es überlebt, wird bestimmt ein anderer meinem Beispiel folgen. Ich kann beim Prozess sagen, dass ich wünsche, dass andere meinem Beispiel folgen. Dass man Typen wie Anneli Tullgren erschlagen muss.«

»Wer hasst denn nun jetzt?«, fragte Aina Stare.

Tove antwortete nicht.

Aina Stare erhob sich. »Ich ruf Harald Fors an. Er wird mit dir sprechen wollen. Du kennst Harald ja schon.«

»Er ist in Ordnung.« Tove nickte. »Er hat ja auch Papas Mörder gefasst. Er wird es verstehen.«

Hinter ihnen wurde die Küchentür geöffnet. Lydia trat auf die Treppe hinaus, barfuß und immer noch im Nachthemd.

»Im Radio fordern sie die Leute auf, die etwas wissen, sich an die Polizei zu wenden. Sie haben eine Telefonnummer genannt.«

Aina Stare ging in die Küche. Tove blieb sitzen, die Arme um die Knie geschlungen. Sie blinzelte in die Sonne und hörte die Großmutter eine Nummer wählen. Nach einer Weile bat sie, mit Harald Fors sprechen zu dürfen.

Lydia setzte sich neben die Schwester und umschlang ihre Knie genau wie Tove.

Sie schwiegen eine Weile.

»Ich bin so froh, dass du keine Mörderin bist«, sagte Lydia.

15

Harald Fors, Carin Lindblom und Elin Bladh gingen den Gartenweg entlang. An der Tür zu Anneli Tullgrens Haus stand eine uniformierte Polizeiassistentin. Sie hieß Helga Trane. Sie hatte kurze Zeit ein Verhältnis mit Hjelm gehabt.

»Ist Hjelm hier?«, fragte Fors.

»Nein, er ist um sieben nach Hause gefahren, als ich kam. Er hat heute frei.«

»Hat er eine Telefonnummer hinterlassen?«

»Nein, aber ich habe seine Nummer von zu Hause.«

Fors wandte sich an Elin Bladh. »Hjelm soll herkommen, sofort.«

Elin Bladh nickte.

Draußen auf dem Svedjevägen parkte Karlsson den dunkelblauen Van der Spurensicherung. Er kam den Gartenweg herauf, berührte mit der Schultern Elin Bladhs Pferdeschwanz und betrat die Diele gleich nach Fors und Lindblom.

»Dort hat sie gelegen.« Karlsson zeigte auf die offene Badezimmertür. Auf dem Fußboden war eine ein Quadratmeter große Lache von getrocknetem Blut. Im Blut waren Abdrücke von Schuhen mit Profilsohle. Oberhalb der Lache hatte jemand eine weiße Schnur ausgelegt. Sie bildete die Konturen eines Körpers, der mit Beinen und Rumpf in der Diele, mit Oberkörper und Kopf im Bad gelegen hatte.

»Das sind Hjelms Schuhe«, erklärte Karlsson. »Er hat versucht, das Blut mit einem Handtuch aufzuwischen.«

Er öffnete den Laptop, den er mitgebracht hatte, und

hielt ihn so, dass Fors und Lindblom Anneli Tullgren sehen konnten, die nackt auf einem Behandlungstisch lag. Auf einigen Bildern waren Hände und Finger in Gummihandschuhen zu sehen.

Bild vom Gesicht

Totale von links

Totale von rechts

Totale vom Kopf

Totale vom linken Fuss

Totale vom rechten Fuss

Bild vom Gesicht/Nahaufnahme von der Verletzung

Rumpf/Nahaufnahme von der Verletzung

»Noch mal das Gesicht«, sagte Fors.

Karlsson zeigte das Gesicht mit dem Schnitt vom rechten Ohr hinunter zum Kinn.

»Keine anderen Verletzungen?«, fragte Lindblom.

»Den rechten Arm«, sagte Fors, Karlsson klickte ein Bild nach dem anderen an und hielt eine Weile bei einem Bild inne, auf dem der rechte Arm zu sehen war.

»Vergrößern«, bat Lindblom.

Und dann sahen sie eine Vergrößerung rund um den rechten Ellenbogen.

»Vermutlich eine Schnittwunde«, sagte Fors.

»Es ist eine Schnittwunde«, bestätigte Lindblom. »Sie hat den rechten Arm hochgerissen, um ihr Gesicht zu schützen. Die Messerschneide wurde vom Ellenbogen abgefangen, und der Stich, der gegen den Hals gerichtet war, traf Wange und Kinn. Der Täter hat von oben zugestochen und dann von unten.«

»Der Rumpf«, sagte Fors.

Karlsson gab einige Befehle ein, und dann erschien das vergrößerte Bild vom Rumpf.

»Drei Stiche in den Rumpf, alle von links und wahrscheinlich schräg von unten«, stellte Lindblom fest.

»Der Täter ist vermutlich Linkshänder«, sagte Fors.

»Wenn er sie nicht mit der Rechten an den Haaren festhielt«, sagte Lindblom. »Sind irgendwo Haare aufgetaucht? Vielleicht hat er von links zugestochen, weil er ihre Haare mit der Rechten festhielt?«

»Keine Haare«, sagte Karlsson. »Wir haben jedenfalls nirgends welche gefunden.«

»Southpaw«, sagte Fors, der sich in seiner Jugend für Boxen interessiert hatte.

»Wann bekommen wir einen ersten Arztbericht?«, fragte Lindblom.

»Heute Nachmittag«, antwortete Karlsson und hob den Blick zu Elin Bladh, die gerade zur Tür hereinkam.

»Gut«, sagte Fors. »Wie ist der Täter hereingekommen?«

»Wahrscheinlich durch die Verandatür«, sagte Karlsson.

Das Handy in Fors' Brusttasche begann zu vibrieren. Er meldete sich und trat ein paar Schritte beiseite.

»Harald Fors?«, ertönte eine Stimme aus dem kleinen Apparat.

»Ja.«

»Hier ist Aina Stare. Meine Enkelin Tove, sie ist dreizehn Jahre alt, sagt, sie hat heute Nacht Anneli Tullgren umgebracht.«

»Wirklich?«, fragte Fors. »Wie hat sie es angestellt?«

Aina Stare stöhnte und versuchte die Tränen zurückzuhalten. »Sie hat einen Hammer benutzt.«

»Einen Hammer? Was hat sie damit gemacht?«

»Tullgren damit auf den Kopf geschlagen.«

»Aha«, sagte Fors. »Auf den Kopf?«

Aina Stare begann zu weinen. »Es ist entsetzlich! Sie redet schon fast ein Jahr davon, dass sie es tun will. Und jetzt...«

»Aina«, sagte Fors, »hör mir zu. Unter der Bedingung, dass du es für dich behältst und nicht deiner Tochter erzählst, niemandem. Dann werde ich dir etwas über Anneli Tullgren sagen und wie sie verletzt ist.«

»Ja«, flüsterte Aina Stare. »Wie?«

»Eins ist ganz sicher. Niemand hat Anneli Tullgren einen Hammer auf den Kopf gehauen.«

Fors hörte ein Schluchzen.

»Niemand hat Anneli Tullgren einen Hammer auf den Kopf gehauen«, wiederholte er. »Was ich dir jetzt gesagt habe, ist ein Vergehen gegen die Geheimhaltungspflicht der Voruntersuchung. Wenn ich nicht wüsste, dass du eine kluge, besonnene Person bist, würde ich es dir niemals erzählen. Du musst mir versprechen, was auch passiert, du darfst niemandem erzählen, was ich dir gesagt habe. Versprichst du mir das?«

»Ja«, sagte Aina Stare. »Ich verspreche es.«

»Ich möchte mich gern mit dem Mädchen unterhalten«, sagte Fors, »aber erst später.«

»Tove hat einen Kratzer im Gesicht«, sagte Aina Stare.

»Sie behauptet, heute Nacht bei Tullgrens Haus gewesen zu sein. Dort ist sie durch die Hecke gekrochen, ich habe sie nach Hause kommen sehen. Es war halb zwölf. Ich glaubte, sie ...«

»Dann ist Tove heute Nacht also bei Tullgrens Haus gewesen? Das behauptet sie?«

»Ja, schrecklich. Und sie behauptet, sie habe Tullgren im Badezimmer erschlagen.«

»Im Bad? Das sagt sie?«

»Sie sagt, sie hat Tullgren erschlagen, als sie auf der Toilette saß.«

Fors warf einen Blick auf seine Armbanduhr.

»Ich komme noch vor heute Abend vorbei und spreche mit dem Mädchen. Sorg dafür, dass sie zu Hause bleibt. Und vergiss nicht – ich habe kein Wort davon gesagt, dass kein Hammer benutzt wurde.«

»Gott sei Dank«, sagte Aina Stare. »Danke, Harald. Aber Tove hat einen Hammer in einer Tüte auf dem Gepäckträger.«

»Den gucken wir uns an. Lass ihn liegen, wo er liegt. Rühr ihn nicht an.«

Dann wurde das Gespräch beendet, Fors steckte das Handy zurück in die Brusttasche und folgte Lindblom, Karlsson und Bladh ins Wohnzimmer.

Sie standen vor der offenen Verandatür.

Auf den Fußboden vor der Verandatür hatte jemand mit weißer Kreide die Konturen eines fünfundzwanzig Zentimeter langen Dolchs gezeichnet. Fors wandte sich an Bladh.

»Sie führen eine Liste über die eingehenden Hinweise, an erste Stelle setzen Sie Stare.«

»Stare«, wiederholte Elin Bladh und nahm ihr Notizbuch hervor. »Mit oder ohne h?«

»Ohne«, sagte Fors. »Haben wir noch mehr Hinweise?«

»Eine Frau hat anonym mitgeteilt, ihr Nachbar habe gesagt, er wolle Tullgren umbringen.«

»Wie heißt der Nachbar?«

Bladh blätterte in dem Buch. »Holgersson.«

»Der Straußen-Holgersson«, sagte Lindblom.

»Vielleicht«, sagte Bladh. »Er heißt Nils Holgersson.«

»Das wissen wir«, sagte Lindblom. »Holgersson besitzt eine Straußenfarm. Seine Nachbarin zeigt ihn von Zeit zu Zeit an. Es geht um alles, von Tierquälerei über Pädophilie bis Trunkenheit am Steuer. Die Nachbarin ist ein bisschen überspannt. Ich glaube nicht, dass wir das ernst nehmen müssen.«

»Setzen Sie Holgersson auf die Liste«, sagte Fors. »Was haben wir noch?«

»Nichts weiter.«

»Das kommt«, sagte Lindblom. »Im Radio haben sie die Telefonnummer bekannt gegeben.«

»Und dann legen Sie sich einen größeren Block zu«, sagte Fors und schaute zur Verandatür. »Was halten wir nun von all dem hier?«

»Der Täter hat das Messer bis zur Verandatür mitgenommen«, stellte Bladh fest. »Das deutet auf einen gewissen Mangel an Professionalität hin. Das Messer war bestimmt blutig. Indem er es mitnimmt, riskiert der Täter, dass er Blut an Schuhe und Kleidung bekommt. Wäre es ein Profi gewesen, hätte er das Messer beim Opfer liegen lassen.«

»Profis sind hier nicht am Werk«, sagte Lindblom. »Und die Person, die Tullgren einen Stich in die Wange und dann drei Stiche in den Bauch versetzt hat, hat viel Blut an Kleidern und Schuhen. Das ließ sich kaum vermeiden. Wenn man wild auf den Bauch einsticht, ist einem vielleicht nicht richtig bewusst, was man tut. Es scheint fast so, als hätte der Täter unter Drogen gestanden. Das Ganze wirkt so brutal. Vielleicht war es ein Einbrecher, der gehofft hatte, dass die Hausbesitzerin schlafen würde, und dann überrascht wurde?«

»Wir haben keine Fingerabdrücke am Messer gefunden«, berichtete Karlsson. »Der Täter hat Handschuhe getragen.«

»Es ist sehr sonderbar, dass wir keine Spuren von Schuhen gefunden haben«, sagte Lindblom. »Er muss Blut an den Schuhen gehabt haben, und es müsste Spuren auf dem Parkett geben.«

»Untersucht den Fußboden noch mal«, sagte Fors, »Zentimeter für Zentimeter.«

»Vielleicht hat er nicht den kürzesten Weg benutzt«, sagte Bladh. »Wenn er in die andere Richtung gegangen ist, könnte er von hier gekommen sein.«

Sie zeigte den Weg, den sie sich vorstellte. Vom Badezimmer konnte man die Veranda auf zwei Wegen erreichen, entweder direkt von der Diele durchs Wohnzimmer oder durch Küche und Esszimmer und dann durchs Wohnzimmer.

»Wenn sie rechts von ihm war, als er zustach«, sagte Carin Lindblom, »hat sich die Blutlache vielleicht so ausgebreitet, dass es ganz selbstverständlich war, in die andere Richtung zu gehen, nämlich zur Haustür.«

»Vielleicht wollte er das Haus durch die Haustür verlassen?«, sagte Bladh.

»Wohl kaum«, sagte Lindblom. »Hjelm saß im Streifenwagen vor dem Haus. Wir müssen annehmen, dass der Täter das wusste.«

»Vielleicht war Hjelm gerade nicht da?«, sagte Bladh. »Vielleicht war er weggefahren, um sich ein Würstchen zu holen?«

»Das ist auch eine Idee«, sagte Fors. »Was hat Hjelm gesagt? Haben Sie ihn erreicht?«

»Er meldet sich nicht«, erklärte Elin Bladh. »Aber ich habe ihm eine Nachricht auf dem Anrufbeantworter hinterlassen.«

»Wenn der Täter in die andere Richtung gegangen ist, setzt es voraus, dass er wusste, dass man das Haus auch auf diesem Weg verlassen konnte. Wie kann er das wissen?«

»Vielleicht war er früher schon mal hier?«, sagte Bladh.

»Ein Freund«, sagte Fors.

»Genau«, sagte Bladh, »aber kein wohlwollender Freund.«

»Wir müssen ihr Umfeld unter die Lupe nehmen. Haben wir ihre Telefone?«

Karlsson schüttelte den Kopf. »Wir haben ein Telefon gefunden. Es wurde seit einem Jahr nicht mehr benutzt. Ich habe mich bei der Telefongesellschaft erkundigt. Der Vertrag besteht noch, wird aber nicht genutzt.«

»Vielleicht hatte sie ein Handy mit im Bad«, sagte Lindblom.

»Und der Täter hat es mitgenommen«, sagte Bladh.

»Besorg dir Hilfe«, sagte Fors zu Karlsson. »Durchsucht das Haus vom Keller bis zum Dachboden. Sorg dafür, dass wir alles bekommen, was uns hilft, ihr Umfeld zu durchleuchten. Adressbücher, Briefe, Telefone. Überprüf die Telefongesellschaften. Fordere Kopien der Listen über ihre Gespräche an.«

»Das kann dauern«, sagte Karlsson.

»Rede mit dem Staatsanwalt«, sagte Fors.

»Wer ist zuständig?«, fragte Lindblom.

»Bertilsson«, antwortete Fors. »Der Fall ist für ihn gerade richtig. Da kann er auf dem politischen Aspekt herumreiten. Er sitzt wahrscheinlich da und reibt sich die Hände.«

»Bertilsson glaubt, er wäre prädestiniert für die Politik«, erklärte Lindblom Bladh. »Er hat schon mal für den Minister ermittelt und wartet jeden Augenblick darauf, Sachverständiger beim Departement zu werden.«

»Dann muss er sich aber beeilen, wenn er noch Karriere machen will«, sagte Fors. »Er ist genauso alt wie ich.«

Carin Lindblom schlang einen Arm um Fors' Taille. »Du bist nicht alt, Harald.«

Und dann summte sie »Forever Young«. Fors kannte den Text. Karlsson zuckte mit den Schultern und ging weg, Elin Bladh stand in der weit geöffneten Verandatür und schaute in den Garten hinaus, während Fors und Carin sangen.

»Es wird Regen geben«, sagte Elin Bladh.

»Eben hat Aina Stare angerufen, die Pastorin in Vreten«, sagte Fors und drehte sich zu Elin Bladh um. »Vor fünfzehn Jahren hat Anneli Tullgren den Freund ihrer Tochter umgebracht. Tullgren war damals eine sehr aktive

Nationalsozialistin. Jetzt meint Pastorin Stare, ihre Enkelin hätte versucht, sich an Tullgren zu rächen, indem sie ihren Schädel mit einem Hammer zertrümmert hat.«

»Einem Hammer?«, sagte Lindblom. »Darauf gibt es keinerlei Hinweise.«

»Das Ganze soll sich im Bad abgespielt haben«, sagte Fors. »Wir sind bisher nur damit an die Öffentlichkeit gegangen, dass Tullgren in ihrem Haus schwer misshandelt wurde. Niemand hat erfahren, dass sie mit einem Messer verletzt wurde, niemand hat erfahren, dass sie im Bad überfallen wurde.«

»Wie meinst du das?«, fragte Carin Lindblom. »Als hätte uns die Vergangenheit eingeholt?«

»Vielleicht«, sagte Fors. »Irgendwie. Woher weiß ein dreizehnjähriges Mädchen, dass wir Tullgren im Bad gefunden haben?« Er fing Elin Bladhs Blick auf. »Als der Junge umgebracht wurde, hatte er gerade die sechzehnjährige Tochter der Pastorin geschwängert. Die Kinder – es sind Zwillinge – heißen Lydia und Tove. Ich treffe sie manchmal. Tove behauptet, sie habe Tullgren mit einem Hammer erschlagen.«

»Rache«, sagte Elin Bladh. »Geht es darum?«

»Ich weiß es nicht«, sagte Fors, »vielleicht.«

Er dachte an das Papier, das er Schyberg hatte unterschreiben müssen, um vollständiges Stillschweigen zu geloben. Es gefiel ihm nicht, dass er ein Geheimnis hatte, dass er etwas wusste, das für die Ermittlung von Bedeutung sein könnte und das er nicht weitergeben durfte. Ich muss es Carin erzählen, dachte er. Schyberg kann sich den Hintern abwischen mit seiner Geheimhaltungspflicht.

»Jetzt fängt es an zu regnen«, sagte Elin Bladh.

Die großen Regentropfen schlugen wie Projektile auf den Verandaboden und spritzten bis auf das Parkett.

16

Roland Spjuth war ein kleiner Mann aus Dalarna mit grauen Haaren, die sich nicht bändigen ließen. Spjuth, Stjernkvist und Tunell hatten die Straßen unter sich aufgeteilt, und der Folkungavägen war Spjuth zugefallen. Folkungavägen 12 lag dem Restaurant des Griechen gegenüber. Der lange Folkungavägen schlängelte sich mit den höheren Hausnummern nach Sållan am Wald entlang.

An den Wohnungstüren zu klingeln war eine zeitraubende Angelegenheit. Nach dem Mittagessen war Spjuth bei Nummer 41 angekommen. Er war in das oberste Stockwerk des fünfstöckigen Hauses hinaufgefahren und hatte an vier Türen geklingelt. Niemand hatte aufgemacht. Er wollte gerade die Treppe hinuntergehen, als er hörte, wie eine Tür hinter ihm geöffnet wurde. Er drehte sich um. Die Tür war nur so weit offen, dass eine Fliege durch den Türspalt hätte fliegen können, aber keine Schwalbe.

»Polizei!«, rief Spjuth laut, da er wusste, dass es sich bei den Leuten, die mitten am Tag zu Hause waren, meistens um Rentner handelte. Und die waren nicht selten schwerhörig.

»Was wollen Sie?«, kam es durch den Türspalt.

Spjuth ging wieder einige Schritte hinauf, ehe er antwortete. »Wir ermitteln in einem Fall und würden Ihnen gern ein paar Fragen stellen.«

»Bitte!«

»Darf ich nicht hereinkommen?«

»Können Sie sich ausweisen?«

Spjuth steckte die Hand in die Tasche und tastete nach seinem Ausweis, ging zwei Schritte auf die Tür zu und schob den Ausweis durch den Spalt. Dann spürte er einen hastigen Ruck, und der Ausweis war weg.

»Woher soll ich wissen, dass er nicht gefälscht ist?«

»Rufen Sie im Revier an und fragen«, schlug Spjuth vor.

»Sind Sie aus Dalarna?«

»Aus Älvdalen.«

»Dann kennen Sie vielleicht Molins?«

»Nein. Ich bin schon vor vielen Jahren dort weggezogen.«

Die Tür wurde geschlossen, dann hörte Spjuth, wie die Sicherheitskette gelöst wurde. Als sich die Tür ganz öffnete, stand er vor einer groß gewachsenen Frau, die, obwohl sie barfuß war, ein gutes Stück größer war als er. Die Frau hatte kurz geschnittene graue Haare und trug eine Brille mit runden Gläsern und einer hellblauen Fassung aus Plastik.

»Aha, Sie kennen Molins also nicht«, sagte die Frau. »Aber Sie können ja trotzdem ein anständiger Mensch sein. Wie hieß Ihr Vater?«

»Adolf Spjuth«, antwortete Spjuth. »Aber er ist tot. Wie heißen Sie?«

»Stina Lindberg. Möchten sie eine Tasse Kaffee?«

»Danke, gern«, sagte Spjuth, der wusste, dass man gleich einpacken konnte, wenn man eine angebotene Tasse Kaffee ablehnte.

»Ich habe welchen in der Thermoskanne. Aber er ist ganz frisch.«

»Zu gütig«, sagte Spjuth.

Stina Lindberg lachte. Ihr Lachen klang wie Spjuths Bohrmaschine.

»Sie brauchen die Schuhe nicht auszuziehen. Bitte sehr.«

Spjuth wurde durch den Vorraum in ein helles Wohnzimmer mit Mahagonistühlen geführt, die gepolsterte Sitze hatten. Es gab eine alte Standuhr aus Dalarna und einen Esstisch, den man durch eine Einlegeplatte vergrößern konnte. Es gab einen sehr großen Fernsehapparat, und auf dem Fußboden lagen einige helle Flickenteppiche. Vor dem Fernseher stand ein Sofa und daneben ein Sessel ohne Armlehnen, der mit einem Wollstoff bezogen war. Der Stoff hatte die gleiche Farbe wie die Standuhr. An den Wänden hingen ein Dutzend goldgerahmte Ölgemälde. Auf drei Gemälden waren Elche an Flüssen zu sehen.

»Was für ein gemütliches Zimmer«, sagte Spjuth und trat ans Fenster. Auf der Fensterbank waren Fotografien aufgereiht.

»Sind das die Enkelkinder?«

»Das sind sie«, sagte Stina Lindberg. »Und auch Urenkel. Möchten Sie ein Stück Kuchen?«

»Wärmsten Dank«, sagte Spjuth.

»Zu gütig, wärmsten Dank, so was bekommt man nicht jeden Tag zu hören.«

»Jemand muss ja das sprachliche Erbe pflegen«, meinte Spjuth.

»Sprechen Sie den Dialekt von Älvdalen?«

Spjuth schüttelte den Kopf.

Die Frau sprudelte einen langen, vollkommen unverständlichen Reim hervor. »Haben Sie das verstanden?«

»Da ging es irgendwie um ein Kinn«, sagte Spjuth.

Stina Lindberg wiederholte den Reim und beobachtete Spjuth dabei. »Haben Sie es jetzt verstanden?«

»Nein.«

Stina Lindberg seufzte. »Alle alten Frauen können spucken, aber wer einem Bären zwischen die Augen spucken will, muss so spucken, dass die Spucke nicht am Kinn hängen bleibt«, übersetzte sie. »Das haben Sie doch bestimmt schon mal gehört. Es ist ein Sprichwort aus Brunnsberg.«

»Ich war siebzehn, als ich von zu Hause weggegangen bin«, sagte Spjuth. »Das ist vierzig Jahre her.«

Stina Lindberg sah ein wenig enttäuscht aus. »Möchten Sie Milch im Kaffee?«

»Gern, wenn Sie welche haben.«

Stina Lindberg verschwand in der Küche, klapperte eine Weile mit Löffeln und Tassen und kam mit einem blechernen Tablett zurück, auf dem eine weiße gehäkelte Decke lag. Auf der Decke standen zwei rot und blau geblümte Kaffeetassen und ein Sahnekännchen mit Milch. Auf einem Teller lagen zwei Hefeschnecken.

»Vielen Dank«, sagte Spjuth, betrachtete die Schnecken und versuchte auszusehen, als würde ihm schon das Wasser im Mund zusammenlaufen. Im Gegensatz zu Stenberg war Spjuth kein Kuchenesser.

»Bitte, setzen Sie sich«, forderte Stina Lindberg ihn auf und zeigte auf den Sessel neben dem Sofatisch.

Spjuth ließ sich nieder, und Stina Lindberg nahm auf

dem Sofa schräg gegenüber Platz. Sie faltete die Hände im Schoß und musterte erst den Kuchenteller, dann Spjuth.

»Bitte, sie sind selbst gebacken.« Dann schenkte sie ihm Kaffee und Milch ein.

»Es geht natürlich um diese Tullgren«, riet Stina Lindberg und sah Spjuth an, um eine Reaktion auf ihre Behauptung von seinem Gesicht abzulesen.

Spjuth hob die Kaffeetasse und probierte den Kaffee. »Gut«, sagte er, »genau das, was ich gerade brauche. Meine Ermittlung gilt dem, was Sie vielleicht gestern Abend zwischen zehn und zwölf hier draußen auf der Straße gesehen oder gehört haben.«

»Es geht also nicht um diese Tullgren?«, fragte Stina Lindberg. »Im Radio reden sie ja von nichts anderem.«

»Wir pflegen nicht anzugeben, in welcher Angelegenheit wir ermitteln«, erklärte Spjuth. »Ich würde es gern erzählen, aber die Vorschriften erlauben es nicht. Ich glaube, meinen Ausweis habe ich noch nicht zurückbekommen.«

»Herr im Himmel!«, rief Stina Lindberg aus, erhob sich, ging zu einem Büfett im Vorraum und kehrte mit der Plastikkarte zurück. Spjuth nahm sie entgegen und steckte sie in die Innentasche seines Jacketts.

»Es geht also um gestern Abend. Die Zeit zwischen zehn und zwölf ist für uns von Interesse.«

»Um zehn war ich nicht zu Hause«, sagte Stina Lindberg nach einer Weile. »Ich war bei meiner Schwester. Sie hatte ihren zweiundneunzigsten Geburtstag. Sie wohnt im Slottsvägen.«

»Ich weiß, wo das ist«, sagte Spjuth.

»Nehmen Sie eine Schnecke«, drängte Stina Lindberg und schob den Kuchenteller mit einem Finger einen Zentimeter näher zu Spjuth heran.

»Danke, ich wollte nur ...« Spjuth nahm ein Notizbuch und einen Kugelschreiber hervor. Er tat so, als mache er sich eine Notiz und sah danach Frau Lindberg an.

»Meine Schwester ist nicht mehr so gut beieinander wie ich. Aber das ist auch kein Wunder. Ich bin zehn Jahre jünger«, sagte sie.

»Ich verstehe«, sagte Spjuth. »Sie waren also um zehn nicht zu Hause. Wann sind Sie nach Hause gekommen?«

»Gegen elf.«

»Wie sind Sie nach Hause gekommen?«

»Ich bin zu Fuß gegangen. Jetzt ist es abends so schön, genauso wie es sein soll. Daheim in Älvdalen haben sie schon Frost gehabt.«

»Dann sind Sie also gegen elf den Folkungavägen entlanggegangen?«

»Ja, ich bin hier unten am Riddarstigen herausgekommen. Von dort sind es nur noch ein paar Häuserblocks nach Hause.«

»Ist Ihnen etwas Besonderes aufgefallen?«

»Es war so ein lieblicher Abend. Ich wünschte, Alva käme etwas mehr hinaus. Mir geht es noch gut, aber ich kann sie nicht ohne Hilfe nach draußen bringen. Das schaffe ich nicht. Viermal am Tag kriegt sie eine kleine Schachtel mit lauwarmem Essen geliefert. Einmal in der Woche wird sie geduscht. Das ist alles. Sie war Gemeindeschwester in Porjus, als sie den Staudamm gebaut haben. Sie ist meilenweit auf Skiern gelaufen, um Arbeitern und Sami, die sich verletzt hatten, Verbände anzulegen. Sie hat ihr ganzes Leben geschuftet. Sie war ein nützlicher kleiner Mensch. Jetzt sitzt sie wie ein Paket in ihrer Wohnung. Sie kann nicht vom Sofa aufstehen, ohne Gefahr zu laufen hinzufallen, und wenn sie hinfällt, kommt sie nicht allein wieder hoch. Ich habe das Sozialamt gebeten, ihr einen Platz in einem Heim zu besorgen, wo sie unter Aufsicht ist, aber solche Plätze gibt es nicht. Sie soll in ihrer Wohnung bleiben. Morgens kommt ein Junge aus Eritrea und füttert sie. Mitten am Tag kommt ein Junge aus Pakistan. Nachmittags soll einer – Gott weiß woher – kommen, aber meistens kommt er nicht. Und abends bringt sie jemand ins Bett. Ich würde ihr natürlich helfen, wenn ich könnte, aber ich habe keine Kraft mehr in den Armen. Meine ganze Kraft scheint in den Beinen zu sein. Einen Herzinfarkt hab ich auch gehabt.«

Sie schwieg und musterte Spjuth.

»Ist das gerecht, sagen Sie es mir, Gerechtigkeit ist ja Ihr Beruf. Sollen sich die Menschen ihr ganzes Leben lang abrackern und dann nichts mehr wert sein? Soll alles Geld an Jugendliche gehen, die sich krankschreiben lassen, weil sie unglücklich sind und ihr Leben nicht auf die Reihe kriegen? Sollten die, die ihr ganzes Leben lang gearbeitet haben, ohne einen einzigen Tag krank gewesen zu sein, nicht etwas anderes erwarten können als vier Pappschachteln, die von vier verschiedenen Menschen gebracht werden, die nicht einmal richtig Schwedisch sprechen? Soll das Leben so sein?«

»Das ist schlimm«, sagte Spjuth. »Was war auf der Straße los?«

»Ich weiß es nicht, ich sehe nicht mehr so gut. Und es war dunkel. Aber es kamen ein paar Jungen. Vielleicht kamen sie vom Fußball, sie riefen so was wie ohh-aaaa-ha-ohoh ...«

»Ohh-aaa-ha-ohoh«, wiederholte Spjuth.

»Ungefähr, ja«, bestätigte Stina Lindberg.

»Aber Sie haben sie nicht gesehen?«

»Es war dunkel, und ich kann nicht gut sehen.«

»Und um wie viel Uhr war das?«

»Als ich die Jungen hörte? Etwa gegen elf. Ich glaub, die Standuhr zeigte zehn Minuten nach elf, als ich in die Wohnung kam, und die Uhr geht immer richtig, weil ich sie regelmäßig aufziehe. Darauf kommt es bei dieser Art Uhren an, auf Regelmäßigkeit.«

»Und sonst ist Ihnen auf der Straße nichts Besonderes aufgefallen?«

»Nicht das Geringste.«

Spjuth trank seine Kaffeetasse halb aus und erhob sich.

»Dann bedanke ich mich bei Ihnen.«

Stina Lindberg sah enttäuscht aus. »Möchten Sie keine Schnecke?«

»Vielleicht kann ich sie später essen. Wenn Sie mir eine Tüte geben. Ich habe gerade gegessen«, log Spjuth. »Die Schnecke sieht sehr lecker aus.«

»Frisch gebacken«, sagte Stina Lindberg. Sie ging in die Küche, holte eine Plastiktüte, steckte die beiden Schnecken hinein und reichte sie Spjuth.

»Guten Appetit«, sagte Stina Lindberg.

»Es wird mir ausgezeichnet schmecken«, versicherte Spjuth, bedankte sich für die Hilfe und den guten Kaffee und verließ die Wohnung.

17

Aina Stare backte Pfannkuchen. Sie servierte sie mit Käse und Himbeermarmelade. Die Marmelade hatte sie selbst gemacht. Die Himbeeren hatten Lydia und Tove gepflückt.

»Müsste er nicht bald da sein?«, fragte Lydia und warf einen Blick auf ihre Armbanduhr.

»Er hat wahrscheinlich viel zu tun«, sagte Aina Stare. »Möchtest du noch einen Pfannkuchen, Tove?«

Tove schüttelte den Kopf.

Lydia beobachtete die Schwester. In ihrem Kopf wirbelten die Gedanken durcheinander. Vor allem Gedanken daran, was Tove getan hatte. Sie hatte wirklich getan, was sie sich vorgenommen hatte. Für Lydia war es unfassbar. Wie oft hatte sie Kinder und Jugendliche drohen und sagen hören, sie würden … Und jeder wusste, dass man so etwas nur in einem Moment der Erregung sagte.

Aber Tove nicht.

Es war etwas ganz anderes. Lange Zeit zu behaupten, »das werde ich tun«. Und es dann auszuführen. Wenn das, was getan werden sollte, weit über den Verstand ging und so entsetzlich unbegreiflich war.

Lydia verstand die Schwester nicht. Das hatte sie schon oft gedacht, ich versteh sie nicht. Sie ist merkwürdig. Und jetzt hatte Tove alle Grenzen überschritten. Jetzt gab es – wie die Großmutter zu sagen pflegte – nirgends mehr Sinn und Verstand. Jetzt war alles vollkommen unverständlich geworden.

Tove ihrerseits wusste, dass sie Anneli Tullgren nicht den Hammer auf den Kopf gehauen hatte. Sie war ganz sicher, dass jemand anders Tullgren verletzt hatte. Aber da sie selbst ihr so oft den Tod gewünscht hatte – das glaubte sie jedenfalls –, war sie der Meinung, gewissermaßen daran beteiligt gewesen zu sein, dass Tullgren jetzt im Krankenhaus lag. Außerdem war sie ja wirklich in der Nähe, als der Überfall stattgefunden hatte. Und sie hatte als Einzige – außer Anneli Tullgren natürlich – den gesehen, der in den Nachrichten als Täter bezeichnet wurde.

Aina Stare war unbeschreiblich erleichtert darüber, dass ihre geliebte Tove Tullgren nicht mit dem Hammer verletzt hatte, dass sie unaufhörlich, ohne die Lippen zu bewegen, Gott dafür dankte, was geschehen war; oder eher für das, was nicht geschehen war.

Während Aina Stare also Pfannkuchen backte und eine Scheibe Cheddar nach der anderen auf die heißen Pfannkuchen legte und dann die frische Himbeermarmelade daraufgab und die Pfannkuchen aufrollte, da dachten sie – jede für sich um den Küchentisch im Pfarrhaus – über das eine oder andere nach.

»Wann wollte er kommen?«, fragte Tove.

»Er wusste es nicht genau«, antwortete Aina Stare. »Irgendwann im Lauf des Abends. Er hat mich jedenfalls gebeten, dass du zu Hause bleibst und wir die Tüte mit dem Hammer nicht anfassen.«

»Müssten sie Tove nicht ins Gefängnis stecken?«, fragte Lydia. Bei dem Gedanken stiegen ihr Tränen in die Augen. Sie stellte sich Tove in einem abgesperrten Raum mit vergitterten Fenstern vor und wie sie die Schwester sonntags mit einem Sandkuchen besuchen würde. Ein nicht ganz unangenehmer Gedanke, wenn sie ihn bis zu Ende dachte. Das Ende war natürlich, dass Lydia ihre Großmutter und ihre Mutter für sich allein haben würde und auch das Zimmer mit dem Kachelofen im Obergeschoss des Pfarrhofs. Und in der Schule hätte sie etwas zu erzählen. Sie könnte sogar einen Aufsatz über ihre verrückte Schwester schreiben.

»Wie hieß die noch, die jemand in der Badewanne ertränkt hat?«, fragte Lydia die Großmutter, die ihr gerade einen Pfannkuchen auf den Teller legte.

»Meinst du Charlotte Corday? Die Marat umgebracht hat?«

»Genau. War sie verrückt?«

»Ich bin nicht sicher«, antwortete Aina Stare. »Sie glaubte – wie so viele fehlgeleitete Idealisten –, dass sie das einzig Richtige tat.«

Im vergangenen Sommer hatten sie im Pfarrhaus Charles Dickens gelesen. »Geschichte zweier Städte« zum Vorlesen. Die Gespräche über die französische Revolution waren manchmal in alle möglichen Diskussionen abgeschweift, zum Beispiel darüber, ob es richtig war, jenen den Kopf abzuhacken, die ein ganzes Volk unterdrückt hatten? Lydia, die gern noch mehr wissen wollte, hatte sich in der Bibliothek Stefan Zweigs Biographie über Marie Antoinette ausgeliehen. Tove blieb gleichgültig. Sie zitierte die Königin aus »Alice im Wunderland«: »Off with her head!«

»Glaubst du, ich bin verrückt?«, fragte Tove und nahm einen Happen von dem Pfannkuchen, den die Großmutter gerade Lydia serviert hatte.

»Das hab ich nicht gesagt«, behauptete Lydia.

»Aber gib zu, dass du es gedacht hast.«

Tove beugte sich über den Tisch und näherte sich mit

dem Gesicht dem ihrer Schwester, dass diese zurückwich.

»Wenn ich nämlich verrückt bin, dann bist du es auch. Wahnsinn ist erblich. Aber er äußert sich auf unterschiedliche Weise. Du wirst auf eine Art verrückt werden, die viel quälender ist als meine. Viel, viel quälender.«

Dann beugte sie sich noch weiter vor, und Lydia wich noch weiter zurück.

»Du wirst deine eigenen Kinder aufessen!«, rief Tove. »Wie Pomperipossa. Du wirst sie im Backofen braten ...«

»Bitte, Tove!«, sagte Aina Stare.

Aber es war schon zu spät. Lydia war aufgesprungen und weinend nach oben gelaufen.

»Du musst Lydia doch nicht noch trauriger machen«, sagte Aina Stare seufzend.

»Warum nicht?«, fragte Tove. Sie nahm sich den Rest von Lydias Pfannkuchen und steckte ihn in den Mund. Marmelade blieb an ihrer Wange hängen, und Tove wischte sie mit dem Handrücken weg.

»Ich glaube, du möchtest doch noch einen Pfannkuchen«, sagte Aina.

»Mit viel Käse«, bat Tove. Dann stellte sie sich ans Fenster und schaute auf den Hof, wo ein grüner Golf hielt.

»Jetzt kommt Fors«, sagte sie. »Und Mama kommt auch.«

Tove sah ihre Mutter aus dem rostigen Opel steigen, zu Fors gehen und ihn begrüßen. Dann begrüßte sie auch die Frau, die Fors mitgebracht hatte. Tove sah sie zur Küchentür kommen. Vor Aufregung bekam sie einen ganz trockenen Mund, als ihr klar wurde, dass der Besuch ihretwegen kam und von ihr hören wollte, was in jener Nacht passiert war, die ihre schwarze Nacht gewesen war.

Tove empfand eine Art zwiespältige Lust, sie einerseits aussperren, sie aber andererseits einlassen zu wollen in ihre innerste, persönliche, fast intime Dunkelheit.

»Ich möchte keinen Pfannkuchen mehr«, sagte Tove zu ihrer Großmutter, ohne sich vom Fenster abzuwenden.

Ellen, Harald Fors und Carin Lindblom kamen zur Küchentür herein.

»Hallo, Tove«, sagte Fors. Ellen umarmte die Tochter, nahm die Brille ab und putzte sie am Pulloverärmel, hauchte auf die Gläser und putzte wieder. Ellens Mundwinkel zuckte, ein winziger, kaum merkbarer Tic.

Carin Lindblom stellte sich vor und gab Tove die Hand. Dann wandte sie sich an Pastorin Stare.

»Wir kennen uns ja schon.«

Aina Stare nickte. In der Türöffnung zur Diele tauchte Lydia auf. Fors sah sie nicht, aber Carin bemerkte ihre großen aufgerissenen Augen und den offenen Mund und nickte ihr zu. Da zog Lydia den Kopf zurück. Fors drehte sich um.

»Können wir uns irgendwo hinsetzen?«

»Vielleicht in mein Arbeitszimmer?«, schlug Aina vor.

»Ausgezeichnet. Ich möchte, dass entweder Ellen oder du, Aina, bei dem Gespräch dabei sind. Wer von euch, ist für uns ohne Bedeutung, aber da Tove erst dreizehn ist ...«

»Dreizehneinhalb«, warf Tove ein.

»Dreizehneinhalb«, korrigierte Fors sich, »sollten die Mutter oder die Großmutter oder ein anderer naher Verwandter dabei sein.«

»Was meinst du?« Aina sah ihre Tochter fragend an.

Ellen zuckte mit den Schultern und setzte sich die Brille wieder auf. »Egal. Mach du es, wenn du willst.«

»Was meinst du, Tove?«, fragte Aina.

»Egal.« Tove zuckte auf dieselbe Art mit den Schultern wie ihre Mutter.

»Gut«, sagte Fors. »Dann fangen wir also an.«

Als Aina den anderen ins Arbeitszimmer voranging, kamen sie an Lydia vorbei, die in der Diele stand, den Rücken gegen die Wand gepresst.

»Du heißt Lydia, nicht wahr?« Fors blieb stehen und nahm Lydias Hand.

»Ja«, flüsterte Lydia.

Fors fand den Handschlag des Mädchens flüchtig, feucht und schlaff. Er erinnerte an einen kleinen Fisch.

Als sie im Arbeitszimmer versammelt waren, schloss Aina die beiden Flügeltüren. Das Zimmer war mit einem braun gebeizten zerkratzten Schreibtisch und daneben einem kleineren Tisch auf Stahlrohrbeinen mit Rollen möbliert. Auf dem Schreibtisch stand ein nicht gerade neuer Computer. Vor dem Kachelofen standen zwei durchgesessene Sessel, die mit einem rötlichen verschlissenen Wollstoff bezogen waren. An der langen Wand zum Wohnzimmer waren drei Stühle aufgereiht. An der schmalen Wand neben dem Kachelofen hing ein einfaches Kreuz aus dunklem Holz. Auf den beiden Fensterbänken standen ein Dutzend Topfpflanzen, deren Namen Fors nicht kannte. Die Fenster waren frisch geputzt, und das ganze Zimmer roch nach grüner Seife.

Tove fleezte sich in einen der Sessel, als wolle sie ein Mittagsschläfchen halten. Fors ließ sich in dem anderen

Sessel nieder. Carin und Aina zogen sich Stühle heran. Sie saßen etwas höher als Fors und Tove. Wie Vögel auf einer Steinmauer, dachte Tove, als sie die Gesichter betrachtete.

Fors öffnete die Tasche und holte ein kleines Tonbandgerät und ein Mikrofon hervor. Carin holte einen dritten Stuhl, auf den Fors Tonbandgerät und Mikrofon stellte.

»Wie fühlst du dich?«, fragte Fors.

»Gut«, antwortete Tove.

»Dann fangen wir an«, sagte Fors und schaltete das Tonbandgerät ein. Er rückte das Mikrofon etwas näher zu Tove.

»Nenn uns bitte deinen Namen, dein Geburtsdatum und wie deine Eltern heißen.«

Tove tat, um was er sie gebeten hatte.

»Sprich bitte etwas lauter«, sagte Fors, und Tove richtete sich auf, zog die Beine hoch und setzte sich darauf. Sie räusperte sich.

»Nenn bitte auch deine Adresse und Telefonnummer«, sagte Fors.

»Mamas Adresse oder diese?«, fragte Tove mit gerunzelter Stirn.

»Die Adresse, wo du wohnst«, antwortete Fors.

Tove suchte Aina Stares Blick, dann nannte sie die Wohnung ihrer Mutter im Furstevägen.

Fors gab das Datum und die Uhrzeit an und zählte die Anwesenden auf. Danach sah er Tove an.

»Was hast du also zu berichten?«

Tove antwortete nicht sofort, dann sagte sie: »Ich habe versucht, Anneli Tullgren zu erschlagen.«

»Aha. Und wann hast du das versucht?«

»Gestern Abend.«

»Wie bist du vorgegangen?«

»Ich habe sie mit einem Hammer geschlagen.«

Fors legte den Kopf schräg und beobachtete das Mädchen. Es sah sehr entschieden aus und Fors dachte, dass er es vielleicht glauben würde, wenn er es nicht besser wüsste.

»Erzähl uns bitte von Anfang an. Erzähl, was du gestern Abend getan hast.«

Tove dachte eine Weile nach, ehe sie begann:

»Großmutter spielt einmal im Monat Bridge. Gestern Abend waren sie bei Gunnel. Es wird meistens spät, und ich dachte, das wäre die richtige Gelegenheit. Ich hatte schon vor einiger Zeit eine von Großmutters Schlaftabletten zerbröselt, und als ich für Lydia und mich Kakao machte, hab ich das Pulver in Lydias Becher getan.«

»Um wie viel Uhr war das?«

»Gegen neun. Um die Zeit geht Lydia ins Bett und liest. Manchmal liest sie die halbe Nacht, aber sie geht früh ins Bett.«

»Und um neun war eure Großmutter nicht zu Hause?«

»Sie ist ungefähr um halb acht weggegangen.«

Tove sah ihre Großmutter an, die nickte.

»Und dann?«

»Um halb elf war Lydia eingeschlafen. Ich bin in die Küche gegangen und hab mir Gummihandschuhe genommen.«

Tove warf Fors einen Blick zu, als wollte sie ihn auffordern, ihr eine Frage zu stellen, und das tat er:

»Wozu brauchtest du die Gummihandschuhe?«

»Wegen der Fingerabdrücke«, antwortete Tove.

Fors hatte den Eindruck, dass sie stolz darauf war, dass

sie an die Fingerabdrücke gedacht hatte. Sie wollte, dass er als Polizist ihre Umsicht bewunderte.

»Und dann?«

»Ich bin zu der Hecke vorm Haus gegangen. Dort hatte ich einen Hammer versteckt, den ich Anfang Juli in einem Straßengraben gefunden habe. Einen Schraubenzieher hatte ich dort auch versteckt für den Fall, dass ich durch ein geschlossenes Fenster einsteigen müsste«, erklärte Tove.

Sie beobachtete Fors, um zu sehen, was das, was sie gesagt hatte, bewirkte. Es gab aber nichts abzulesen in dem ausdruckslosen Gesicht.

»Und dann?«

»Dann bin ich zu Tullgrens Haus gefahren. Ich bin dort schon oft vorbeigefahren und hab gesehen, dass die Verandatür häufig offen steht. Ich glaube, sie gehört zu den Leuten, die bei offenem Fenster schlafen. Leute, die die Verandatür offen lassen, schlafen gern bei offenem Fenster. Großmutter zum Beispiel. Sie schläft immer bei offenem Fenster. Und die Küchentür ist immer angelehnt, damit kein Essensdunst an den Küchenwänden hängen bleibt.«

Tove warf ihrer Großmutter einen Blick zu.

»Ich verstehe«, sagte Forst. »Du hast dich vorher informiert, wie Tullgren wohnt.«

»Rekognosziert«, sagte Tove.

»Du hast also rekognosziert«, stellte Fors fest. »Du hattest Handschuhe, Hammer und Schraubenzieher dabei, und du bist zu Tullgrens Haus gefahren. Erzähl bitte weiter.«

Tove knabberte am Nagel ihres kleinen Fingers.

»Als ich ankam, stand ein Polizeiauto vorm Haus. Ich dachte, klar, die wird geschützt. Bei ihrer Wahlveranstaltung haben Leute mit Steinen nach ihr geworfen. Meinen Papa konnte niemand schützen. Man schützt nur Nazis. Ich wurde wütend, als ich das Polizeiauto sah. Ich dachte, dass sie es wirklich verdient hat zu sterben. Sie predigt Hass und schämt sich nicht, gleichzeitig Polizeischutz zu fordern, damit sie ihre Botschaft weiter verbreiten kann.«

Tove sah von einem zum anderen, erst sah sie Fors an, dann Carin Lindblom und schließlich ihre Großmutter.

»Ich stellte das Fahrrad im Wald ab, nahm Hammer und Schraubenzieher und suchte nach einem Loch in der Hecke. So gelangte ich auf Tullgrens Grundstück. Ich sah durch ein Fenster. Tullgren saß vorm Fernseher. Dann stellte sie ihn ab, machte im Wohnzimmer Licht aus und ging raus. Die Verandatür hatte sie offen gelassen…«

»Die Verandatür?«, sagte Fors.

Tove sah ihn fragend an.

»Es gibt zwei Verandatüren«, bemerkte Fors. »Hat sie beide offen gelassen?«

Tove dachte einen Moment nach. »Den einen Flügel hat sie zugemacht.«

»Und den anderen?«

»Den ließ sie offen.«

»Sie hat also eine Flügeltür geschlossen. Welche Türhälfte war geschlossen?«

»Die rechte. Aus meiner Sicht. Die, die rechts war, als ich auf der Veranda stand.«

»Was passierte dann?«

»Ich ging rein«, antwortete Tove. »Sie war im Bad. Ich schlich durchs Wohnzimmer, stieß gegen einen Tisch und

dachte, sie hätte mich gehört, aber das hatte sie nicht. In der Diele war Licht, und als ich ins Bad kam, saß sie auf der Toilette. Sie trug einen Bademantel. Ich stürzte mich auf sie und schlug ihr den Hammer auf den Kopf. Sie fiel auf den Boden. Dann bin ich weggegangen.«
»Wie viele Male hast du zugeschlagen?«
»Dreimal.«
»Und du hast mit dem Hammer geschlagen?«
»Ja.«
»Wo haben die Schläge sie getroffen?«
Tove zeigte auf ihren Haaransatz. »Der erste hier, die anderen beiden wahrscheinlich hier hinten.« Und sie zeigte auf ihren Hinterkopf.
»Wie viele Male sagst du, hast du zugeschlagen?«
»Dreimal.«
»Waren es nicht vier Male?«
Tove schüttelte den Kopf.
»Und es waren auch nicht zwei?«
»Es waren drei«, sagte Tove, deren Stirn jetzt gerunzelt war, sodass sich tiefe Falten gebildet hatten.
»Hat sie geblutet?«, fragte Fors.
Tove nickte.
»War Blut an deiner Kleidung?«
»Nein.« Tove schüttelte den Kopf. »Ich hab's überprüft.«
»Wie lag sie, nachdem du zugeschlagen hast?«
»Vor der Toilette«, antwortete Tove. »Vornübergefallen, die Beine waren unter den Bauch gezogen. So hat sie dagelegen.«
Tove hielt sich die Arme vors Gesicht und zeigte, wie Tullgren auf dem Boden gelegen hatte.

»Und was war mit dem Morgenmantel?«, fragte Fors. »War Blut daran?«

Tove nickt. »Viel.«

Fors betrachete Tove eine Weile. Sie begegnete seinem Blick, sah dann Carin Lindblom an und danach die Großmutter.

»Ich bin erst dreizehneinhalb. Sie können mir nichts tun.«

»Seltsam«, sagte Fors.

»Wirklich«, sagte Carin Lindblom.

Tove ließ den Blick zwischen den beiden hin- und herwandern. »Was?«

»Deine Erzählung«, sagte Fors. »Es hat nämlich niemand Anneli Tullgren auf den Kopf geschlagen, weder mit einem Hammer noch mit einem anderen Gegenstand.«

»Komisch«, sagte Tove verblüfft.

»Ich glaube wohl, dass du im Haus warst«, sagte Fors. »Und ich bin ziemlich sicher, dass du ungefähr zu dem Zeitpunkt dort warst, als Anneli Tullgren überfallen wurde. Aber ich bin auch sicher, dass nicht du es warst, die Anneli Tullgren verletzt hat.«

Aina Stare stieß eine Art unterdrückten Seufzer aus, sie war sehr blass, ihre Haut erinnerte an schmutzigen Schnee.

»Sie glauben mir also nicht?«, fragte Tove entrüstet.

Fors schwieg einen Augenblick, dann sagte er: »Im Winter wurde ein sechzigjähriger Mann auf der Landstraße überfahren, nicht weit von hier entfernt. Er wurde tot im Graben gefunden. Die Person, die ihn überfahren hatte, hatte Fahrerflucht begangen. Sobald ein Artikel in der Zeitung darüber erschienen war, meldeten sich drei verschiedene Autofahrer. Alle drei behaupteten, den Sechzigjährigen überfahren zu haben. Bei der Untersuchung der drei Autos stellten wir fest, dass keins von ihnen an dem Unfall beteiligt war. Der eine, der gestanden hatte, abgehauen zu sein, hatte sein Auto an dem betreffenden Abend an jemanden verliehen, der sich in einem anderen Teil des Landes aufhielt.«

Fors musterte Tove eine Weile, ehe er fortfuhr:

»Ich bin mein ganzes erwachsenes Leben lang bei der Polizei gewesen. Ich habe furchtbar viele Gauner und Verbrecher festgenommen. Aber ich bin auch Menschen begegnet, die haben Verbrechen gestanden, die sie gar nicht begangen haben konnten. Das ist die erstaunlichste Erfahrung, die man als Polizist macht. Die Lust zu gestehen ist manchmal vielleicht sogar noch größer als die Lust, nicht zu gestehen. Man muss sich natürlich fragen, warum das so ist.«

Fors räusperte sich. »Wenn man zum Beispiel vierzehn Jahre alt ist und sich viele Jahre Rachephantasien gemacht hat, kann es vielleicht so weit kommen, dass man glaubt, man habe tatsächlich getan, was man sich zusammenphantasiert hat. Ganz einfach, weil man sich schuldig fühlt.«

»Nein«, platzte Tove heftig heraus, »so ist es nicht. Jedenfalls nicht bei mir. Ich würde mich niemals schuldig fühlen, eine Ratte wie Anneli Tullgren erschlagen zu haben. Sie verdient es nicht zu leben. Ich würde mich niemals schuldig fühlen, wenn ich sie erschlagen würde.«

Ihre Wangen hatten sich gerötet, und sie hatte sich gerade hingesetzt.

»Du hast doch bestimmt schon mal Albträume gehabt?«, fragte Fors.

»Ja.«

»Kannst du, bevor du schlafen gehst, beschließen, ›heute Nacht werde ich keine Albträume haben‹?«

»Nein.«

»Ich kann auch nicht darüber entscheiden, was es alles gibt«, sagte Fors. »Und ich glaube, genauso ist das auch mit Schuldgefühlen. Man kann nicht über sie bestimmen. Man kann seine Gefühle nicht zwingen, so oder so zu sein, genauso wenig wie man seine Träume zwingen kann, so oder so zu sein.«

Tove schwieg eine Weile. Dann sagte sie seufzend: »Sie glauben also, dass ich lüge?«

»Keineswegs«, antwortete Fors etwas lauter. Er beugte sich vor. »Ich glaube, du hast dir vorgestellt, dass du Anneli Tullgren erschlägst. Du hast vor deinem inneren Auge gesehen, wie sie von deinem Hammer getroffen zusammenbricht. Du glaubst tatsächlich, etwas getan zu haben, von dem ich weiß, dass du es nicht getan hast. Die drei Männer, die gestanden hatten, den sechzigjährigen Mann überfahren und sich von der Unfallstelle entfernt zu haben, waren auch überzeugt, schuldig zu sein. Die Frau des einen war gerade an Krebs gestorben. Als wir über den Toten im Graben sprachen, dauerte es nicht mal fünf Minuten, da begann er davon zu sprechen, dass er hätte sterben sollen. Seine Frau war ein besserer Mensch, sagte er. Er hatte sie nicht retten können. Er war von Schuld geplagt. Wir können alle von Schuldgefühlen geplagt werden.«

»Ich verstehe nicht, wovon Sie reden«, flüsterte Tove.

»Ich glaube doch«, behauptete Fors. »Ich glaube, du

bist ein ungewöhnlich waches Mädchen, und ich sehe dir an, dass du sehr genau verstehst, wovon ich rede. Jetzt möchte ich dich um Hilfe bitten.«

»Wobei?«, fragte Tove.

»Ich möchte, dass du mit zu Tullgrens Haus kommst und uns zeigst, wie du im Garten gestanden hast, wie du ins Haus hineingegangen bist und wie du es verlassen hast, als du weggelaufen bist. Kannst du dir vorstellen, mir zu helfen?«

»Warum sollte ich das tun?«, sagte Tove. »Sie glauben ja doch nur, dass ich lüge.«

»Ich glaube nicht, dass du lügst«, sagte Fors. »Du machst nur einen Umweg zur Wahrheit.«

»Sie sind komisch.« Tove verzog den Mund. »Darf Großmutter mitkommen?«

»Wenn sie möchte.«

Tove dachte eine Weile nach. »Wollen wir gleich hinfahren?«

»Das Beste ist, wir machen es so bald wie möglich.«

»Warum?«, fragte Tove.

»Weil die Person, die Anneli Tullgren angegriffen hat, vielleicht plant, eine große Anzahl von Menschen umzubringen, und es ist wichtig, dass wir diesen Plänen zuvorkommen.«

Tove kratzte sich eine Weile am Oberschenkel und sah abwechselnd zu Fors, Carin Lindblom und der Großmutter. Schließlich sah sie Fors wieder an.

»Gut«, sagte sie.

»Wir fahren sofort«, sagte Fors. »Und Hammer, Schraubenzieher und Gummihandschuhe nehmen wir mit.«

18

Sie fuhren alle vier in dem grünen Golf. Aina und Tove saßen hinten. Tove hatte die Plastiktüte auf dem Schoß. Carin fuhr.

»Finden Sie es nicht falsch, dass Nazis Polizeischutz bekommen?«, fragte Tove nach einer Weile.

»In unserem Land geht alle Macht vom Volk aus«, sagte Fors. »Das Volk hat das Recht, in den Reichstag zu wählen, wen es will. Wenn das Volk dich oder mich oder Anneli Tullgren wählt, kann es niemand daran hindern, dich, mich oder Anneli Tullgren in den Reichstag zu schicken. Das Volk hat das Recht zu wählen. Das Volk hat ein Recht darauf, dass sein Sprachrohr geschützt wird, wenn ein anderer es zum Schweigen bringen will.«

»Für Nazis dürfte das nicht gelten«, sagte Tove.

»Das gilt für alle, darin liegt doch der Sinn, dass alle Macht vom Volk ausgeht.«

»Sie haben dieselbe Meinung wie Großmutter«, sagte Tove. »Aber ich finde, Charlotte Corday war im Recht. Sie hat Marat umgebracht, weil sie ihn für einen miesen Menschen und einen widerlichen Politiker hielt.«

»Ein anderer Franzose hat ebenfalls etwas Bedenkenswertes gesagt«, sagte Fors.

»Was?«, fragte Tove.

»Ich hasse deine Ansichten, bin aber bereit, mein Leben dafür zu geben, dass du sie vorbringen kannst.«

Tove schnaubte und wandte sich an ihre Großmutter. »Das hast du auch gesagt. Das war schon im achtzehnten Jahrhundert dumm.«

»Nein«, sagte Fors. »Es war großartig, schon im achtzehnten Jahrhundert. Aber da ist etwas, was Anneli Tullgren angeht.«

»Was?«

»Sie war sechzehn, als sie deinen Vater umgebracht hat. Sie war sechzehn Jahre alt und sie war Nazi. Kann man davon ausgehen, dass sie heute noch dieselbe ist? Würde sie deinen Vater morgen auch noch umbringen?«

»Solche Typen ändern sich nicht«, behauptete Tove.

»Sag das nicht. Stell dir vor, sie hat sich geändert und du erschlägst einen Menschen, der zwar andere Ansichten hat als du, der aber kein Nazi ist.«

»Wenn sie Nazi ist, habe ich also das Recht, sie zu erschlagen, aber nicht, wenn sie sich geändert hat?« Toves Stimme klang triumphierend.

»Das hab ich nicht gesagt«, protestierte Fors. »Du hast kein Recht, irgendeinen Menschen zu verletzen oder umzubringen. Egal, was für Ansichten dieser Mensch hat. Egal, was dieser Mensch getan haben könnte.«

»Wenn die Männer, die Hitler umbringen wollten, es geschafft hätten, dann hätten sie also Unrecht getan?«, fragte Tove.

Fors dachte eine Weile nach. »Sie hätten Unrecht getan, aber sie hätten recht gehabt.«

Tove schnaubte. »So was nennt meine Großmutter Wortverdrehung.« Sie wandte sich an Aina Stare. »Oder?«

»Ja«, sagte die Pastorin. »So was nenne ich Wortverdrehung.«

Da bog Carin Lindblom in den Svedjevägen ein. Sie parkte das Auto, und sie betraten Tullgrens Grundstück durch die Pforte.

Fors nickte dem uniformierten Polizisten zu, der die

Absperrung bewachte, und sie gingen zur Rückseite des Hauses. Tove trug die Plastiktüte.

»Wo bist du hereingekommen?«, fragte Fors.

Tove führte sie zum hinteren Teil des Gartens und zeigte das Loch in der Hecke. »Hier.«

»Hattest du die Tüte in der Hand?«

»Nein.«

»Hattest du die Handschuhe an?«

»Ja.«

»Zieh sie an.«

Tove zog die Gummihandschuhe an, nahm den Hammer in die rechte Hand und steckte den Schraubenzieher in die Gesäßtasche ihrer Jeans.

»Was hast du gesehen, als du im Garten ankamst?«

»Fast nichts. Es war finster. Aber hinter der Verandatür war Licht.«

Tove begann auf das Haus zuzugehen, und Fors, Carin Lindblom und Aina Stare folgten ihr schweigend über den ordentlich gemähten Rasen.

Tove zeigte, wie sie durch das Fenster gespäht hatte, und sie erzählte, wie Anneli Tullgren auf die Veranda herausgekommen war und wie Tove ihr dann ins Haus gefolgt war.

Sie betraten das Haus durch die Verandatür, und Tove blieb stehen.

»Was hast du gesehen, als du hier gestanden hast?«

»In der Diele war Licht.«

»Was hast du getan?«

Tove biss sich auf die Lippe und zeigte dann auf die Ecke neben der Verandatür. »Ich hab mich dort hingehockt.«

»Warum?«
»Hinter mir kam jemand.«
»Woher wusstest du das?«
»Ich hab Schritte gehört.«
»Du hast dich also hingehockt?«
»Ja.«
»Kannst du es uns zeigen?«
Tove kauerte sich mit dem Hammer in der Hand in die Ecke.
»Was hast du gesehen?«
»Fast nichts.«
»Aber jemand ist hereingekommen?«
»Ja.«
»Kannst du die Person beschreiben?«
Tove zögerte. »Er war groß. Und schlank. Schwarz gekleidet. Und er hatte etwas vorm Gesicht. Vielleicht so eine Wollmütze mit Löchern für die Augen.«
»Wie groß?«, fragte Fors. »War er genauso groß wie ich?«
»Größer«, antwortete Tove.
Fors stellte sich in die Türöffnung. »Bist du sicher, dass er größer war?«
»Ja. Und schlanker.«
»Was passierte dann?«
»Er ist gegen etwas gestoßen und ist in die Diele gegangen. Dann hörte ich einen Schrei und etwas fiel um. Es klang, als wäre es ein Stuhl. Dann kam er zurück, und als er durch die Tür hinausging, ließ er etwas Schweres fallen.«
Tove verstummte.
»Was hast du getan, als er weg war?«

»Ich hab mich aufgerichtet«, sagte Tove. »So.« Und als sie stand, griff sie nach dem Türflügel, der jetzt an ihrer linken Seite war, öffnete ihn und ging hinaus auf die Veranda.

»War diese Türhälfte geschlossen?«

Tove nickte bejahend. Fors wiederholte seine Frage.

»Bist du ganz sicher, dass diese Türhälfte geschlossen war, als der Täter den Raum verließ?«

»Ganz sicher«, antwortete Tove.

Fors warf seiner Kollegin einen Blick zu. Dann sah er Tove an. »Kannst du deiner Großmutter im Garten zeigen, wo du durch die Hecke auf die Straße gekrochen bist?«

Aina Stare und Tove gingen hinaus. Fors und Carin Lindblom blieben an der Verandatür stehen.

Carin sah Fors an. »Der Täter ist Linkshänder.«

»Ja«, sagte Fors. »Und wahrscheinlich über eins achtzig groß.«

»Und er ist schlanker als du«, sagte Carin.

»Unmöglich«, sagte Fors. »Wie soll das gehen?«

»Hier bin ich hindurchgekrochen!«, rief Tove.

Fors und Carin Lindblom gingen auf die Veranda und schauten zur Hecke.

19

Am nächsten Morgen suchte Fors seinen Chef auf. Es war Viertel nach acht, und es würde ein warmer Tag werden.

Fors saß auf Hammarlunds Sofa. Vickan brachte eine Tasse Kaffee für Fors und eine Tasse Malventee für Hammarlund. Als sie die Tür hinter sich geschlossen hatte, berichtete Fors über den Stand der Fahndung.

»Das Mädchen hat Schritte gehört, die sich vom Svedjevägen entfernten. Der Täter muss also auf dem Dan Anderssons väg rausgekommen sein. Wir werden dort heute eine Befragung an den Türen durchführen, aber um diese Zeit sind die meisten Leute auf dem Weg zur Arbeit. Wir machen jetzt eine Aktion und heute Abend noch eine.«

Hammarlund nickte und nippte an dem roten Tee.

»Schmeckt der gut?«, fragte Fors, der Kaffeeliebhaber war und eine Espressomaschine besaß, die er aus Italien mitgebracht hatte.

Hammarlund schnaubte. »Ich trinke eine Tasse Kaffee zum Frühstück und eine nach dem Essen. Das ist mein ganzer Kaffeekonsum. Zu viel Kaffee ist nicht gut fürs Herz.«

»Du bist ein kluger Mann«, lobte Fors ihn. »Wie steht es mit dem Alkohol?«

»Die Franzosen empfehlen zwei Gläser Wein am Tag, die Schotten drei kleine Gläser Whisky. Das Rezept der Deutschen ist ein halber Liter Bier. Jeder wird nach seiner eigenen Fasson selig. Ich bin multikulturell.«

»Aber du bist ein kluger Mann und hältst dich beim Kaffee zurück?«

»Genau«, sagte Hammarlund und pustete über seinen roten Tee. »Erklär mir noch mal, warum du der Meinung bist, dass der Täter Linkshänder ist.«

»Der Stich in die rechte Wange«, sagte Fors. »Das kann bedeuten, dass das Messer mit der linken Hand geführt wurde. Aber das braucht nicht zu bedeuten, dass der Täter Linkshänder ist. Entweder benutzte er eine Rückhand oder er hatte etwas in der rechten Hand. Aber dann ist da noch die Verandatür.«

»Ja«, sagte Hammarlund, »was ist damit?«

Fors nahm ein Blatt Papier aus der Tasche und machte eine Skizze.

»Wenn der Täter aus dem Hausinnern kommt und die linke Hälfte der Verandatür ist geschlossen, müsste er geradewegs durch die geschlossene Tür gehen, um das fallen zu lassen, was er in der rechten Hand hielt, damit wir es dort finden, wo wir den Dolch gefunden haben. Wenn er aber das Messer in der linken Hand hatte, ist es fast zwingend, dass es dort runtergefallen ist, wo wir es gefunden haben.«

Hammarlund nickte, wirkte aber nicht überzeugt.

»Was war das für ein Stuhl, der vor dem Badezimmer umgefallen ist?«

»Es ist kein Stuhl umgefallen.«

»Was war es dann, das so klang, als wäre ein Stuhl umgefallen?«, fragte Hammarlund. »Hat sie nicht gesagt, es habe geklungen, als wäre ein Stuhl umgefallen?«

»Ja«, sagte Fors, »etwas ist zu Boden gefallen.«

»Selbst wenn der Täter das Messer in der linken Hand hielt, ist es noch nicht sicher, dass er Linkshänder ist«, meinte Hammarlund.

»Stimmt«, sagte Fors. »Wir wollen uns nicht auf den Linkshänder festlegen. Aber wir bleiben offen für den Gedanken.«

»Gut«, sagte Hammarlund. »Was noch?«

»Ich muss die Kollegen über mein Gespräch mit Tullgren informieren.«

Hammarlund nickte. »Aber hast du nicht eine Erklärung zur Geheimhaltungspflicht bei Schyberg unterschrieben?«

»Klar«, sagte Fors, »aber es kann ja wohl kaum der Sinn sein, mich daran zu hindern, meine Arbeit zu machen?«

»Der Geheimdienst ist sehr empfindlich, was die Geheimhaltung angeht«, sagte Hammarlund und schaute in seine Tasse mit der roten Flüssigkeit. »Aber ich kann ja anrufen und mich erkundigen, was du sagen darfst.«

»Wann kannst du das tun?«, fragte Fors. »Ich möchte nicht, dass die Kollegen im Dunkeln tappen.«

»Ein jegliches hat seine Zeit«, zitierte Hammarlund, der kürzlich auf einer Konfirmation gewesen war, bei der der Pfarrer über die Propheten gesprochen hatte. »Das Geheimnis hat seine Zeit, und Geheimnisse zu entlarven hat seine Zeit.«

»Dreck am Stecken zu haben, hat auch seine Zeit«, bemerkte Fors. »Und den kriegen wir, wenn wir uns nicht beeilen. Jemand hat versucht, Anneli Tullgren umzubringen, nachdem sie mir von dem geplanten Attentat erzählt hat, das ihren Angaben nach am elften September stattfinden soll. Seinen Hintern hochzukriegen, braucht auch seine Zeit. Aber bis zum elften ist es nicht mehr lange hin.«

Hammarlund sah seufzend auf die Uhr. »Ich werde anrufen, aber mach dir keine zu großen Hoffnungen. Schyberg ist unser Kontaktmann. Du kennst ihn ja. Nicht leicht, etwas bei ihm zu erreichen.«

»Stinkstiefel anzurufen hat auch seine Zeit«, sagte Fors, erhob sich und ließ die Kaffeetasse unberührt auf dem Tisch stehen. »Sag mir Bescheid, was du erfahren hast«, forderte er Hammarlund auf.

Hammarlund schaute Fors niedergeschlagen nach. Dann stand er auf, ging zum Schreibtisch und bat die Sekretärin, eine Verbindung mit Schyberg beim Geheimdienst herzustellen.

Fors arbeitete am Bericht der Voruntersuchung zum Überfall auf Tullgren. Fünf Minuten vor neun kam Spjuth mit der Zeitung in der Hand herein.

»In Västerås hat sich gestern ein Junge in der Schulbibliothek mit einer Schusswaffe verbarrikadiert. Es stellte sich heraus, dass es eine Luftdruckwaffe war. Wo soll das alles noch enden?«

»Haben sie nicht schon zum zweiten Mal so einen Pistolenjungen in Västerås?«, sagte Fors. »Ich meine mich daran zu erinnern, dass sie vor einiger Zeit schon mal so einen Fall hatten.«

»Die Strukturen«, sagte Spjuth. »Das ist das Wort des Tages, das garantier ich dir. Alte Strukturen brechen zusammen, neue, immer schrecklichere treten an ihre Stelle. In Stockholm ist ein krimineller Motorradclub aufgeflogen, der mit kommunaler Unterstützung nachhaltige Jugendarbeit betrieben hat.« Spjuth warf sich aufs Sofa und starrte die Pflanzen im Fenster an. »Wie schaffst du das bloß?«, fragte er. »Bei mir sterben die Pflanzen ja immer.«

»Red mit Carin«, sagte Fors, ohne vom Bildschirm aufzusehen.

Dann kamen die anderen, und als Letzter kam Stenberg, der einen Servierwagen mit Kaffee von Irma in der Kantine geholt hatte.

»Heute gibt es keinen Kuchen«, teilte er mit und rollte den Wagen zum Tisch in der Ecke.

»Oh doch«, sagte Spjuth. Dann nahm er eine Plastiktüte hervor, die er gestern von einer gebürtigen Älvdalerin bekommen hatte. »Das ist für dich.« Er reichte die Tüte Stenberg, der sie etwas verwirrt musterte.

»Lasst uns anfangen«, sagte Fors und rollte mit seinem Stuhl mit den fünf Rädern zum Kaffeetisch. »Wer fängt mit Seferis an?«

»Das kann ich machen«, sagte Spjuth. »Wir haben die Häuser am Folkungavägen abgeklappert. Gegen elf wurde eine Horde Jungen auf der Straße gehört und gesehen. Jemand hat einen der Jungen nach Lippa oder auch Pippa rufen hören. Ein Autobesitzer hat angezeigt, dass sein ziemlich neuer Volvo durch Kratzer im Lack beschädigt wurde. Es wurden auch die Scheibenwischer verbogen und kaputt gemacht. Karlsson hat sich das Auto angesehen, und du hast ja bestimmt Fingerabdrücke genommen?«

»Klar«, sagte Karlsson »Das Auto war frisch gewaschen und außer der Fingerabdrücke des Besitzers haben wir eine Reihe schöne Spuren auf der Windschutzscheibe gefunden. Der Vandale hat sich mit einer Hand dagegen abgestützt, als er die Scheibenwischer verbog. Aber die Fingerabdrücke haben wir nicht in der Verbrecherkartei gefunden. Na, wir haben ja nichts anderes erwartet, als dass es sich um kleine Jungs handelt. Vom Restaurant haben wir keine Fingerabdrücke. Die auf dem Baseballschläger sind von zu schlechter Qualität.«

»Kennen wir einen Lippa?«, fragte Stjernkvist.

»Oder Pippa?«, fragte Carin.

»Vergiss nicht, dass deine Assoziationen immer mit

Liebe zu tun haben müssen«, sagte Stenberg, den Mund voll mit der Zimtschnecke von Stina Lindberg.

»Vielleicht müssen wir uns bei ihnen durchfragen?«, schlug Fors vor.

»Die Rotzbengel reden gern, aber nicht mit Bullen«, sagte Spjuth. »Wir müssen listig vorgehen, wenn wir was aus ihnen rausholen wollen.«

Und dann sah er Elin Bladh an. Sie lachte. »Was ist?«

»Können Sie das übernehmen?«

»Was?«

»Niemand weiß, dass Sie zu uns gehören. Sie sind ein unbekanntes Gesicht. Nehmen Sie ein Handy, kleben Sie ein Zettelchen dran, auf dem Lippa steht. Fragen Sie an den Schulen nach dem Jungen. Sagen Sie, Sie hätten sein Handy gefunden. Vielleicht beißt einer an. Sorgen Sie dafür, dass das L so undeutlich aussieht, dass es auch ein P sein könnte. Zeigen Sie den Rotzbengeln mit Baseballkappe und Bling-Bling das Handy.«

»Gute Idee«, sagte Fors. »Habt ihr noch mehr über Seferis?«

»Ich war bei ihm im Krankenhaus«, sagte Spjuth. »Er ist ein Paket, das an Schläuche angeschlossen ist, auf der einen Seite gehen sie rein, auf der anderen wieder raus. Nicht ansprechbar. Ich durfte das Zimmer nicht betreten, aber durch die Scheibe hab ich seine Frau und seine drei Söhne gesehen. Ein entsetzlicher Anblick. Drei große erwachsene Kerle, die weinend ihre Mutter zu trösten versuchten.«

»Ein Verhör mit Seferis ist also aktuell nicht möglich?«, fragte Stjernkvist.

»Kaum«, sagte Spjuth. »Vielleicht später.«

»Wie viel später?«

»Vielleicht wenn der erste Schnee fällt«, sagte Spjuth und zuckte mit den Schultern.

»Haben wir noch was über Seferis?«, fragte Fors.

»Könnten wir Bladh in unsere Gruppe bekommen?«, fragte Spjuth.

»Ja«, sagte Fors. »Heute Nachmittag.« Dann wandte er sich an Elin Bladh und Carin Lindblom. »Wir werden auch an den Türen klingeln. Wir machen zwei Runden durch den Dan Anderssons väg. Eine jetzt und eine heute Abend.«

»Kein Mensch klebt sich einen Zettel mit seinem Namen an sein Handy«, sagte Elin Bladh.

»Lassen Sie sich was einfallen«, sagte Carin. »Finden Sie das Handy in einer Tasche, auf der Lippa steht.«

Elin nickte.

Dann berichtete Fors vom Stand der Fahndung im Fall Tullgren, und als er mit seinem Bericht über Tove fertig war, schüttelte Spjuth den Kopf.

»Dreizehneinhalb. Denkt nur an Rache. Und das sind die, die mir meine Pension erarbeiten und mich im Pflegeheim betreuen sollen.«

»Tove ist kein schlechtes Mädchen«, meinte Fors. »Lebhafte Phantasie. Und natürlich beherrscht vom Tod ihres Vaters. Aber kein schlechtes Mädchen.«

»Wie verrückt ist sie?«, fragte Stjernkvist.

»Ist man in dem Alter nicht immer ein bisschen verrückt?«, sagte Elin Bladh. »Als ich dreizehn war, bin ich auf der Straße nie auf die Ritzen zwischen den Pflastersteinen getreten, und wenn ich eine Feuerwehr hörte, fing ich an zu weinen, weil ich überzeugt war, dass es bei uns zu Hause brannte.«

»Sie spricht mit ihrem toten Vater«, sagte Stjernkvist. »Und sie scheint einen realistischen Plan gehabt zu haben, wie sie Tullgren umbringen wollte.«

»Wird sie es wieder versuchen?«, fragte Spjuth.

»Wohl kaum«, sagte Fors. »Ich glaube nicht, dass sie zu der Art Mädchen gehört.«

»Das hast du auch von der Fünfzehnjährigen gesagt, die Garbergs Holzlager angezündet hat«, erinnerte Carin ihn. »Wir haben sie dann festgenommen, als sie das zweite Mal gezündelt hat.«

»Wir können Tove ja nicht einsperren«, sagte Fors. »Sie hat Tullgren schließlich nicht verletzt, sie hat es sich nur ausgemalt.«

Da wurde die Tür geöffnet und Hammarlund betrat den Raum. Er nickte den Anwesenden zu und stellte sich neben Carin ans Fenster. Alle sahen ihn erwartungsvoll an. Er wandte sich an Fors.

»Der Geheimdienst hat nichts dagegen, wenn du berichtest, was auf der Bank am Kullsee gesagt wurde. Du darfst allerdings nichts über deine Kontakte zum Geheimdienst und dem Personal erwähnen.«

»Aha«, sagte Fors. »Ist das alles?«

»Das ist alles«, sagte Hammarlund und verließ den Raum.

»Was war das denn?«, fragte Stenberg.

»Es gibt noch einen weiteren Aspekt in der Tullgren-Geschichte«, sagte Fors.

»Ha!«, sagte Stenberg. »Wusste ich's doch! Jetzt kommt das Politische.«

»Ja«, antwortete Fors, »ich fürchte. Jetzt kommt das Politische.«

Und dann erzählte er ausführlich von Tullgrens Anruf und der Begegnung auf der Bank mit Aussicht über den Kullsee.

Stenberg lachte und sah sich um. »Ich hab's gewusst! Es hat was mit Politik zu tun.«

Tunell und Stjernkvist wechselten Blicke. Karlsson sah Bladh an und lächelte ihr zu.

»Wollten Sie nicht Ihre Ruhe haben?«

»Ja«, sagte sie. »Aber es wird hier ja nicht immer so zugehen?«

»Normalerweise haben wir überhaupt nichts zu tun«, log Carin.

»Was machen wir also?«, fragte Tunell.

»Genauso weiter wie vorher«, sagte Fors.

»Wenn etwas Politisches dahintersteckt und der Täter merkt, dass Tullgren nicht tot ist, wird er es erneut versuchen«, meinte Stjernkvist.

»Das ist nicht ganz auszuschließen«, sagte Spjuth.

»Ist doch selbstverständlich«, sagte Carin. »Dass der Täter es wieder versucht. Wird Tullgren bewacht?«

»Nein«, antwortete Fors.

»Jeder kann die Intensivstation mit einem Blumenstrauß betreten«, behauptete Spjuth. »Tullgren liegt im Zimmer neben Seferis. Jeder kann reingehen und ihr ein Stuhlbein an den Schädel knallen. Man braucht nicht mal einen grünen Mantel anzuziehen und mit einem Trittroller zu fahren. In der Abteilung gibt es kaum Personal, nur einen Haufen zischender blinkender Maschinen.«

»Ich werde mit Nylander sprechen«, sagte Fors. »Haben wir noch was in der Wohnung gefunden?«

Karlsson sah Elin Bladh in die Augen, während er antwortete: »Einen Schuhabdruck. Jemand ist in die Blutlache getreten, der Abdruck war teilweise von einem Vorhang verdeckt. Deswegen haben wir ihn beim ersten Mal nicht gleich entdeckt. Scheint ein Sportschuh zu sein, vermutlich Größe vierzig.«

»Vermutlich?«

»Ja«, sagte Karlsson. »Der Abdruck ist so schwach, dass die Größe schwer zu bestimmen ist. Aber wir arbeiten daran. Wir haben ein bisschen vom Profil und vergleichen es mit den beliebtesten Schuhmarken.«

»Da gibt es ja wer weiß wie viele«, sagte Carin und schüttelte den Kopf. »Warum muss es hundert verschiedene Sportschuhmarken geben?«

»Die Leute, die Sport treiben, wollen eben was an den Füßen haben«, meinte Stenberg.

»Du bist ziemlich anstrengend, weißt du das?«, sagte Carin.

Stenberg sah bekümmert aus. »So werde ich, wenn ich mit dem Rauchen aufhöre.«

»Ach, Quatsch«, sagte Carin. »So bist du gewesen, solange ich dich kenne.«

»Ich hab noch was anderes gefunden«, sagte Karlsson, der nun auch in erster Linie zu Elin Bladh sprach.

»Spann uns nicht auf die Folter«, sagte Stjernkvist.

»Ja, leg endlich los«, sagte Tunell.

»Was hast du also gefunden?«, fragte Fors.

»Einen Post-it-Zettel«, sagte Karlsson und sah sich um. »Eingeklebt beim 18. April dieses Jahres.«

»In was eingeklebt?«, fragte Carin.

»In Tullgrens Filofax.«

»Und was steht auf dem Zettel?«, fragte Carin.

»Birk. 22.5501.«

»Birk. 22.5501«, wiederholte Spjuth. »Das ist eine Adresse. Sind da noch mehr Adressen in dem Filofax?«

»Massenhaft«, sagte Karlsson. »Aber nach dieser gab es außerdem einen Termin.«

»Was für einen Termin?«, fragte Spjuth.

»Spann uns nicht auf die Folter«, sagte Stjernkvist.

»Dreizehn Uhr fünf«, sagte Karlsson.

»Der Zug nach Stockholm«, konstatierte Stenberg. »Hält hier jeden Tag fünf Minuten nach eins.«

»Dann ist sie vielleicht am 18. April nach Stockholm gefahren. Was für Straßen gibt es in Stockholm, die mit Birk anfangen?«

Fors erhob sich und ging zu dem Regal hinter seinem Schreibtisch. Er holte das Verzeichnis mit den Postleitzahlen hervor und schlug es auf. Sein Zeigefinger fuhr an den Spalten entlang. »Es gibt nur eine Straße in Stockholm, die mit Birk anfängt.«

»Welche?«, fragte Tunell.

»Was ist denn das Besondere an dieser Adresse?«, fragte Stenberg.

»Im April ist was im Nordischen-Dingsbums-Bund passiert«, sagte Spjuth. »Da haben sie wohl ihre Sprengt-alle-in-die-Luft-Order bekommen, oder?«

Fors nickte, ohne von den Postleitzahlen aufzuschauen. »Birkagatan«, sagte er dann und wandte sich an Carin. »Kannst du bitte den Türcode zur Birkagatan 22 in Stockholm besorgen?«

»Ich wette einen Zehner, der lautet 5501«, sagte Stenberg. »Wer wettet dagegen?«

Niemand wollte wetten.

»Ich rufe bei der Post an, um die Hausbewohner nicht zu beunruhigen«, sagte Carin und verließ das Zimmer.

»Sollten wir uns nicht mal mit Tullgrens Parteigenossen unterhalten?«, fragte Stjernkvist.

»Auf deren Ansichten können wir verzichten«, meinte Spjuth. »Die betrachten uns als Landesverräter und werden uns nur Lügen auftischen. Außerdem sind die Hälfte von ihnen Gewaltverbrecher, deren Ansichten über unser Rechtssystem mehr als zweifelhaft sind. Reine Zeitverschwendung.«

»Wir haben einen Tipp bekommen.« Elin Bladh fischte einen Zettel aus ihrer Blusentasche. »Er heißt Richard Widmark und ist stellvertretender Vorsitzender von Nya Sverige. Er sagt, er habe etwas, das er uns mitteilen möchte.«

»Darum kann Carin sich kümmern«, sagte Fors.

Elin Bladh nickte.

»Richard Widmark«, sagte Spjuth. »Ist einer der Anwesenden alt genug, um sich an Richard Widmark zu erinnern?«

»Der lachende Gangster«, sagte Fors.

»›Der Todeskuss‹«, sagte Spjuth. »Wahnsinnig guter Film.«

Karlsson lächelte und fing Elin Bladhs Blick auf. »Die erinnern sich an alte Stummfilme.«

Elin Bladh lächelte zurück. »Ich geh gern ins Kino.«

»Ich habe meine Frau dank eines guten Films kennengelernt«, sagte Stjernkvist und blinzelte Karlsson zu. »Nur ein kleiner Tipp.«

»Heutzutage gibt es keine guten Filme mehr«, behauptete Spjuth. »Alles dreht sich um Gewalt. Wann durfte man das letzte Mal lachen im Kino?« Erinnert ihr euch noch an ›Manche mögen's heiß‹?«

Stenberg erregte der Gedanke an gute alte Filme so sehr, dass er sich noch eine Tasse Kaffee einschenken musste. Er bot den anderen der Reihe nach Kaffee an, und als die Kanne leer war, stellte er sie mit einem Seufzer ab.

»Ich kann euch sagen, es ist nicht leicht, mit dem Rauchen aufzuhören.«

»Meine Kinder lieben Filme«, sagte Tunell und erzählte, wie seine älteste Tochter zum ersten Mal in ein richtiges Kino gegangen war.

Spjuth beugte sich über den Tisch und sah Elin Bladh an. »Als ich das erste Mal in einem richtigen Kino war, in Mora, hab ich einen Disney-Film gesehen, ›Aschenputtel‹ oder ›Schneewittchen‹, das weiß ich nicht mehr. Im Vorspann gab es jedenfalls das Bibertal. Ich musste pinkeln, Mama ist mit mir rausgegangen. Die Toilette war besetzt. Vor dem Kino standen viele Fahrräder und ich fragte Mama, ob die Räder den Schauspielern gehörten. Diese Geschichte muss ich mir heute noch anhören, wenn ich meine Mutter besuche.«

»Niedliche Geschichte«, sagte Elin Bladh. »Wie alt waren Sie damals?«

»Vier«, sagte Spjuth.

In dem Augenblick kehrte Carin mit dem Telefon in der Hand zurück.

»Ich habe bei der Post in der Dalagatan angerufen und ihnen sechs Adressen genannt und um die Codes gebeten. Sie haben versprochen, in fünf Minuten zurückzurufen.«

»Weißt du, wer Richard Widmark war?«, fragte Spjuth.

Elin Bladh reichte Carin den Zettel mit Widmarks Telefonnummer.

»Sie dürfen ihn im Lauf des Tages besuchen. Er ist ein hohes Tier bei Nya Sverige.«

»Ist er tot?«, fragte Stenberg.

»Der Schauspieler? Ich glaub schon«, antwortete Spjuth.

»Karlsson versucht Elin Bladh ins Kino einzuladen«, erklärte Stenberg Carin.

Karlsson wurde rot.

»Der geht ran«, sagte Carin und setzte sich. Ihr Handy klingelte.

Alle Anwesenden verstummten. Jemand zählte sechs Adressen und sechs Codes auf. Carin bedankte sich und beendete das Gespräch. Sie sah sich um.

»Birkagatan 22 hat den Türcode 5501.«

»Aha«, sagte Spjuth. »Und was hat das zu bedeuten? Einen Dreck. Vielleicht wohnt dort eine Kusine oder ein Liebhaber von Tullgren.«

»Besorg eine Liste der Bewohner von Birkagatan 22«, sagte Fors zu Carin. »Jetzt fahren wir zum Dan Anderssons väg und klappern die Türen ab. Bevor wir nach Hause gehen, treffen wir uns hier noch mal und stimmen uns ab. Was haltet ihr von sechzehn Uhr?«

»Die Filme waren besser, als sie noch schwarzweiß waren«, sagte Stenberg. »Da herrschte eine ganz andere Stimmung.«

»Ich steh' im Regen …«, sang Carin mit tiefer Zarah-Leander-Stimme, als sie das Zimmer verließ. Dann drehte sie sich zu Karlsson um. »Ich komm mit«, sagte sie, »falls ihr ins Kino geht, meine ich. Wenn ihr euch nur keinen Bullenfilm anguckt.«

»Ich liebe Bullenfilme«, sagte Elin Bladh.

»Dan Anderssons väg«, sagte Fors. »Kommt jetzt.«

20

Harald Fors, Carin Lindblom und Elin Bladh fuhren zum Dan Anderssons väg.

Spjuth, Tunell und Stjernkvist kehrten in den Folkungavägen zurück, um weiter die Häuser abzuklappern.

Keiner von ihnen bemerkte den weißen Audi, der ein Stück vom Präsidium entfernt parkte.

Im Audi saß ein hochgewachsener Mann mit dunklen gewellten Haaren. Der Mann sprach in ein Handy und rauchte dabei. Er sah auf die Armbanduhr und sagte, dass es ein warmer Tag werden würde und er nicht genügend Wasser hatte. Früher oder später fassen sie einen blingblinger, fuhr er fort. Und dann lassen sie das Schwein mangels Beweisen wieder laufen. Dann kriegen wir ihn. Aber ich brauch mehr Wasser. Und um drei Ablösung.

Der Mann hieß Telemakos. Er war der jüngste von Achilles Seferis' drei Söhnen.

Der Dan Anderssons väg war gesäumt von Villen. Die drei Polizisten teilten die Häuser zwischen sich auf und legten los. Wie schon vermutet, waren die meisten Häuser schon verlassen. Sie machten sich Notizen und steckten Zettel in die Briefkästen, dass die Bewohner sich wegen einer Ermittlung bei der Polizei melden sollten.

Elin Bladh warf einen Zettel in einen Briefkasten neben einer hübschen Pforte aus geschnitzter Eiche, als die Haustür aufgerissen wurde, an der sie vor ein paar Minuten vergeblich geklingelt hatte. Ein junger Mann mit nassen Haaren und kurzärmligem Hemd über den Jeans kam mit einem Buch in der Hand aus dem Haus gestürmt. Das Buch sah aus wie ein Schulbuch. Siebzehn, vielleicht achtzehn, dachte Elin, schenkte dem Jungen ihr schönstes Lächeln und hielt ihm mit ausgestrecktem Arm ihren Ausweis vors Gesicht.

»Ich sehe, du hast es eilig. Gib mir nur zwei Minuten, bitte.«

»Zwei Minuten«, antwortete der Junge, der noch ganz verschlafene Augen hatte. Das frisch gewaschene Haar tropfte.

»Montagabend, elf Uhr«, sagte Elin. »Hast du da was auf der Straße gesehen?«

»Was?«

»Hast du was auf der Straße gesehen? Montagabend gegen elf.«

»Montag«, sagte der Junge. »Montag. Um die Zeit ungefähr bin ich nach Hause gekommen, gegen elf.«

»Ist dir was aufgefallen?«

»Um elf ist es hier dunkel. Die lassen nur jede zweite Laterne brennen, um Geld zu sparen. Und eine der Laternen ist den ganzen Sommer über kaputt gewesen. Diese da.« Er zeigte über Elins Schulter.

»Dir ist also nichts Ungewöhnliches aufgefallen?«

»Was hätte das sein sollen?«

»Etwas, das nicht war wie sonst.«

Der Junge schüttelte den Kopf. »Nein.«

»Jemanden, der nicht hierher gehört?«
»Nein.«
»Keine geparkten Fahrzeuge, die sonst nicht hier stehen?«
»Nein ... doch, übrigens, da hinten bei Nummer 12 stand ein Motorrad.«
»Kannst du es beschreiben?«
»Groß. Dunkel.«
»Marke?«
»Keine Ahnung. Eine Harley Davidson war es jedenfalls nicht. Ein Japaner, glaub ich.«
»Wie groß?«
»Vielleicht siebenundfünfzig.«
»Den Fahrer hast du nicht gesehen?«
»Nein, aber ich hab ihn gehört.«
»Du hast ihn gehört?«
»Das nehme ich jedenfalls an. Als ich die Haustür aufschloss. Da hörte ich, wie ein Motorrad gestartet wurde. Das war er wohl.«
»Ist er nicht in diese Richtung gefahren?«
»Das weiß ich nicht. Ich bin im selben Moment ins Haus gegangen, als ich ihn starten hörte.«
»Und das Motorrad steht sonst nicht auf der Straße?«
Der Junge schüttelte den Kopf und rieb sich die Augen.
»Hier wohnen nur Familien mit Kindern. Niemand besitzt ein Motorrad. Auf dieser Straße gibt es nicht mal ein Moped.«
»Wie heißt du?«
»Ville.«
»Und weiter?«
»William Nilsson.«

»Und du wohnst hier?«

»Leider. Aber jetzt muss ich los.«

»Und dieses Motorrad, um wie viel Uhr hast du das also gesehen?«

»Kurz nach elf.«

»Woher weißt du, wie spät es war?«

»Ich kam von meiner Freundin. Sie wohnt dahinten. Es sind ungefähr fünf Minuten zu gehen. Ich bin gegen elf bei ihr weggegangen. Aber jetzt muss ich wirklich rennen.«

»Und du bist sicher, dass es letzten Montag war?«, rief Elin ihm nach.

William Nilsson ging mit großen Schritten in Richtung Bushaltestelle. Seine Hemdzipfel flatterten.

»Ganz sicher«, antwortete er und wirbelte im Schritt herum, eher er weiterlief.

Elin Bladh rief Fors an.

»Ich hab was. Einer der Anwohner hat abends gegen elf ein schweres Motorrad wegfahren hören. Es hat vor Nummer 12 gestanden.«

»Gut«, sagte Fors. »Machen Sie sich auf den Weg zu den Schulen. Ich gehe zu Nummer 12.«

Elin Bladh fuhr einen sieben Jahre alten BMW, den sie von einem ehemaligen Freund übernommen hatte. Das Auto war blaumetallic lackiert und hatte eine hervorragende Musikanlage, auf der sie Joe Cocker, Emmylou Harris und Johnny Cash hörte. Bevor sie zur Gamlebäcken-Schule losfuhr, löste sie ihre Haare und schminkte sich die Lippen saftig rot. Sie schwärzte ihre Augenwimpern, legte eine Cocker-CD ein und rollte mit »You can leave your hat on« in voller Lautstärke und mit heruntergedrehten Seitenfenstern auf die Schule zu.

Eine Clique Jungen hing auf der Treppe herum, die auf den Schulhof hinunterführte. Elin fuhr langsamer und hielt an. Die Jungen mochten um die fünfzehn sein. Elin stellte den Ton leiser und winkte den Jungen zu. Alle fünf tauschten Blicke und näherten sich etwas zögernd dem Auto.

»Hallo, Jungs. Ich hab ein Handy gefunden. Das hat jemand verloren, einer der Lippa heißt.«

Die Jungen sahen einander an. Einer zuckte mit den Schultern, ein anderer spuckte in Richtung Papierkorb.

»Heiße Karre haben Sie da«, lobte einer der Jünglinge und schob seine Kappe in den Nacken.

»Kennst du Lippa?«

»Ich kann es ihm geben«, schlug der Junge vor.

Elin lächelte. »Ich möchte es ihm selber übergeben.«

»Woher wissen Sie, dass es ihm gehört?« fragte ein kleinwüchsiger Junge, der wie Michel aus Lönneberga aussah.

»Es lag in einer Tasche, in der noch ein paar andere Sachen drin waren, und auf der Tasche stand der Name.«

»Darf ich die Tasche mal sehen?«, bat der Kleine.

»Wo ist Lippa?«, fragte Elin.

»Noch nie gehört«, behauptete der Junge, der sich die Kappe in den Nacken geschoben hatte.

Die anderen zuckten mit den Schultern und sahen sich an.

»Schade«, sagte Elin. »Ihr kennt ihn also nicht?«

»Noch nie gehört«, wiederholte der Große mit der Kappe.

»Sie sind Bulle, nicht?«, fragte Michel aus Lönneberga.

»Vielen Dank für eure Hilfe«, sagte Elin, stellte den Ton lauter und fuhr davon.

Bei der nächsten Schule hatte sie auch kein Glück. Sie fuhr zur Vikingaschule. Da sie neu in der Stadt war, brauchte sie einen Stadtplan. Als sie auf den Parkplatz der Schule einfuhr, telefonierte sie mit Fors.

»In bin auf dem Weg zur Vikingaschule. Fehlanzeige in den anderen beiden Schulen. Was meinen Sie, kann ich mit dem Personal sprechen?«

»Warten Sie damit noch. Versuchen Sie es erst bei den Jugendlichen.«

Der Parkplatz der Vikingaschule lag so, dass Elin das Auto verlassen musste, um auf den Teil des Schulhofes zu gelangen, wo die Schüler sich aufhielten. Sie stieg aus und schloss das Auto ab. Ein Pulk Mädchen kam von einem Gebäude herangeschlendert, in dem vermutlich die Turnhalle untergebracht war.

»Hallo!«, rief Elin. »Darf ich euch was fragen?«

Die Mädchen tauschten Blicke und kamen näher.

»Ihr geht wahrscheinlich in die Neunte?«

»In die Achte«, antwortete ein Mädchen mit einer Zahnspange und kurzen geflochtenen Zöpfen.

»Dann kennt ihr sicher Lippa?«

Die Mädchen sahen sich an. Das Mädchen mit der Zahnspange nickte.

»Ich hab sein Handy gefunden«, log Elin. »Wo finde ich ihn?«

Die Mädchen sahen sich wieder an.

»Er ist nur nachmittags hier«, behauptete eins von ihnen. »Und auch nur manchmal.«

»Dann ist er im Augenblick also nicht hier?«

Eins der Mädchen begann ein anderes am Ärmel der kurzen Jacke zu ziehen.

»Wir müssen gehen«, erklärte das Mädchen mit der Zahnspange.

Und sie entfernten sich in Richtung Schulgebäude. Zwei von ihnen drehten sich um und sahen Elin nach, die ins Auto stieg und Fors anrief.

»Was soll ich jetzt machen?«

»Fahren Sie weg. Rufen Sie den Direktor an und fragen ihn, wer Lippa genannt wird.«

Also kehrte Elin zum Polizeipräsidium zurück und versuchte, mit dem Direktor der Schule zu telefonieren. Dieser war im Augenblick nicht zu erreichen, aber sie könne mit der Stellvertreterin sprechen. Also wählte Elin Bladh eine andere Nummer, unter der sich Maj Brydolf meldete. Brydolf bat, zurückrufen zu dürfen, was sie bald darauf auch tat.

»Man kann ja nicht irgendwem Informationen über die Schüler geben«, erklärte Brydolf. »Aber jetzt weiß ich, dass Sie vom Polizeipräsidium anrufen. Um welchen unserer Schüler handelt es sich?«

»Ein Junge, der Lippa genannt wird.«

Brydolf schwieg eine Weile.

»Sind Sie noch dran?«, fragte Elin.

»Klar, was hat er nun wieder angestellt?«

»Ich weiß nicht, ob er überhaupt was angestellt hat, aber er taucht am Rande einer Ermittlung auf, an der ich arbeite, und ich würde gern Kontakt zu ihm aufnehmen.«

»Es gibt viele, die gern auf den Kontakt zu ihm verzichten würden. Jedenfalls manche unserer Schüler. Vielleicht auch manche vom Kollegium. Deswegen ist wohl auch niemand besonders traurig, dass er so selten in der Schule erscheint.«

»Wie heißt er?«

»Harri Lipponen. Möchten Sie sein Geburtsdatum?«

»Warum nicht. Und seine Adresse und Telefonnummer.«

»Einen Augenblick bitte.«

Es blieb eine Weile still, dann kehrte Brydolf mit den gewünschten Angaben zurück.

»Es war nur eine Frage der Zeit«, sagte Brydolf, »bis es so weit kommt.«

»Wie meinen Sie das?«

»Dass die Polizei sich meldet. Wir haben viele Probleme mit dem Jungen gehabt. Es ist also nicht gerade eine Überraschung, das hab ich gemeint.«

»Bitte behalten Sie dieses Gespräch für sich«, sagte Elin Bladh. »Wir möchten keine Gerüchte verbreiten. So was kann unsere Arbeit erschweren.«

»Ich sage nichts«, versprach Brydolf. Ihre Stimme klang etwas beleidigt.

»Schön«, sagte Elin. »Vielen Dank für die Informationen.«

Dann rief sie Spjuth an.

»Wir haben einen Harri Lipponen«, sagte sie, »genannt Lippa. Als übler Bursche in der Schule bekannt. Wollen Sie mit ihm sprechen?«

»Nein. Ich setze Stjernkvist darauf an.«

21

Felix Stjernkvist war Vater von zwei Kindern. Im Frühsommer hatte er es geschafft, unter die Besten beim Halb-Marathon zu kommen, der alljährlich in der Stadt organisiert wurde. Von einer Journalistin gefragt, ob er Seiten oder Interessen habe, die man bei einem rennenden Kriminalinspektor nicht vermute, hatte er geantwortet, dass er lange Passagen aus der Bibel auswendig zitieren konnte. Die Journalistin hatte ihn um eine Kostprobe gebeten. Stjernkvist hatte die Stirn gerunzelt und seinen Kopf der jungen Journalistin genähert, und dann hatte er zitiert:

»Aber die Schlange war listiger als alle Tiere auf dem Felde, die Gott der Herr gemacht hatte, und sprach zu dem Weibe: Ja, sollte Gott gesagt haben, ihr sollt nicht essen von allen Bäumen im Garten?«

Die Journalistin war errötet, und Stjernkvist hatte ihr die Hand auf die Schulter gelegt. »Wie hießen Sie noch?« »Nora.« »Ich bin verheiratet, Nora«, hatte Stjernkvist gesagt. »Sonst wäre ich gern die Schlange in Ihrem Garten gewesen.«

Jetzt war Felix Stjernkvist auf dem Weg zu Harri Lipponen, der angeblich in der Folkungagatan 67 wohnte. Und da der Junge nicht in der Schule zu sein schien, war zu vermuten, dass er zu Hause war. Stjernkvist hatte es für klüger gehalten, seinen Besuch nicht anzukündigen.

Er parkte das Auto, überprüfte den Türcode in seinem Notizbuch, tippte ihn an der Haustür ein und ging zum Fahrstuhl. Im Fahrstuhl gab es keinen Spiegel, und er war ziemlich dreckig. An die eine Wand hatte jemand einen *tag* mit roter Farbe gesprayt. Darüber hatte – vermutlich – jemand anders einen *tag* in schwarzer Farbe gesprayt.

Stjernkvist fuhr zum dritten Stock hinauf, stieg aus und prüfte die sechs Wohnungstüren. An der Tür, hinter der er Lippa vermutete, waren kleine weiße Plastikbuchstaben auf blauem Filz hinter Glas oberhalb des Briefeinwurfschlitzes festgesteckt. Ein Buchstabe fehlte. Auf der Tür stand also LIPP NEN. Über dem fehlerhaften Namen hing ein selbstklebendes Schild, auf dem mit schwarzem Filzstift FRÄNDBERG geschrieben stand.

Stjernkvist klingelte. Nach einer Weile klingelte er noch einmal. Er wollte schon gehen, als die Tür geöffnet wurde. In der Türöffnung erschien eine kleine Frau mit einem verhärmten Gesicht. Vierzig, dachte Stjernkvist. Vielleicht jünger, sieht aber älter aus. Die Frau hielt eine Zigarette in der Hand.

»Ja, bitte?«

Stjernkvist zeigte seinen Ausweis. »Wir arbeiten an einer Voruntersuchung. Darf ich hereinkommen?«

»Was für eine Untersuchung?«, fragte die Frau und prüfte den Ausweis.

Stjernkvist senkte die Stimme und sah sich rasch um. »Ich möchte nicht gern im Treppenhaus darüber reden. Darf ich hereinkommen?«

»Warum?«, fragte die Frau. »Ich weiß nichts.«

»Es geht um Harri«, sagte Stjernkvist betont leise. Dann sah er sich wieder um und flüsterte: »Aber es muss ja nicht das ganze Haus erfahren, um was es geht.«

Da trat die Frau beiseite und öffnete die Tür.

Stjernkvist ging hinein. Der Geruch nach ungelüfteter

Wohnung und Zigarettenrauch schlug ihm entgegen. Stjernkvist zog seine Schuhe aus.

»Das ist nicht nötig«, sagte Frau Lipponen-Frändberg und zeigte mit ihrer Zigarette auf Stjernkvists Füße.

»Ich weiß, wie schnell eine Wohnung schmutzig wird«, behauptete Stjernkvist. Er hatte zwei Jacken registriert, eine gerade groß genug für einen Zweijährigen und die andere, eine Regenjacke, die vielleicht etwas zu groß war für einen Sechsjährigen.

»Wenn man kleine Kinder hat«, fuhr er fort. »Dauernd muss man putzen. Es nimmt nie ein Ende.« Er nannte seinen Namen und reichte ihr die Hand.

Der Händedruck der Frau war schwammig und etwas feucht. Wie wenn ein Fohlen nach der Hand schnappt, dachte Stjernkvist, dessen älteste Tochter Pferdenärrin war.

»Margitta Lipponen-Frändberg«, sagte die Frau, zog ihre Hand zurück und steckte sie unter den Arm, als wollte sie sie vor weiteren Berührungsversuchen schützen.

»Ist Harri zu Hause?«

Margitta Lipponen-Frändberg schüttelte den Kopf.

»Er hat verschlafen, deswegen ist er erst vor einer Weile zur Schule gegangen.«

»In welche Schule geht er?«

»In die Vikingaschule.«

»Ist das eine gute Schule?«

»Tja, ich weiß nicht. Sich beschweren können sie jedenfalls gut. Nie geben sie Ruhe. Die scheinen nichts anderes zu tun zu haben, als hier anzurufen und sich zu beschweren.«

»Ja, das ist nicht leicht«, sagte Stjernkvist, ohne weiter zu definieren, was nicht leicht war.

»Wirklich nicht«, sagte Margitta Lipponen-Frändberg. »Um was geht es?«

Sie sog Rauch ein und blies ihn in Richtung Hutablage. Ganz zuoberst lagen zwei Baumwollkappen und ein ein Meter langer Schuhanzieher aus Plastik. Stjernkvist versuchte zu verstehen, was diese an sich unschuldigen Gegenstände verbrochen haben mochten. Die Frau blies Rauch in ihre Richtung, als wollte sie sie vernichten.

»Wann kommt er nach Hause?«

»Wer von beiden?«

»Gibt es mehrere?«

»Männer in der Familie? Es gibt zwei. Harri ist in der Schule, Frändberg ist in Helsingborg. Er fährt einen Laster und ist auf dem Weg nach Deutschland. Kommt Freitag nach Hause.«

»Mir geht es mehr um Harri«, sagte Stjernkvist.

»Mehr?«

»Na ja, ausschließlich. Er ist vielleicht Zeuge von etwas, das Montagabend passiert ist. Oder war er da vielleicht zu Hause?«

»Er ist abends nie zu Hause. War Montagabend nicht zu Hause, ist an keinem Abend zu Hause.«

»Aber er schläft zu Hause?«

»Tja, das tut er wohl.«

»Wissen Sie, ob er Montag nach Hause gekommen ist?«

»Das ist er wohl.«

»Wohl?«

»Dienstagmorgen hat er jedenfalls in seinem Bett gelegen.«

»Aber Sie wissen nicht, wann er nach Hause gekommen ist?«

Margitta Lipponen-Frändberg schüttelte den Kopf.

»Es ist ungewöhnlich, dass er vor zwölf kommt. Solange es draußen warm ist jedenfalls. Im Winter wird das anders, ist ja klar. Aber wie ich den feinen Herrn kenne, wird er sich auch dann draußen rumtreiben.«

»Warum treibt er sich draußen herum?«

Margitta Lipponen-Frändberg blies eine dichte Rauchwolke gegen die Hutablage. »Er verträgt sich nicht mit Frändberg.«

»Frändberg ist nicht sein Vater?«

»Oh Gott, nein, Lipponen ist sein Vater. Und das merkt man auch, er hat Lipponens Charakter. Es ist entsetzlich.«

»Wie viele Kinder haben Sie?«

Margitta Lipponen-Frändberg schien zu überlegen, ob sie antworten sollte. »Drei«, sagte sie nach einer Weile, »zwei kleine mit Frändberg und Harri mit Lipponen.«

»Vielleicht schläft er bei seinem Vater, wenn er nicht nach Hause kommt?«

»Phh«, machte Margitta Lipponen-Frändberg. »Lipponen wohnt in Finnland. Der ist seit Jahr und Tag nicht mehr hier gewesen. Weihnachtsgeschenke an Harri schickt er und eine Ansichtskarte zum Geburtstag. Montag ist Harri fünfzehn geworden. Die Karte ist heute gekommen.«

Sie drehte sich abrupt um und ging in die Küche. Stjernkvist folgte ihr. Auf dem Küchentisch lag eine Karte, die sie ihm reichte. Auf der Karte war die Statue eines Mannes abgebildet. Stjernkvist drehte die Karte um.

Die Statue stellte Paavo Nurmi, den großen finnischen Läufer, dar.

»Dann ist Harri ein Sportfan?«, fragte Stjernkvist.

»Glaub ich nicht. Der einzige Sport, den er betreibt, ist es, Frändberg bis zur Weißglut zu reizen. Lipponen schickt immer die gleiche Karte.«

»Sie vertragen sich also nicht gut, Frändberg und Harri?«

»Das kann man wohl sagen. Es ist von Anfang an schlecht gelaufen zwischen den beiden. Sie hatten vom ersten Moment an Zoff.«

»Es ist schwer, Stiefeltern zu haben«, meinte Stjernkvist.

»Es ist nicht leicht, Kinder zu erziehen, die nicht die eigenen sind«, stimmte sie ihm zu, meinte jedoch die andere Seite, Frändberg. »Es ist höllisch schwer, wenn man so verschieden ist wie Frändberg und Harri. Und Lipponen war ja wirklich kein Waisenknabe, wie man so sagt. Das war er nicht. Deswegen hab ich ihn ja auch rausgeschmissen. Nach ihm ist Harri also geartet.«

Margitta Lipponen-Frändberg drückte ihre Zigarette in einem Aschenbecher aus, der wie ein polierter Kalkstein aussah. Auf dem Aschenbecher war ein fünf Zentimeter großes Männchen aus Metall festgeschraubt. Stjernkvist versuchte zu erkennen, was das Männchen darstellen sollte, und sah, dass es ein Heinzelmännchen war. Die Farbe der Mütze und Jacke war abgeblättert, aber die Hose war immer noch blaubeerblau.

Margitta Lipponen-Frändberg ließ sich am Küchentisch nieder und zeigte auf einen Stuhl. »Setzen Sie sich.«

Stjernkvist ging um den Tisch herum und trat auf eine

halbe Scheibe Knäckebrot. Es knirschte, als sie zerbröselte.

»Das war Ture«, erklärte die Frau. »Was soll Montag passiert sein?«

»Im griechischen Lokal hat es einen Überfall gegeben«, sagte Stjernkvist.

»Darüber habe ich gelesen.« Sie nickte, legte eine Hand auf die Schachtel Zigaretten neben dem Aschenbecher, fingerte eine Zigarette heraus und führte sie zum Mund. Es war die letzte. Sie zerknüllte die Schachtel, nahm eine Schachtel Streichhölzer und zündete ihre Zigarette an. Sie blies den Rauch zur Decke. Seltsam, dass sich nicht die Farbe von der Decke löst, dachte Stjernkvist. Margitta Lipponen-Frändberg legte die zerknüllte Schachtel in einen tiefen Teller, aus dem jemand vor einer Weile Milch mit Cornflakes gegessen hatte.

»Harri soll also dabei gewesen sein im Restaurant?«

»Das weiß ich nicht«, sagte Stjernkvist. »Aber jemand hat seinen Namen gehört, vielleicht weiß er etwas.«

»Es ist wirklich schrecklich, was Jugendliche heutzutage anstellen. Der Restaurantbesitzer ist ins Krankenhaus gekommen, nicht wahr?«

»Er ist schwer verletzt.«

»Ein Glück, dass Frändberg nicht zu Hause ist, also wirklich«, rutschte es der Frau heraus.

»Warum?«, fragte Stjernkvist.

Sie seufzte, zog an ihrer Zigarette und blies den Rauch gegen die gelb gefärbte Decke.

»Er würde versuchen, die Wahrheit aus Harri rauszukriegen. Und das wäre für keinen von uns witzig. Als er das letzte Mal versucht hat, Harri zu erziehen, wurde er mit einem Messer bedroht. Das wirkte fast albern, Frändberg ist an die zwei Meter groß und Harri ist ein schmächtiger kleiner Junge. Aber wenn Harri ein Messer in der Hand hat, dann kriegt selbst Frändberg es mit der Angst zu tun.«

»Das klingt unheimlich«, sagte Stjernkvist, »es ist sicher schwer für Sie, zwischen den beiden zu stehen?«

»Genau. Immer lande ich dazwischen.«

In diesem Moment begann irgendwo in der Wohnung ein kleines Kind zu schreien.

»Oje, jetzt ist Ture aufgewacht«, sagte die Frau, drückte die Zigarette mit dem Daumennagel aus und ließ sie im Aschenbecher liegen.

»Darf ich mir Harris Zimmer anschauen?«

»Natürlich, bitte.« Margitta Lipponen-Frändberg verließ die Küche. Ture schrie inzwischen wie am Spieß.

Stjernkvist folgte der Frau in den Flur. Sie zeigte auf eine geschlossene Tür und ging weiter zu einer offenen Tür. Das Kind verstummte, und Stjernkvist betrat Harris Zimmer. Es war nicht viel größer als ein Schuhkarton. An der einen Wand stand ein ungemachtes Bett. Unter dem Fenster war eine Platte auf zwei Böcken angebracht. Dort lag ein Stapel Comics. Über dem Bett hing ein Plakat. Darauf war ein großbusiges Mädchen mit abgeschnittenen Jeans zu sehen. Sie drückte den Brustkorb heraus, was ganz unnötig war. Stjernkvist blätterte in den Comics. Zuunterst lag eine Zeitung. Jemand hatte darin herumgeschnippelt. Buchstaben fehlten. Eine ganze Seite war zerschnitten. Stjernkvist rief Fors an.

»Wie war dieser anonyme Brief an Seferis geschrieben?«

»Ausgeschnittene Buchstaben«, antwortete Fors. »Auf weißem Papier mit RX-Kleber aufgeklebt.«

»Woher stammen die Buchstaben?«

»Vermutlich aus einer Zeitung.«

»Ich möchte, dass du eine Hausdurchsuchung bei Lipponen-Frändberg, Folkungavägen 67 veranlasst. Der junge Lipponen hat was mit dem Brief zu tun. Es ist also nicht ganz ausgeschlossen, dass er auch an dem Überfall beteiligt war. Es wäre schön, wenn Karlsson oder Stenberg herkommen könnten.«

Stjernkvist sah sich um, und sein Blick blieb an einer Jeans hängen, die neben dem Bett lag.

»Auf dem Fußboden liegt eine Jeans. Es könnte sein, dass sich Spuren daran befinden. Die Art Spuren, für die sich Karlsson und Stenberg interessieren.«

Da erschien Margitta Lipponen-Frändberg in der Türöffnung mit einem zweijährigen Jungen auf dem Arm. Er trug einen verwaschenen Pulli, auf dem ein Bär war. Sein Unterkörper war nackt. Der Junge nuckelte an einem Schnuller.

»Gleich kommt ein Kollege von mir vorbei«, sagte Stjernkvist und machte das Handy aus. »Wir möchten uns ein bisschen näher in Harris Zimmer umsehen.«

»Hoffentlich hat er nichts angestellt«, sagte die Frau. »Frändberg erschlägt ihn, wenn er an dem Überfall auf das Restaurant beteiligt war.«

»Hoffen wir das Beste«, sagte Stjernkvist. »Meine Kollegen sind tüchtig, und wenn sie sich das Zimmer angeschaut haben, können sie vielleicht ausschließen, dass Harri dabei gewesen ist.«

»Glauben Sie das?«

»Natürlich«, log Stjernkvist. Er ging davon aus, dass der fünfzehnjährige Harri Lipponen ein Zeuge, wenn nicht gar einer der Täter beim Überfall auf Achilles Seferis gewesen war.

22

Niemand kam pünktlich zu der Besprechung um vier Uhr. Sie konnten nicht vor halb fünf anfangen. Stenberg erschien als Letzter mit einer Plastikmappe in der Hand.

»Dann mal los«, sagte Fors, setzte sich auf seinen fünfbeinigen Schreibtischstuhl und rollte zum Sofatisch. »Sind wir weiter?«

»Fangen wir mit Seferis an«, sagte Spjuth, »wir haben einen Jugendlichen gefasst, den wir aber nur bis heute Abend um acht festhalten können. Ich hab den Staatsanwalt gebeten, dass wir den Teufelsbraten über Nacht behalten dürfen, aber Bertilsson behauptet, der Bursche ist zu jung. Wir dürfen mit dem kleinen Wichser reden, und dann müssen wir ihn laufen lassen.«

»Dieser verdammte Bertilsson fällt uns in den Rücken, sobald er eine Gelegenheit dazu hat«, schimpfte Stenberg. »Manchmal könnte man meinen, er ist bei einem Konsortium von Ganoven angestellt und soll dafür sorgen, dass die Bengel nicht eingebuchtet werden.«

»Gut gesagt«, sagte Spjuth. »Tod den Feinden der Revolution, Mitbürger!« Er hatte kürzlich eine Biographie über Napoleon gelesen und gefiel sich darin, seine Kollegen hin und wieder Mitbürger zu nennen.

»Jetzt mal zu Seferis«, sagte Fors. »Wo stehen wir?«

»Der Junge«, sagte Spjuth, »heißt Harri Lipponen. In seinem Zimmer haben wir etwas Interessantes gefunden.«

Stenberg öffnete die Plastikmappe und entnahm ihr die Seite einer Tageszeitung. Die Seite war zerschnitten, und es stellte sich heraus, dass derjenige, der darin geschnippelt hatte, auf besondere Buchstaben aus gewesen war. Dann nahm Stenberg den Brief hervor, den Hammarlund Fors in Kopie gezeigt hatte.

»Dasselbe Zeitungspapier. Die Buchstaben, die auf dem Brief kleben, sind aus der Zeitung geschnitten. Der Junge war zweifelsfrei an diesem Brief an uns beteiligt.«

»Es ist ja wohl kaum strafbar, einen Brief an die Polizeibehörde zu schicken«, bemerkte Elin Bladh.

»Richtig«, sagte Spjuth. »Aber im Zusammenhang damit, dass ein Zeuge jemanden Harri oder Karri oder Lippa oder Pippa hat rufen hören, wird der Brief zu einem Indiz.«

»Nicht sehr schwerwiegend«, sagte Elin. »Briefe zu versenden und sich draußen auf den Straßen aufzuhalten ist nicht strafbar. Und wenn der Zeuge jemanden hat Karri rufen hören?«

»Wir haben die Kleidung des Jungen mitgenommen«, sagte Spjuth. »Und außerdem hat da ja wohl jemand ›Lippo‹ rufen hören?«

Stenberg sah bekümmert aus. »Auf den ersten Blick scheint es keine Spuren auf der Kleidung zu geben.«

»Vielleicht ist der Junge nicht direkt an der Tat beteiligt«, meinte Tunell. »Er könnte ja auch nur Zeuge sein?«

»Und wenn er Zeuge ist, dann sagt er wahrscheinlich nicht viel. Er wäre schlecht dran, wenn herauskäme, dass er sich bei uns ausgeheult hat.«

»Wer verhört ihn?«, fragte Fors. »Du?« Er zeigte auf Spjuth.

»Warum nicht. Vielleicht möchte Carin dabei sein?«

Carin nickte.

»Gut«, sagte Fors, »dann gehen wir über zu Tullgren.«

Stenberg blätterte in seiner Mappe und nahm einige Briefe heraus. »Der Briefträger ist heute um dreizehn Uhr zehn bei Tullgrens Briefkasten angekommen. Das war wirklich keine Minute zu früh. In den fünfziger Jahren des letzten Jahrhunderts wurde dreimal am Tag Post ausgetragen.«

»Ich finde, wir sollten die bösen alten Zeiten nicht idealisieren«, sagte Spjuth.

Stenberg zuckte mit den Schultern und sah Fors an.

»In zwei Briefen fanden wir benutztes Toilettenpapier. Im dritten Brief lag die Botschaft ›Du sollst sterben‹. Ein vierter Brief enthielt einen Schulaufsatz über Konzentrationslager während des Zweiten Weltkrieges. Ein fünfter sollte Tullgren vermutlich aufmuntern. Er ist ein bisschen wirr geschrieben, geht aber davon aus, dass Menschen mit schwarzen Haaren von Affen abstammen …«

»Von denen stammen wir doch alle ab«, sagte Elin.

»… und außerdem wird behauptet, dass schwarzhaarige Menschen nachweislich einfältiger sind als andere.«

»Das stimmt«, sagte Carin. »Nylander hatte schwarze Haare, bevor er grau wurde.«

»Was hat seine Haare grau werden lassen?«, fragte Spjuth.

»Das Autofahren«, sagte Carin. »Er konnte nie rechts und links unterscheiden.«

»Aber den interessantesten Brief hab ich bis zuletzt

aufgespart«, sagte Stenberg und reichte Fors einen Computerausdruck. Fors warf einen Blick darauf und gab die Kopie weiter an Carin.

»Ist der elfte das richtige Datum?«, las Carin und reichte den Brief weiter an Spjuth.

»Keine Unterschrift«, stellte dieser fest. »Kein Absender.«

»Der Brief ist in Stockholm abgestempelt«, erklärte Stenberg. »Er steckte in einem gewöhnlichen braunen Kuvert, das wahrscheinlich durch Anlecken zugeklebt wurde. Die Briefmarke ist selbstklebend.«

»Dann können wir also in drei Wochen eine DNA-Analyse der Speichelprobe haben«, sagte Carin.

»Der Briefschreiber stellt das Datum in Frage, das Tullgren dir bei eurem kleinen Gespräch auf der Bank genannt hat«, bemerkte Tunell. »Ist das vielleicht ein Rundschreiben? Eins, das an alle Mitglieder der Gruppe rausgegangen ist?«

»Die Zelle«, sagte Stjernkvist. »Die bilden eine Zelle.«

»Wenn das Datum umstritten war, könnte das bedeuten, dass es schon morgen knallt.«

»Wenn es überhaupt knallt«, sagte Carin zweifelnd. »Tullgren kann einen Grund gehabt haben, uns in die Irre zu führen.«

»Was für einen Grund?«, fragte Stenberg.

Carin seufzte. »Weiß ich nicht, aber Tullgren ist eine gerissene Type. Sie nimmt nicht ohne guten Grund Kontakt zu uns auf.«

»Ein Grund könnte sein, dass sie eine Tragödie verhindern wollte«, meinte Fors.

»Vielleicht«, sagte Carin. »Aber nur vielleicht. Ich

habe mir eine Liste aller Bewohner der Birkagatan 22 besorgt. Es ist eine Eigentumswohnanlage. In dem Haus gibt es sechsundzwanzig Wohnungen und eine weitere im Souterrain. Die Wohnungen bestehen überwiegend aus Ein- und Zweizimmerwohnungen. Ganz oben gibt es eine mit fünf Zimmern. Die Einzimmerwohnungen sind normalerweise siebenundzwanzig Quadratmeter groß, die Zweizimmerwohnungen haben unter siebzig.«

Carin reichte Fors ein Blatt Papier. Er überflog die Liste. »Ist die Elf nicht bekannt?«, fragte er nach einer Weile und zeigte auf einen Namen, der hinter der Nummer elf stand. Dann gab er das Blatt an Carin zurück. Sie schaute darauf und schüttelte den Kopf.

»Bei mir klingelt es nicht.«

»Bei mir klingelt es«, sagte Fors. »Marcus Lundkvist war mit Anneli Tullgren befreundet, als sie Hilmer Eriksson umgebracht haben. Er müsste heute etwa sechsunddreißig, siebenunddreißig Jahre alt sein. Ich war mal bei ihm zu Hause. Es war ein kurzer kleiner Besuch und kein formelles Verhör. Marcus Lundkvist hat Eindruck auf mich gemacht, weil er so eine ausgeprägt unangenehme Ausstrahlung hatte. Ich erinnere mich nicht, ob er Linkshänder war, aber das werden wir ja rauskriegen.«

»Vor allen Dingen werden wir rauskriegen, ob er ein schweres Motorrad besitzt«, sagte Elin.

»Kümmern Sie sich sofort darum. Seine Geburtsdaten bekommen Sie über das Einwohnermeldeamt und das Finanzamt heraus.«

»Ich weiß«, sagte Elin. »So neu bin ich nun auch wieder nicht.«

»Das passiert, weil Sie noch so jung aussehen«, sagte

Carin. »Wenn Sie nicht aufpassen, wird Ihnen noch jemand im Haus helfen wollen, wenn Sie zum Klo müssen.«

Elin sah aus, als hätte sie in eine Zitrone gebissen, stand auf und verließ das Zimmer. Als sie die Tür gerade hinter sich schließen wollte, rief Fors ihr nach:

»Haben Sie Hjelm erreicht?«

»Er meldet sich nicht«, rief Elin, schon draußen auf dem Korridor.

»Was hat sich bei Richard Widmark ergeben?« Fors wandte sich an Carin.

»Nicht zu Hause. Ich geh heute Abend noch mal zu ihm.«

»Sollte Tullgren nicht einen Schutz bekommen?«, fragte Stjernkvist. »Wenn es nun doch eine politisch motivierte Tat war und der Täter weiß, dass sein erster Versuch misslungen ist?«

Fors wiegte den Kopf, als könnte er sich nicht entscheiden, wie er auf das Gesagte reagieren sollte.

Spjuth formte einen Papierfetzen auf dem Tisch zu einer Kugel und schnippte sie in Richtung Carin. Die Kugel traf sie an der Nase.

»Was soll das?«, fragte sie. »Ein Mordversuch?«

»Wollen wir jetzt mit Harri Lipponen reden?«, fragte Spjuth und streckte die Hand nach Stenberg aus, der ihm die zerschnittene Zeitungsseite reichte.

»Klar«, sagte Carin. »Ist die Besprechung beendet?«

»Wir treffen uns morgen früh um neun«, sagte Fors.

Fors schaltete den Computer ab, ging in den Flur hinaus und hinunter in die Garage. Er fuhr den kürzesten Weg nach Hause, holte ein Maishähnchen aus dem Kühlschrank, das er gestern gekauft hatte, und füllte es mit fein gehackten Tomaten, Basilikum und gehackten Oliven. Er pfefferte es, benutzte jedoch kein Salz, und stellte den Backofen auf zweihundert Grad und die Eieruhr auf sechzig Minuten. Er zog seine Trainingsklamotten an und verließ die Wohnung.

Er lief zum Visee und zurück.

Als er die Wohnungstür aufschloss, klingelte die Eieruhr, er nahm das Hähnchen aus dem Backofen und ließ es abkühlen, während er duschte. Um den Nachschweiß zu trocknen, stellte er sich nackt in die Küche und bereitete den Salat vor.

Er deckte den Tisch und zog ein T-Shirt an. Dann streckte er sich mit der Tageszeitung auf dem Bett im Schlafzimmer aus. Als Annika zur Tür hereinkam, las er gerade den Leitartikel über Mobbing in der Schule.

»Liebling! Das riecht ja köstlich!«, rief sie aus dem Flur und Fors hörte, wie sie ihre Reisetasche abstellte.

»Komm her und riech erst mal an mir!«, rief Fors, und Annika kam ins Schlafzimmer. Sie warf sich bäuchlings aufs Bett und bohrte den Kopf ins Kissen.

»Ich hasse Journalisten. Ich hasse sie, ich hasse sie, ich hasse sie!« Sie brüllte ins Kissen und trommelte mit den Fäusten auf die Matratze.

»Du hättest Bulle werden sollen«, sagte Fors. »Da trifft man Dreizehnjährige, die einen bei moralischen Themen aufs Glatteis führen wollen.«

»Moral«, grunzte Annika. »Red mir nicht von Moral. Meine Kollegen wühlen in der Scheiße der Leute und versuchen, den Samstagsrausch eines abgedankten Schauspielers in eine Sensation zu verwandeln. Sie behandeln die neue Verlobung einer Popsängerin wie eine Angelegenheit des Reichstags und die Eheschwierigkeiten eines mittelmäßigen Fernsehstars wie etwas, das jeder wissen muss. Gleichzeitig haben sie die Stirn, im Kongress zu sitzen, seriös auszusehen und über Moral zu reden. Journalisten sind ein verdammtes Pack, das muss einfach mal gesagt werden. Pack. Kleingeister. Ich halt die nicht mehr aus!«

Annika war Redaktionschefin bei der Lokalzeitung und aktives Mitglied im Journalistenverband. Zwei Tage lang hatte sie an einem Kongress teilgenommen, der sich laut Einladung mit »Medienlandschaft und Medienmoral« befasste.

»Im Kühlschrank steht eine Flasche Chablis«, sagte Fors und erhob sich. »Möchtest du duschen?«

»Ich muss mir diesen Gestank nach Journalisten vom Körper schrubben!«, stöhnte Annika. »Ich muss ihn loswerden!«

»Du solltest mal erleben, was bei der Polizei los ist«, sagte Fors, während er das Zimmer verließ. »Dort geht es genauso zu wie unter den Journalisten, der Unterschied besteht nur darin, dass sich bei der Polizei niemand wundert, wenn die Idioten reingetrampelt kommen. Bei uns geht man davon aus, dass der moralische Sumpf innerhalb der Polizeibehörde so verbreitet ist, dass man ihn unmöglich trockenlegen kann.«

Nachdem Annika geduscht hatte, saßen sie am Küchentisch. Der Wein war kalt, und die Flasche beschlagen. Das Hähnchen war saftig, und die Telefone waren abgeschaltet.

»Du hast sicher von dem jungen Mann gehört, der zu Anfang des zwanzigsten Jahrhunderts in Wien lebte?«, sagte Fors, während er einen Schenkel abnagte. »Eines Tages ging er spazieren, es war Winter, und er kam zu einem zugefrorenen See. Draußen auf dem Eis sah er einen Mann, der plötzlich in einem Eisloch verschwand. Unser Freund, der zukünftige Held, holte einen Ast und rief dem Verunglückten zu, Hilfe sei unterwegs. Der werdende Held bewegte sich rutschend aufs Eis hinaus, streckte den Ast aus und holte den Verunglückten heraus. Der unfreiwillige Winterbader war ein noch junger Mann. Ihn fror, und seine Zähne schlugen so sehr aufeinander, dass Zahnschmelz absplitterte. Unser Held brachte den Geretteten nach Hause. Bevor sie sich trennten, wollte der Gerettete den Namen seines Retters wissen. Der Retter hinterließ Namen und Adresse und ging nach Hause. Eine Woche später lag ein Päckchen vor seiner Tür. Es enthielt eine gerahmte Zeichnung hinter Glas. Auf dem Bild war der See, wo das Drama stattgefunden hatte. Ein Brief lag nicht dabei, die Zeichnung war nicht signiert. Kurz darauf zog unser Held in eine andere Wohnung in einen anderen Stadtteil um, und die Zeichnung landete in einem Koffer auf dem Dachboden. Die Jahre vergingen, und der Erste Weltkrieg kam. Unser Held kämpfte an der italienischen Front, und 1918 kehrte er in seine Wohnung zurück. Er heiratete und bekam Kinder. Dann kamen die Nazis. Unser Held und seine Familie wurden in verschiedene Konzentrationslager verschleppt. Als er 1945 nach Wien zurückkehrte, waren seine Frau und die Kinder tot. Er bekam seine Wohnung zurück. Die Möbel waren gestohlen. Er stieg zum Dachboden hinauf und holte den Koffer herunter, der dort seit der Zeit vor dem Ersten Weltkrieg gestanden hatte. Er benutzte ihn als Sitzgelegenheit. Eines Tages öffnete er den Koffer, um nach etwas zu suchen, was er verkaufen könnte. Dort lag das Bild, das Glas war gesprungen. Unser Held nahm das Bild und drehte es um, auf der Rückseite stand etwas geschrieben, der Dank dessen, den er gerettet hatte. Dort stand: ›Meinem Retter ein herzliches Dankeschön.‹ Und dann gab es noch eine Unterschrift: ›Adolf Hitler‹.«

»Davon hab ich schon mal gehört«, sagte Annika.

»Kann ich mir vorstellen«, sagte Fors. »Aber jetzt sag mir: Welche Schuld hatte der Retter?«

»Schuld? Er hatte doch keine Schuld. Er hat einen Menschen vorm Ertrinken gerettet.«

»Bist du sicher?«

»Wie kommt es dann, dass der Mann, nachdem er die Rückseite des Bildes gelesen hatte, vor Schuldgefühlen fast gestorben wäre?«

»Eine seltsame Frage.« Annika beugte sich über den Tisch und streichelte Fors über die Wange. »Bist du müde?«

»Ich habe heute ein Mädchen verhört. Es ist dreizehneinhalb Jahre alt und legt großen Wert auf dieses halbe Jahr.«

Redakteurin Annika Båge und Kriminalkommissar Harald Fors hatten eine Übereinkunft. Was in der Wohnung besprochen wurde, sollte unter ihnen bleiben. An diese Übereinkunft hatten sie sich streng gehalten, und Fors wusste, dass Annika alles, ganz gleich, was er ihr erzählte, für sich behielt. Er seinerseits machte es selbstverständlich genauso mit allem, was er von Annika erfuhr.

Manchmal hatte er Dinge gehört, die ihn hätten veranlassen müssen, den Staatsanwalt einzuschalten und eine Ermittlung einzuleiten, denn Journalisten erfahren manchmal Dinge, die die Leute vor Polizei und Staatsanwalt geheimhalten wollen.

Sie hatten keine Kinder zusammen. Aber sie hatten gemeinsame Geheimnisse.

»Geht es um eine Ermittlung?«

Fors nickte, und dann erzählte er von Anneli Tullgren und Tove und wie sie den Täter in der Dunkelheit beobachtet hatte.

»Ich weiß, wer Tove ist«, sagte Annika. »Man sieht sie manchmal auf dem Marktplatz, zusammen mit ihrer Zwillingsschwester und der Pastorin. Tove sieht immer wütend aus.«

Die Redaktion ihrer Zeitung lag am Marktplatz.

»Du solltest dafür sorgen, dass Tullgren Polizeischutz kriegt«, riet Annika ihm und nahm den Rest Hähnchen. »Wenn man mit einem Messer so zusticht, wie es dieser Wahnsinnige offenbar getan hat, gibt man nicht auf. Man versucht es wieder.«

»Ich werde Hammarlund morgen daran erinnern«, sagte Fors.

23

Sie saßen in dem Büro, das Carin Lindblom und Spjuth sich teilten.

Harri Lipponen war ein dünner, fast magerer Junge mit langen Armen. Seine Gesichtshaut wirkte gelbgrün und er hatte eine breite Nase mit sehr großen Nasenlöchern. Seine Augen waren grau, und das Haar war kurz geschnitten. Er war bekleidet mit Jeans und einem T-Shirt, auf dem »Love me or Leave me« stand. Seine Mutter trug ein Jeanskostüm, das funkelnagelneu wirkte. Die Hose war gebügelt und hatte Bügelfalten. Sie trug die gleiche Art Sneakers wie der Sohn, aber ihre waren sauber und die Schnürsenkel waren gebunden. Carin Lindblom saß ein Stück von Spjuths Schreibtisch entfernt neben Margitta Lipponen-Frändberg. Spjuth schob das Mikrofon näher zu Harri heran.

»Es geht also um ein Zeugenverhör«, sagte er. »Wir versuchen herauszufinden, was Montagabend beim Griechen passiert ist. Du kennst das Restaurant doch, oder?«

»Ja«, antwortete Harri.

»Wie gut kennst du es?«

Harri sah nachdenklich aus, schielte zu seiner Mutter und sah dann Spjuth an.

»Wie meinen Sie das?«

»Wie gut kennst du es?«, wiederholte Spjuth »Isst du dort manchmal?«

Der Junge schüttelte den Kopf.

»Du musst laut antworten«, erinnerte Spjuth ihn und zeigte auf das Mikrofon. »Es genügt nicht, dass du mit dem Kopf schüttelst.«

Spjuth lächelte, aber der Junge blieb ernst.

»Ich geh da manchmal dran vorbei.«

»Wann bist du zuletzt an dem griechischen Restaurant vorbeigegangen?«

»Vor einigen Tagen.«

»Vor wie viel Tagen?«

»Weiß ich nicht.«
»War es Montag?«
»Nein.«
»Sonntag?«
Harri schüttelte den Kopf.
»Samstag?«
Der Junge schwieg eine Weile, ehe er antwortete.
»Letzte Woche.«
»Du bist also in der letzten Woche an dem griechischen Restaurant vorbeigegangen? War das am Tag oder am Abend?«
»Am Abend.«
»Um wie viel Uhr?«
»Keine Ahnung.«
»Warst du allein?«
»Ja.«
»Woher kamst du?«
»Aus dem Zentrum.«
»Du kamst vom Zentrum und bist an dem griechischen Restaurant vorbeigegangen, und das war an einem Abend in der letzten Woche?«
»Ja.«
Harri nickte und setzte sich gerader hin.
»Möchtest du ein Glas Wasser?«, fragte Spjuth.
Der Junge schüttelte den Kopf.
»Ich dachte, du möchtest Wasser«, sagte Spjuth. »Es sah aus, als hättest du einen trockenen Mund.«
Harri zuckte mit den Schultern und schielte wieder zu seiner Mutter.
»Gehst du abends häufig an dem griechischen Restaurant vorbei?«

»Manchmal.«
»Wie oft?«
»Ziemlich oft.«
»Kennst du den Restaurantbesitzer?«
»Nein.«
»Du kennst Achilles Seferis nicht?«
»Nein.«
»Du hast nie mit ihm gesprochen?«
»Nein.«
»Und er hat nie mit dir gesprochen?«
»Nein.«
»Du hast also nie mit ihm zu tun gehabt?«
»Nein.«

Spjuth seufzte, öffnete die oberste Schreibtischschublade und nahm eine Seite der Lokalzeitung heraus. Die Seite war zerschnitten. Jemand hatte Buchstaben daraus ausgeschnitten.

»Kommt dir das bekannt vor?«

Spjuth hielt dem Jungen die Zeitungsseite hin.

Dieser schüttelte den Kopf.

»Ich zeige dir jetzt eine Seite der Lokalzeitung. Sie ist vom vierundzwanzigsten August dieses Jahres. Siehst du, dass jemand etwas mit der Seite angestellt hat?«

»Was meinen Sie?«, fragte der Junge und warf seiner Mutter erneut einen Blick zu.

»Siehst du, dass jemand etwas mit der Seite gemacht hat?«

Der Junge schwieg eine Weile, ehe er antwortete.

»Es sind Löcher drin.«

»Was sind das für Löcher?«

»Ich weiß es nicht.«

Spjuth reichte dem Jungen die Seite.

»Schau sie dir an. Was sind das für Löcher?«

»Jemand hat etwas herausgeschnitten.«

»Was hat jemand herausgeschnitten?«

»Buchstaben.«

»Findest du einen Buchstaben, der herausgeschnitten wurde?«

Der Junge legte das Blatt auf Spjuths Schreibtisch zurück. Spjuth nahm es und gab es ihm wieder.

»Schau genau hin. Könnte es nicht ein S sein, das hier fehlt? S wie in Seferis?«

»Vielleicht«, sagte der Junge und schaute zu Boden.

»Was gibt's denn da auf dem Fußboden zu sehen? Ich bitte dich, dir die Zeitung anzusehen.«

»Ich sage nichts«, sagte der Junge.

»Nichts?«

»Ich sage nichts«, wiederholte der Junge. »Sie können mich nicht zwingen.«

»Da hast du recht«, sagte Spjuth. »Ich kann dich nicht zwingen.«

Und dann nahm er eine Kopie des anonymen Briefes hervor und legte ihn dem Jungen hin.

»Kennst du das?«

»Ich sage nichts«, wiederholte der Junge, der die Kopie nicht anschauen wollte.

»Das ist die Kopie eines Briefes, der bei der Polizeibehörde eingegangen ist. Die Buchstaben sind aus der Zeitung ausgeschnitten worden, die vor dir liegt. Und du weißt doch, wo wir die Zeitung gefunden haben, oder?«

»Ich sage nichts«, sagte der Junge.

»Wir haben sie in deinem Zimmer gefunden, Harri. Daraus schließen wir, dass du – und vielleicht noch ein paar andere – einen anonymen Brief an uns geschrieben hast. Im Brief geht es um Achilles Seferis, den Besitzer des griechischen Restaurants. Ich frage dich also noch einmal – kennst du Achilles Seferis?«

»Ich sage nichts«, sagte der Junge.

»Aber du wusstest, dass Seferis eine Pistole unter dem Tresen hatte?«

Jetzt konnte Margitta Lipponen-Frändberg nicht mehr an sich halten.

»Eine Pistole! Himmel! Was hast du angestellt?«

Der Junge sah sie böse an, und dann schaute er zu Boden.

»Es ist nicht verboten, der Polizei Briefe zu schreiben«, sagte Spjuth. »Es ist nicht einmal verboten, Zeitungen zu zerschneiden und anonyme Nachrichten zu basteln. Im Gegenteil, die Polizei arbeitet häufig mit der Bevölkerung zusammen und erfährt auf diese Weise viel. Was ich von dir wissen möchte, Harri, ist, ob du dabei bleibst, dass du Achilles Seferis nicht kennst?«

»Sag die Wahrheit, um Gottes willen, Harri! Sag die Wahrheit!«, rief die Mutter des Jungen mit schriller Stimme.

»Schnauze«, knurrte der Junge, den Blick immer noch auf den Boden gerichtet.

»Wie redest du mit deiner Mutter?«, schimpfte seine Mutter. »Warte nur, bis Frändberg nach Hause kommt. Dann kannst du was erleben, das sag ich dir. Er würde es nicht erlauben, dass du hier rumsitzt und der Polizei kostbare Zeit stiehlst. Er würde die Wahrheit aus dir rausquetschen wie Ketchup aus der Tube.«

Carin Lindblom legte Margitta Lipponen-Frändberg eine Hand auf den Unterarm, und die Frau verstummte.

»Was hast du Montagabend gemacht?«, fragte Spjuth.

»Nichts Besonderes.«

»Wo hast du dich aufgehalten, als du nichts Besonderes gemacht hast?«

»Weiß ich nicht mehr.«

»Sagen wir mal abends so gegen elf.«

»Da war ich bei Nicke.«

»Wirklich?«

»Ja.«

»Wie lange warst du dort?«

»Bis kurz nach elf.«

»War sonst noch jemand bei Nicke?«

»Ja.«

»Wer?«

»Nicke, seine Mutter, sein Vater, seine Schwester und ihr Freund Mange.«

»Die waren alle zu Hause bei Nicke, und du warst auch dort?«

Die Stimme des Jungen klang genervt. »Sind Sie schwer von Kapee? Das hab ich doch gesagt.«

»Woher weißt du, wie spät es war?«

»Die haben so einen Vogel.«

»Was für einen Vogel?«, fragte Spjuth.

»Eine Vogeluhr.«

»Eine Vogeluhr?«, wiederholte Spjuth.

»So eine, wo einmal in der Stunde ein Vogel rauskommt und wie ein Hahn kräht.«

»Er meint eine Kuckucksuhr«, erklärte die Mutter des Jungen.

Der starrte sie an.

»Solltest du nicht das Maul halten?«

»Aber du meinst doch eine Kuckucksuhr?«

»Schnauze, alte Kuh!«, brüllte der Junge.

»Er meint eine Kuckucksuhr«, wiederholte seine Mutter.

»Meinst du eine Kuckucksuhr?«, fragte Spjuth.

»Scheiß ich doch drauf, wie das Ding heißt!«, sagte der Junge.

»Und die Kuckucksuhr zeigte elf?«, fragte Spjuth. »Letzten Montag?«

Der Junge wedelte mit den Armen, als wollte er die Uhr, um die es ging, hörbar nachahmen.

»Es sieht bescheuert aus, klingt wie ein Hahn. Elfmal. Nicke hasst das Scheißding. Das kräht rund um die Uhr. Kaum zu fassen, dass Leute so was haben wollen. Sobald man einen spannenden Film bei Nicke sieht, kommt dieses Miststück raus und grölt.«

»Also grölen tut es ja wohl nicht gerade«, sagte Margitta. »Es ist doch ein Kuckuck.«

»Schnauze!«, brüllte Harri. »Schnauze!«

Der Junge hatte rote Wangen bekommen. Die Mutter hatte einen roten Hals.

»Du bist also sicher, dass es elf war?«, fragte Spjuth. »Weil du den Kuckuck gehört hast. Elfmal.«

Der Junge glotzte ihn an, ohne zu antworten.

»Um wie viel Uhr bist du dann von Nicke weggegangen?«

»Irgendwann nach elf.«

»Wo wohnt Nicke?«

»In Nummer 85. Es ist das letzte Haus.«

»Im Folkungavägen?«

»Wo denn sonst?«

»Kann jemand von denen, die bei Nicke zu Hause waren, bestätigen, dass du bis elf dort warst?«

Harri holte sein Handy hervor, tippte etwas ein und sagte nach einer Weile: »Hier ist Harri ... Bist du zu Hause ... Gib mir mal deinen Alten.« Einen Augenblick blieb es still. Dann: »Hier ist Harri. Sitz hier bei der Polizei. Der Bulle will Sie was fragen.« Dann reichte Harri das Handy an Spjuth weiter.

»Guten Abend«, sagte Spjuth. »Mein Name ist Spjuth. Ich bin Kriminalinspektor und arbeite an einer Ermittlung, zu der Harri Lipponen als Zeuge geladen ist. Ich möchte gern wissen, um wie viel Uhr Harri Ihre Wohnung letzten Montag verlassen hat.«

Spjuth schwieg und machte sich eine Notiz auf einem Block, den er aus einer Schreibtischschublade genommen hatte.

»Ich verstehe«, sagte er nach einer Weile. »Und die Uhr geht richtig?«

Jemand sprach ziemlich lange, und Spjuth machte sich Notizen. »Danke«, sagte er. »Wie war noch Ihr Name ... Vielen Dank, Herr Nicklasson. Entschuldigen Sie bitte die Störung.«

Spjuth reichte Harri das Handy zurück.

»Nicklasson glaubt, dass du Montag einige Minuten nach elf das Haus verlassen hast. Offenbar war vereinbart, dass du um elf nach Hause musstest?«

Harri nickte.

»Was ist dann passiert, als du auf die Straße kamst?«, fragte Spjuth.

»Ich bin nach Hause gegangen.«

»Auf der Straße ist dir also nichts Ungewöhnliches aufgefallen?«, fragte Spjuth.

Harri schwieg einen Augenblick. »Ich hab ein paar getroffen, die ich kenne.«

»Wen?«

»Das sag ich nicht.«

»Wie viele waren es?«

»Drei.«

»Du hast Montagabend kurz nach elf drei Leute, die du kennst, auf dem Folkungavägen getroffen«, fasste Spjuth zusammen.

Harri seufzte. »Sie nerven! Muss das sein? Was soll die Wiederholerei.«

»Was ist passiert?«

»Einer von denen rief etwas.«

»Was?«

»Harri! Oder Lippa.«

»Dein Freund hat Harri gerufen? Oder Lippa?«

»Scheiße!«, heulte Harri. »Hören Sie auf, ständig zu wiederholen, was ich gesagt hab. Sie machen mich wahnsinnig. Er hat Harri gerufen.«

»Er hat Harri gerufen«, sagte Spjuth. »Wer hat Harri gerufen? Oder Lippa?«

Der Junge war erregt. Er beugte sich vor und starrte Spjuth an.

»Das sag ich nicht. Und wenn Sie mich in den Trockner stecken und auf Start drücken. Ich sage es nicht. Sie können mich fragen, bis Ihnen die Zähne im Maul verfaulen. Sie können mich fragen, bis Ihnen die Haare ausfallen, bis Ihnen der Schwanz abfällt, bis Sie anfangen zu stinken, bis ...«

»Danke«, sagte Spjuth. »Ich hab's kapiert. Du willst nicht sagen, wen du Montagabend kurz nach elf auf dem Folkungavägen getroffen hast.«

Harri verzog den Mund, sah Carin an und schüttelte den Kopf.

»Ist der immer so?«

»Bitte, Harri«, flehte seine Mutter.

»Schnauze!«, brüllte Harri.

»Da ist nur eine Sache, die ich nicht begreife«, behauptete Spjuth.

»Was?«, fragte Harri.

»Wer hat die Buchstaben aus der Zeitung geschnitten, die wir später in deinem Zimmer gefunden haben?«

»Ein Kumpel«, antwortete Harri. »Ein Kumpel, der diesen fetten Griechen satt hatte. Der Kerl bildet sich ein, ihm gehört der Parkplatz, nur weil er ein Restaurant hat. Er spielt sich auf wie der große Zampano, sobald er einen erwischt.«

»Den großen Zampano spielen«, sagte Spjuth. »Den Ausdruck hört man heutzutage nicht mehr oft.«

»Mir doch egal«, sagte Harri. »Was wollen Sie? Kann ich jetzt gehen?«

»Ich glaube ja«, sagte Spjuth. »Danke für die Informationen.«

»Vielen Dank«, sagte Margitta Lipponen-Frändberg. »Ist die Sache damit erledigt?«

»Wir haben sehr viel erfahren«, behauptete Spjuth. »Trotzdem könnte es sein, dass wir noch ein paar ergänzende Informationen brauchen, dann lassen wir von uns hören.«

»Machen Sie das nicht«, sagte Harri. Er ging zur Tür, öffnete sie und verschwand im Korridor.

»Es ist gut für ihn«, flüsterte Margitta Lipponen-Frändberg. »Es ist gut, wenn er begreift, dass man sich nicht wer weiß wie aufführen kann, ohne dass es Konsequenzen hat.«

Als Margitta Lipponen-Frändberg und ihr Sohn Harri das Polizeipräsidium verließen, parkte ein weißer Audi auf der anderen Straßenseite. Harri und seine Mutter bemerkten nicht, dass das Auto startete und ihnen folgte. Als sie in ihrem Hauseingang verschwanden, bemerkten sie nicht, dass es auf der anderen Straßenseite hielt und ein Mann mit welligen schwarzen Haaren ein Handy hervornahm und jemanden anrief.

»Jetzt haben wir einen von denen«, sagte der Mann. »Und ich weiß, wo die miese Ratte wohnt. Ich hab eben gesehen, wie in der Wohnung Licht anging, als sie nach Hause kamen.«

24

Bei dem Schild, auf dem stand, dass es noch ein Kilometer bis Viklången war, bog Carin Lindblom von der Landstraße ab. Vor gut zehn Jahren hatte die Polizei in dieser Gegend in einem Fall wegen Totschlags ermittelt. Man hatte in einem Wald dort oben bei einem Schuppen eine Leiche gefunden. Damals war es Winter und dunkel gewesen. Jetzt war es September, und der Himmel war schwarz und scheinbar voller unendlicher

Sterne. Über dem Tannenwald hing eine hübsche Mondscheibe.

Carin fand die Abzweigung hinter der alten Schule und erreichte den kleinen Tümpel, die Autoscheinwerfer glitten über die dunkle Wasseroberfläche, und dann sah sie das Haus. Es wurde durch zwei Lampen an der Pforte erleuchtet.

Ein Hund bellte, die Tür wurde geöffnet, und ein Streifen Licht fiel aufs Gras. Carin spürte, wie die Abendluft ihr ins Gesicht biss, als sie aus dem Auto stieg. Die Tasche mit dem Tonbandgerät trug sie in der linken Hand, und als sie die Haustür erreichte, erwartete sie in der Türöffnung ein großer Mann in grauen Hosen, weißem Hemd mit Manschettenknöpfen und Hosenträgern. Der Mann hatte weiße kurz geschnittene Haare und an den Füßen trug er karierte Filzpantoffeln. Er streckte die Hand aus.

Sie betrat einen langgezogenen Raum, eine Kombination aus Wohnzimmer und Küche zugleich. Mitten darin ragte ein ansehnlicher grau geschlämmter Rauchfang mit einem geräumigen offenen Kamin auf, in dem ein Birkenholzfeuer brannte. Davor stand ein Funkenschutz aus feinmaschigem Stahldraht, auf dem daumennagelgroße Metallsterne so befestigt waren, dass sie das Sternbild des Großen Bären bildeten. Der Hund war ein riesiger Dalmatiner. Er hatte aufgehört zu bellen und wedelte mit dem Schwanz.

»Willkommen«, sagte der Mann in Pantoffeln. »Ich habe Kaffee gekocht. Aber vielleicht möchten Sie lieber Tee?«

»Danke, ich nehme gern Kaffee.«

»War es schwer, herzufinden?«

»Ich habe eine genaue Wegbeschreibung bekommen, deshalb war es überhaupt nicht schwer. Außerdem habe ich einen guten Navigator im Auto.«

Der Mann nickte.

»Bitte, setzen Sie sich.« Er zeigte auf die beiden Sessel, die vor dem Kaminfeuer standen.

»Oder möchten Sie sich erst umschauen? Dies ist die Behausung eines Kapitäns. Mein Urahn ist mit dem König nach Narva gezogen. Er hat 1701 an der Düna und 1702 bei Klissow gekämpft, 1708 bei Hollowczyn, und er war auch in Poltawa dabei. Dort wurde er gefangen genommen und kehrte als alter Mann mit drei Fingern an der rechten Hand nach Hause zurück. Ein Auge hatte er verloren. Er hatte sieben Kinder, von denen vier bis ins erwachsene Alter lebten. Einer seiner Enkel konspirierte gegen Gustav III. in Anjala und wäre fast hingerichtet worden. Sein Sohn war daran beteiligt, Gustav IV. Adolf zu Oberst Gustavsson zu degradieren. Dort auf dem Tisch steht ein Foto von meinem Vater. Er hat gegen die Bolschewiken gekämpft, erst in Finnland und dann an der Ostfront. Wie der Zufall es will, kehrte auch er wie der Urahn mit nur drei Fingern an der rechten Hand zurück. Aber seine Augen hat er beide behalten. Mein Urahn hatte einen König, dem er diente. Voltaire hat über diesen König geschrieben. Welche anderen schwedischen Könige sind von europäischen Intellektuellen gepriesen worden? Defoe hat über Gustav II. Adolf geschrieben, aber das ist kaum als Huldigung zu bezeichnen. Und was sollte jemand über den König von heute schreiben? Das würde nicht mal für eine Comicserie mit infantilem Inhalt reichen.«

Carin Lindblom ging zu dem großen Schreibtisch, der mit schweren gebundenen Büchern bedeckt war. In dem schwachen Licht betrachtete sie die Fotografie von einem Mann in offenem Hemd, der die Schirmmütze in den Nacken geschoben hatte und eine Maschinenpistole mit Tellermagazin um den Hals trug.

»Ich bin nicht so kriegerisch wie meine Vorfahren«, behauptete der Alte. »Bis zu meiner Pensionierung vor einigen Jahren habe ich Prozessrecht unterrichtet. So habe ich Anneli Tullgren kennengelernt. Sie studierte Jura, und ich habe sie geprüft. Sie war eine verurteilte Gewaltverbrecherin mit Spitzennoten. Ich war natürlich neugierig auf sie, und wir haben auch über anderes als juristische Fragen gesprochen. Heutzutage kommt es nicht oft vor, dass man Studenten trifft, mit denen man wirklich diskutieren kann.«

Er zeigte wieder auf die Sessel vor dem Kaminfeuer.

Carin Lindblom nickte und setzte sich. Sie stellte die Tasche ab, und der Alte ging zur Küchenecke.

Im Raum war es dämmrig. Außer einigen Lämpchen in den Fenstern und dem flackernden, diffusen Licht des Kaminfeuers gab es keine andere Beleuchtung. Jetzt sah Carin, dass die lange Wand mit Büchern bedeckt war. Acht mal zweieinhalb Meter, dachte Carin.

Siebzig laufende Meter. Alles Bücher.

Der Mann kehrte mit einem versilberten Tablett zurück, auf dem zwei Tassen der Art standen, wie es sie in Espressocafés gab. Carins Gedanken gingen flüchtig zu Fors, der der größte Kaffeetrinker in ihrer Bekanntschaft war. Der Weißhaarige stellte das kleine Tablett auf einen niedrigen Tisch, der zwischen den Sesseln stand, und dann ließ er seinen großen Körper in den Sessel sinken. Er streckte die Beine zum Feuer hin aus und zeigte auf das Kaffeetablett.

»Bitte sehr. Und jetzt will ich berichten, wie es mit Tullgren ist.«

»Darf ich ein Tonband laufen lassen?«, fragte Carin.

Der Mann mit den weißen Haaren sah sie an und schüttelte den Kopf.

»Ich möchte nicht, dass Sie sich Notizen machen, und ich möchte keinesfalls, dass Sie das Gespräch aufnehmen. Was ich zu sagen habe, daran sollen Krethi und Plethi nicht teilhaben. Und ich bereite Sie gleich darauf vor, dass ich jetzt Sachen sagen werde, die ich später ableugnen werde, gesagt zu haben. Sollten Sie zum Beispiel so geschmacklos sein, über unser Gespräch vor Gericht zu referieren, werde ich mit Bestimmtheit behaupten, dass Sie alles missverstanden, falsch interpretiert und nichts begriffen haben.«

Er hob seine buschigen Augenbrauen. »Haben Sie die Bedingungen des Gesprächs verstanden?«

»Ich glaube schon.«

Carin griff nach einer Kaffeetasse, führte sie zum Mund und nahm einen Schluck.

»Eine Mischung aus drei Sorten Bohnen, alle von den Berghängen der Anden. Möchten Sie Zucker?«

Carin schüttelte wortlos den Kopf.

Der Mann nahm einen Schluck von seinem Kaffee. Dann stellte er die Tasse sehr vorsichtig auf das Metalltablett zurück.

»Die Bewegung, in der ich aktiv bin, hat eine – sagen wir mal – turbulente Geschichte. Wir, die wir uns auf einer politischen Bühne bewegen, von der es heißt, sie liege am äußersten rechten Rand, vertragen uns nicht immer. Wir haben – genau wie unsere Gegner am extrem linken Rand – unzählige Auseinandersetzungen in der Fraktion gehabt und unaufhörliche Absplitterungen und Fragmentierungen erlebt, Abgänge, Putschversuche und Gegenputschversuche und tja ... Sie wissen das sicher alles. So ist es gewesen und so ist es auch noch heute.

Die große Masse Menschen in unseren Reihen ist eine betrübliche Ansammlung. Ich pflege sie PI zu nennen. Das P steht für Proletarier und das I für Idioten. Der ordinäre Sympathisant ist ein wirtschaftlich und sozial schwach ausgerüstetes Individuum. Dieser bedauernswerte Teufel ist im Kopf häufig etwas minderbemittelt. Der Junge oder das Mädchen, denn es handelt sich oft um junge Menschen, braucht jemand, auf den er oder sie hinuntersehen kann. Man braucht jemanden, um sich rein gefühlsmäßig überlegen fühlen zu können. Deswegen verfolgt man jene, die allgemein unter der Bezeichnung Schwarzköpfe zusammengefasst werden. Man meint sich wohlzufühlen, wenn man die Schwarzköpfe verhöhnen kann. Noch wohler meint man sich zu fühlen, wenn man sie misshandeln darf. All das ist entsetzlich einfältig. Unsere Bewegung ist jedoch abhängig von diesen proletarischen Idioten, sie bilden den Kern unserer Wähler. Denn sie sind es, die zur Wahl gehen und – wenn Tullgren den Überfall überlebt – für sie stimmen.

Die proletarischen Idioten haben Führer in den eigenen Reihen. Einige von denen wollen gegen die Moslems hetzen. Die Moslems werden in der Rhetorik dieser falschen Führer zum Symbol für das, was fremd und anders ist und was bekämpft werden muss.«

Der Alte seufzte, streckte die Beine noch weiter dem Feuer entgegen und schüttelte sich die Pantoffeln von den Füßen. Als das Feuer seine Fußsohlen zu wärmen begann, hatte er einen lüsternen, fast gierigen Zug um den Mund.

»Anneli Tullgren versteht diese Zusammenhänge genauso wie ich. Sie begreift, dass man die Masse in der Demokratie hinters Licht führen muss. Sie wissen sicher, was Abraham Lincoln gesagt hat: ›You can fool some of the people all of the time and all of the people some of the time, but you can not fool all of the people all of the time.‹«

Der Mann gluckste und ließ die Worte wirken, bevor er fortfuhr:

»Das ist glänzende Formulierungskunst, aber blanker Unsinn. Abraham Lincoln wusste am besten, wie man das Volk ständig hereinlegt. Aber wer kümmert sich heute noch um Lincoln? An einem schwedischen Gymnasium muss man lange suchen, ehe man einen einzigen – die Lehrer eingeschlossen – findet, der etwas Vernünftiges über diesen Mann zu sagen weiß.«

Der Alte stand auf und schien über seine eigenen Worte nachzudenken. Dann ergriff er wieder das Wort.

»Ein näherliegendes Beispiel ist natürlich Olof Palme, der im Reichstag über Schwedens Allianzfreiheit im Frieden und Neutralität im Krieg sprach. Gleichzeitig war er in Organisationen verwickelt, die vorbereiteten, dass Schweden im Fall eines Überfalls von Osten Hilfe aus dem Westen bekommen würde. Wir setzten bewaffnete Agenten im Baltikum an Land, und nach dem Zweiten Weltkrieg hatten wir Kampfpiloten, die regelmäßig sowjetische Flottenbasen überflogen und fotografierten. Dann drehten sie ab und flogen nach Hause, dicht über der Wasseroberfläche, unter dem Radar der Sowjets, gefolgt von einem Haufen Mig-15. Die Fotos wurden gegen Technologie aus den USA getauscht. You can fool some of the people all of the time. Darum geht es in der Politik einer Demokratie. Die politische Rhetorik ist vielleicht der deutlichste Ausdruck für diese Grundstruktur.«

Er schüttelte den Kopf, als bereiteten ihm seine eigenen Gedanken Kummer. Dann fuhr er fort:

»Die Demokratie baut darauf, dass das Volk die Wahrheit weiß, wenn es wählen geht. Aber zeigen Sie mir die politischen Führer, die dem Volk die Wahrheit sagen wollen! Ohne Wahrheit, die dem Wähler bekannt ist, wird aus der demokratischen Wahl der reinste Bluff und ein Spiel vor leeren Rängen. Unsere nationale Bewegung ist an solchem Pipifax nicht interessiert. Wir glauben nicht an die Bluff-Demokratie. Wir sind der Meinung, dass die Gesellschaft von stärkeren Führern gelenkt werden sollte. Starke Führer treten hervor, indem sie Kraft zeigen, nicht, indem sie in einer angeblich demokratischen Wahl von Wählern gewählt werden, die höchstens fünfundsiebzig Prozent der Wahrheit erfahren.«

Der Alte schlürfte seinen Kaffee und sah ins Feuer.

»Tullgren begreift, dass es unter den militanten Islamisten Leute gibt, die uns und unserer Sache sehr nahestehen. Unsere Hauptfeinde sind nämlich nicht die Schwarzköpfe. Unsere Hauptfeinde sind die Juden. Das kann man den Leuten heutzutage nicht erzählen. Deswegen muss gegen die Schwarzköpfe gehetzt und den Leuten eingeredet werden, dass ein Ingenieur aus dem Iran eine Gefahr für unser Land darstellt. Können Sie mir folgen?«

»Natürlich«, antwortete Carin Lindblom, die wünschte, sie hätte das Tonbandgerät benutzen dürfen.

»Ausgezeichnet. Tullgren und meine Linie wecken allerdings nicht gerade Entzücken unter unseren Anhängern. Tullgren und ich sind Teil einer Minorität, und so muss es ja auch sein. Die große Masse ist immer ein einfältiger Haufen, der Führung braucht. So ist es auch bei uns. Um es kurz zu machen: Tullgren hat sich in unserer Führung einige Feinde gemacht. Es geht das Gerücht, dass ein paar Wahnsinnige am Ende des Wahlkampfes eine Art Attentat planen. Ich weiß, dass Tullgren sich bemüht hat, den Plan zu vereiteln. Die Menschen, mit denen sie sich in dieser Sache angelegt hat, sind skrupellos. Es sind ganz allgemein gefährliche Menschen, sie sind Tullgren gefährlich, und sie sind der Sache gefährlich, die ich verteidige und die mein Vater verteidigt hat und die vermutlich meine Ahnen glaubten in Narwa und Poltawa zu verteidigen.«

Der Alte beugte sich vor und nahm eine Kamingabel, mit der er umständlich ein Holzscheit verlagerte.

»Missverstehen Sie mich nicht, wenn es die Sache erfordert, mische ich mich nicht ein. Ich bin nicht sentimental. Müsste ich drei Finger meiner rechten Hand opfern, würde ich es tun. Die Nation ist wichtiger als der Einzelne. Das Schicksal des Landes ist wichtiger als Ihres oder meins. Ich weiß, dass wir uns nicht zu Feinden der militanten Islamisten machen sollten. Deren Sache ist nämlich unsere.«

Der Alte stellte die Kamingabel beiseite.

»Sie fragen sich natürlich, warum ich Ihnen das alles erzähle? Ich möchte, dass Tullgren überlebt. Nach dem

Überfall hat sie viele Sympathiebekundungen bekommen. Es gibt sogar Leute, die meinen, dass wir selber, ihre Partei, den Überfall inszeniert haben, um sie in den Reichstag zu bringen. Ich sag's ja, die Leute haben Phantasie. Ich möchte Sie in die richtige Richtung führen. Ich will Ihnen die Hauptrichtung zeigen, wenn Sie diese nicht schon selbst gefunden haben. Sie müssen denjenigen oder diejenigen, die Anneli Tullgren verletzt haben, festnehmen. Wenn Sie es nicht tun, wird ihr Widersacher es erneut versuchen. Der will nicht nur erschrecken. Er will sie umbringen.«

Dann beugte er sich vor, nahm ein Holzscheit aus dem Korb und legte es in den Kamin. Es knisterte, als die Rinde Feuer fing.

»Könnten Sie sich ein bisschen genauer ausdrücken?«, fragte Carin.

»Nein«, sagte der Alte. »Das ist alles, was ich sagen kann. Wer Anneli Tullgren unschädlich machen will, weiß ich ebenso wenig wie Sie, aber es gibt viele in meinen Kreisen, die sie aus dem Weg haben möchten. Es gibt viele, die wünschen, der Kampf sollte so gestaltet werden, dass sich der sogenannte gewöhnliche Mitbürger dafür interessiert. Das sind die, die ich die proletarischen Idioten nenne. Die sind nur Stimmvieh, sonst nichts.«

Und dann schlug der Alte einen geradezu vertraulichen Ton an: »Wissen Sie, was uns in einer Welt, in der alle Strukturen zusammenbrechen, erwartet? Es wird einen einzigen riesigen Aufschrei geben. Und dieser Schrei wird nur eine einzige Botschaft haben. Dieser Schrei drückt die Sehnsucht nach einem starken Führer aus, dem man die totale Vollmacht übertragen kann. Gebt uns einen starken Führer! Und hier kommt Anneli Tullgren ins Spiel. Aus ihr könnte eine richtig starke Führerin werden. Unter ihrer Führung werden wir uns allmählich mit den Bolschewiken auseinandersetzen, mit geistig Behinderten, Rumtreibern, Juden und Demokraten aller Couleur.«

Er verstummte und nickte, als bedenke er noch einmal die Tragweite des Gesagten.

»Und darum«, fuhr er fast flüsternd fort, »darum ist es so ungeheuer bedeutungsvoll, dass die Polizei ihre Pflicht tut und den oder die fasst, die Tullgren aus dem Weg räumen möchten.«

Dann lehnte er sich zurück, der Hund hatte sich erhoben und neben ihn gestellt. Der Mann kraulte ihn zwischen den Ohren.

Der Kerl ist nicht nur ein bisschen überspannt, dachte Carin, der ist total durchgeknallt.

Der Alte stand auf. »Das ist alles, was ich Ihnen mitzuteilen habe. Hoffentlich haben Sie Erfolg bei Ihrer Arbeit. Viel Glück.«

»Danke für den Kaffee, Herr Widmark«, sagte Carin.

Der Alte runzelte die Augenbrauen. »Nein, so heiße ich nicht. Richard Widmark war ein amerikanischer Schauspieler mit zweifelhafter Begabung. Er spielte gern Psychopathen. Ich heiße Widermark und bin Doktor der Jurisprudenz. Ich werde mit Doktor Widermark angesprochen.«

»Guten Abend, Doktor Widermark«, sagte Carin Lindblom. »Es war lehrreich und sehr interessant.«

25

Lydia saß im Nachthemd und mit Wollsocken an den Füßen zusammengekauert auf dem Bett. Sie kaute am Bleistift und suchte ihren Radiergummi. Neben ihrem Kopf war die Leselampe, und als sie sich nach dem Radiergummi reckte, der auf den Fußboden gefallen war, stieß sie mit dem Kopf gegen den Lampenschirm.

Tove kam die Treppe herauf. Lydia hatte ihren Radiergummi gerade aufgehoben, als Tove zur Tür hereinkam.

Sie warf sich bäuchlings aufs Bett.

»Mir ist so kalt«, sagte Lydia.

»Frag sie selbst«, murmelte Tove in ihr Kissen.

»Wenn du sie fragst, dürfen wir Feuer machen«, behauptete Lydia.

Toves Stimme klang gedämpft. »Es wird zu warm.«

Lydia betrachtete die Schwester.

»Willst du nächste Woche zu Hause schlafen?«

Tove antwortete nicht. Lydia starrte in ihr Mathebuch.

»Kannst du mir nicht bei Mathe helfen?«

Tove schwieg. Lydia warf das Buch von sich. Es landete bei ihren Füßen.

»Ich hasse es, wenn die Zahlen in Buchstaben ausgedrückt werden. Ich hasse das X. Ich versteh nicht, warum man keine Zahlen benutzt, wenn man rechnen soll.«

»Idiot«, knurrte Tove in ihr Kissen.

Lydias Stimme klang beleidigt. »Red nicht so.«

»Idiot«, wiederholte Tove.

»Warum sagst du das? Ich bin nicht blöd. Ich hasse eben nur Mathe.«

»Man braucht Buchstaben, um auszudrücken, dass etwas unbekannt ist«, behauptete Tove, das Gesicht immer noch ins Kopfkissen gepresst. »Das ist doch nicht schwer. Die Welt ist voller solcher Unbekannter. Jemand hat wieder eine Schule in die Luft gesprengt. Nun sucht man überall nach X.«

»Ich will nicht sehen, wie sie sprengen«, wimmerte Lydia.

»Die Sprenger sind unbekannt«, sagte Tove. »Die Welt ist voller solcher Unbekannter.«

Lydia schien über das nachzudenken, was Tove gesagt hatte. Sie knabberte am Bleistift, streckte sich nach ihrer Tasche, die auf dem Fußboden lag, und holte eine Ansichtskarte heraus.

»Bill will wiederkommen«, teilte sie mit leiser, geheimnisvoller Stimme mit. Es klang wie Großmutter, wenn sie ihnen früher, als sie noch klein waren, vorgelesen hatte.

Tove drehte den Kopf und sah die Schwester an.

»Woher weißt du das?«

Lydia wedelte mit der Karte.

»Mama hat Post bekommen. Aber ich hab sie mir genommen, bevor sie sie gesehen hat.«

Tove lächelte.

»Bevor sie die Karte gelesen hat? Das sieht dir ja gar nicht ähnlich.«

Lydia nickte.

»Der Zweck heiligt die Mittel. Ich finde ihn eklig.«

»Du solltest das wirklich auch mal von der anderen Seite betrachten.«

Lydia verzog den Mund.

»Willst du mal lesen?«

Tove streckte eine Hand aus, Lydia stand auf, tappte

zum Bett der Schwester und gab ihr die Karte. Sie blieb auf dem Bett sitzen, während Tove las.

Hope you guys are just fine. Will be in Sweden in October an' hope to see you all. As my mailsvercie is down I've chosen this antediluvian way of communication. Love.
Bill.

Tove drehte die Karte um. Auf der anderen Seite war ein Mann mit runden Brillengläsern abgebildet. Darunter stand der Name William Butler Yeats. Neben dem Bild stand:

Das zweite Kommen

Drehend und drehend im sich weitenden Kreisel
Kann der Falke den Falkner nicht hören;
Alles zerfällt; die Mitte hält es nicht.
Ein Chaos, losgelassen auf die Welt,
Die Flut, bluttrüb, ist los, und überall
Ertränkt der Unschuld feierlicher Brauch;
Die Besten zweifeln bloß, derweil das Pack
Voll leidenschaftlichem Erleben ist.

Sicher steht eine Offenbarung an;
Sicher steht jetzt das Zweite Kommen an.
Das Zweite Kommen! Kaum dass das gesagt ist,
Verwirrt ein Riesenbild vom Spiritus Mundi
Mein Auge: irgendwo im Sand einer Wüste

*Regt ein Geschöpf mit Löwenleib und Kopf vom
　Menschen,
Sein Blick so starr und mitleidlos wie die Sonne,
Langsam die Glieder, während rings die Schatten
Der ungehaltenen Wüstenvögel wirbeln.
Dann wieder Dunkelheit; doch weiß ich jetzt,
Zweitausend Jahre schliefen wie ein Stein,
Weil eine Wiege sie zum Albtraum zwang;
Bloß welches derbe Tier, ist reif die Zeit erst,
Schlurft bethlehemwärts, um zur Welt zu kommen?*

»Bill wird sich wieder breitmachen«, sagte Lydia. »Genau wie letztes Mal. Mama kann ihn nicht raushalten, er ist wie Wasser. Wenn es auf den Boden kommt, fließt es immer in die Richtung, in die sich der Boden neigt.«

»Er hat uns Englisch beigebracht«, konstatierte Tove. »Und er hat uns ›Gullivers Reisen‹ und ›Alice‹ vorgelesen. Also muss man ihm manches verzeihen.«

Lydia schüttelte den Kopf, dass die Locken flogen.

»Verzeihen, das ist doch sonst nicht dein Stil. Du redest doch dauernd wie ein Racheengel. Er wollte Großmutter nur verletzen. Und er war auch nicht nett zu Mama.«

Sie schwieg eine Weile, ehe sie fortfuhr:

»Mama hat gefragt, ob ich weiß, wann du nach Hause kommst.«

»Ich komm nicht mehr nach Hause«, sagte Tove.

Lydia strich der Schwester über die Haare und zog an einer Haarsträhne. »Du kannst doch nicht ständig bei Großmutter wohnen.«

»Kann ich nicht? Das glaub ich aber schon.«

»Mama wird traurig.«

»Wohl kaum.«

Lydias Stimme klang aufgeregt. »Du musst doch begreifen, dass sie traurig wird! Seit Mai hast du nicht mehr zu Hause gewohnt.«

Tove drehte den Kopf und drückte ihr Gesicht wieder ins Kissen.

»Außerdem braucht Großmutter etwas Ruhe«, behauptete Lydia.

»Ich störe nicht«, meinte Tove. »Ich schlaf bloß hier. Ich bin leise wie eine Maus und wasche immer das Geschirr ab, wenn ich gegessen habe, ich putze die Badewanne, wenn ich gebadet habe, samstags helfe ich beim Wochenputz und zweimal in der Woche gehe ich einkaufen. Ich störe nicht.«

Lydia hatte angefangen, die Haare der Schwester mit beiden Händen glatt zu streichen.

»Großmutter macht sich Sorgen, das weißt du doch.«

»Weswegen?«

»Deinetwegen.«

Lydia zog die Schwester an den Haaren.

»Aua, Idiot! Lass das!«

Tove drehte sich um und schlug nach der Schwester, die sich zu Boden gleiten ließ, ohne dass es ihr gelang, dem Schlag auszuweichen.

»Warum erzählst du mir nicht, was du der Polizei gesagt hast?«, fragte Lydia.

Sie blieb auf dem Flickenteppich sitzen und schaute der Schwester ins Gesicht.

»Weil es geheim ist«, behauptete Tove.

»Aber ich bin deine Schwester. Warum erzählst du übrigens nicht, was du in der Psychotherapie mit Mama und dem Brand gemeint hast.«

Tove drehte das Gesicht zur Wand.

»Da war nichts.«

»Da war wohl was. Warum sagst du, dass Mama die Kirche angezündet hat?«

Tove schwieg.

»Warum behauptest du dauernd solche schrecklichen Sachen?«, fragte Lydia. »*Mama hat Großmutters Kirche angezündet!* Wie kannst du so was sagen, wenn fremde Menschen dabei sind? Kannst du dir nicht vorstellen, was für ein Gefühl das für Mama ist?«

»Die Wahrheit ist manchmal unangenehm.«

Lydia wurde rot.

»Wenn es dir nicht passt, sagst du ja auch nicht die Wahrheit.«

»In diesem Fall hab ich es getan.«

Lydia erhob sich.

»Solche Sachen darf man nicht sagen, erst recht nicht, wenn es um die eigene Mutter geht.«

»Man kann die Wahrheit sagen über wen man will.«

»Erinnerst du dich, was Bill über die Wahrheit gesagt hat?«

»Nein.«

»To tell a truth with a bad intent beats all the lies you can invent.«

»Warum zitierst du jemanden, den du so wenig leiden kannst?«, fragte Tove.

Sie musterte die Schwester mit einem kritischen Blick.

»Auch jemand, den ich nicht mag, kann recht haben – manchmal«, verteidigte sich Lydia.

»Mama hat Großmutters Kirche angezündet. Das ist die Wahrheit«, behauptete Tove.

Lydia kniete sich hin und beugte sich zu ihrer Schwester. Tove drehte sich um. Die Gesichter der Mädchen waren nah beieinander.

»Woher weißt du das?«

»Ich hab vor langer Zeit gehört, wie Großmutter mit Mama darüber gesprochen hat.«

Lydias Mund war eingesunken. Ihre Augen waren groß. »Wie lange ist das her?«

»Als wir in die Vierte gingen. Ich bin eines Nachts wach geworden, weil mir schlecht war, und nach unten gegangen. Mama war bei Großmutter in der Küche. Sie hörten mich nicht, weil sie sich stritten. Sie saßen am Küchentisch. Mama schrie Großmutter an, ja, ja, ja, sagte sie, ich hab die Kirche angezündet, weil Gott es zugelassen hat, dass Anneli Hilmer umbrachte.«

»Ist das wahr?«, keuchte Lydia.

Tove nickte.

»Ja, es ist wirklich wahr.«

»Warum hast du mir nie davon erzählt?«

»Weil du so kindisch bist. Du hättest nicht verstanden, was es bedeutet, und ich glaube auch nicht, dass du heute begreifst, was es bedeutet.«

»Was bedeutet es?«

Tove richtete sich auf, neigte sich zu ihrer Schwester und legte ihr die Hände auf die Schultern.

»Das bedeutet, dass Mama eine Brandstifterin ist und dass sie verrückt ist.«

Sie verdrehte die Augen.

»Verrückt!«, wiederholte sie.

»Nein«, schluchzte Lydia. »Mama ist nicht verrückt.«

»Mama ist verrückt«, flüsterte Tove. »Man muss ja verrückt werden, wenn jemand den Vater deiner Kinder umbringt. Und man wird verrückt, wenn man eine Pastorin zur Mutter hat, die sagt, dass Gott gut ist und dass die Welt gut ist und die Menschen gut sind. Dann zündet man eine Kirche an. Einerseits ist das ganz vernünftig, andererseits total wahnsinnig.«

Lydia schluchzte.

»Horch«, sagte Tove und lauschte. »Es ist ganz windig.«

Und die beiden Mädchen lauschten dem Wind, der durch die große Eiche auf dem Hof fuhr.

»Jetzt kommt der Sturm«, sagte Tove und sah zufrieden aus. »Ich liebe Sturm.«

26

Spjuth blätterte in den verschiedenen Zeitungen und warf sie auf den Tisch. Er strich sich mit gespreizten Fingern die schütteren Haare zurück, ließ die Hand im Nacken liegen und begann die großen Muskelverhärtungen zu massieren.

»Irgendjemand im Krankenhaus hat nicht dichtgehalten.«

»Was sagst du da?«, rief Carin, die gerade zur Tür hereinkam. Sie trug ein moosgrünes Baumwollkostüm und eine weiße Bluse mit einem großen Kragen. »Sind das die Abendzeitungen? Haben die investiert und stören mal wieder unsere Ermittlungen?«

Carin hielt einige dicht beschriebene Blätter in der Hand.

»Es steht in der Zeitung«, bestätigte Spjuth, »dass Tullgren mit einem Messer in den Bauch gestochen wurde. Sogar, dass es drei Stiche sind. Hübsches Kostüm. Grün steht dir.«

Fors betrat hinter Carin den Raum. Sie lächelte Spjuth an.

»Hast du die Zeitungen gesehen?«, fragte Spjuth und zeigte zum Tisch.

Fors nickte und hängte sein Leinenjackett über die Stuhllehne, bevor er sich setzte. »Wo ist Stenberg?«

»Bei Irma. Er besorgt Kuchen«, antwortete Spjuth.

Als Tunell und Stjernkvist das Zimmer betraten, waren sie in ein lebhaftes Gespräch über einen Schulausflug vertieft, an dem ihre Kinder gestern teilgenommen hatten.

»Hübsches Kostüm«, kommentierte Stjernkvist und musterte Carin Lindblom von Kopf bis Fuß.

»Mia wollte sich das gleiche kaufen«, sagte Tunell. »Letzten Freitag. Aber sie hat es gelassen.« Seine Frau hieß Mia. Sie war Sachbearbeiterin im Sozialamt.

Dann kam Elin Bladh zusammen mit Karlsson. Er erzählte gerade von einem siebenpfündigen Hecht, den er im Urlaub geangelt hatte. Elin Bladh sah mäßig interessiert aus. Karlsson breitete die Arme aus, um zu zeigen, wie groß der Fisch gewesen war.

»Ich werde mir einen größeren Kescher kaufen«, sagte er.

»Jetzt fangen wir an«, sagte Fors und warf einen Blick auf die Armbanduhr. »Wo bleibt der Kaffee?« Er rollte mit seinem fünfrädrigen Stuhl zum Sofa.

Da kam Stenberg mit dem Kaffeewagen. Er schob ihn

zum Sofa und stellte Tassen, Teller und Thermoskannen auf den Tisch.

»Heute kein Kuchen?«, fragte Elin.

Stenberg schüttelte den Kopf.

»Wer fängt an?«, fragte Fors.

Rund um den Tisch wurden Blicke getauscht. Spjuth hörte auf, seine Nackenmuskeln zu bearbeiten und begann zu referieren.

»Carin und ich haben gestern Abend einen Jüngling verhört, von dem wir uns Hilfe erhofft haben. Der Junge heißt Harri Lipponen. Die Mutter – arme Frau – war bei dem Gespräch anwesend. Carin und ich sind uns einig, dass der Junge wahrscheinlich nicht am Überfall auf Seferis beteiligt war. Er weigert sich, wesentliche Informationen zu liefern über das, was er auf dem Folkungavägen gesehen hat, wo er sich Montagabend gegen elf auf dem Heimweg befand. Der Zeitpunkt wurde vom Vater eines Freundes von Lipponen bestätigt. Es gibt keinen Anlass, die Aussage des Mannes infrage zu stellen. Im Großen und Ganzen sind wir also wieder am Ausgangspunkt.«

Spjuth massierte wieder seinen Nacken.

»Ich habe die Zeugen verhört, die sich im Restaurant und auf dem Parkplatz befanden«, berichtete Tunell. »Ihre Beschreibungen der Vorgänge stimmen überein. Drei junge Männer oder Jungen in Trainingskleidung, maskiert mit Wollmützen, betraten das Restaurant. Zwei von ihnen waren mit Baseballschlägern bewaffnet, einer fuchtelte mit etwas, das ein Taschenmesser gewesen sein könnte. Die mit den Baseballschlägern gingen auf Seferis los und schlugen auf ihn ein. Seferis bekam ein Dutzend Schläge gegen Kopf und Schultern. Er versuchte sich zu wehren, aber der mit dem Messer bewaffnete Junge trat ihm ins Zwerchfell, worauf Seferis hinfiel. Ein Kellner versuchte Seferis zu helfen, sein Arm wurde weggeschlagen. Eine Frau an der Kasse drückte den Alarmknopf. Die Wachgesellschaft alarmierte uns. Lund und Berggren geben an, dass sie nicht später als zwei Minuten nach elf vor Ort waren. Da war nichts mehr von den Tätern zu sehen. Während Lund mit den Zeugen sprach, drehte Berggren eine Runde. Er fuhr den Folkungavägen entlang, sagt aber, er habe nichts gesehen. Die Täter sollen zwischen eins siebzig und eins achtzig groß sein. Zwei von ihnen trugen weiße Trainingshosen und weiße Schuhe, Modell Sneaker. Alle Wollmützen waren schwarz. Einer trug ein graues Kapuzenshirt mit einer Aufschrift auf dem Rücken. Keiner der Täter hat während des Überfalls etwas gesagt. Mit Hilfe einer einfachen Konstruktion am Tatort meinen wir festgestellt zu haben, dass die Täter weniger als sechzig Sekunden im Restaurant waren. Keiner der Zeugen konnte aussagen, in welche Richtung sie danach gelaufen sind. Man hat sie um die Ecke verschwinden sehen, jedoch nicht um die Ecke, die zum Folkungavägen führt. Die Täter haben keinen Versuch gemacht, Geld mitzunehmen. Nach Aussage der Zeugen hat es sich nicht um einen Raubüberfall gehandelt.

Das ist alles. Wir haben rund um den Parkplatz Zettel aufgehängt, auf denen wir eventuelle Zeugen bitten, sich bei uns zu melden. Niemand hat bis jetzt von sich hören lassen. Wir haben auch in die Briefkästen der Häuser am Folkungavägen Zettel geworfen. Das ist der augenblickliche Stand.«

Tunell verstummte und sah sich um.

»Kann man diesen Lipponen nicht noch einmal einbestellen?«, fragte Elin Bladh. »Vielleicht kann man ihn ein bisschen unter Druck setzen?«

»Das wird nicht leicht sein«, sagte Spjuth. »Da gibt's ja noch Staatsanwalt Bertilsson, der darauf achtet, dass Jugendliche nicht zu lange und nicht zu häufig bei der Polizei sitzen. Man scheint allgemein der Ansicht zu sein, dass wir einen schlechten Einfluss auf diese Früchtchen haben.«

»Warum hat Berggren niemanden gesehen, als er den Folkungavägen entlangfuhr?«, fragte Stjernkvist.

»Manchmal sieht man nichts«, sagte Stenberg. »Das ist nun mal so. Hast du noch nie in einen Schrank geguckt und dich gefragt, wonach du suchst?«

»Jetzt wird's richtig unheimlich«, brummte Spjuth. »Jetzt geht's los mit den Phantasien über das Leben im Altersheim.«

»Altersheime gibt es schon seit den Sechzigern nicht mehr«, behauptete Stenberg. »Heutzutage gibt es Seniorenwohnheime. Das ist die neue Bezeichnung für das Gnadenbrot. Schon nach sechs Wochen haben selbst gesunde Rentner Druckgeschwüre.«

»Was machen wir also?«, fragte Fors.

Spjuth seufzte. Tunell zuckte mit den Schultern. Stjernkvist schüttelte den Kopf.

»Gibt es noch mehr Türen, an denen wir klingeln können?«, fragte Fors. »Könnte es Zeugen geben, zu denen wir bisher noch keinen Kontakt hatten?«

»Alle Ausagen deuten darauf hin, dass sie auf dem Folkungavägen verschwunden sind«, meinte Carin. »Selbst wenn Berggren sie nicht gesehen hat.«

»Lipponen sagt, er hat ein paar Kumpel getroffen. Und die alte Dame mit dem Kuchen hatte doch auch einige junge Männer oder Jungen gesehen?«

»Jemand hat *Ohhh-aaaaa-ha-ohoh* gerufen«, sagte Karlsson und sah Elin Bladh an, als ob die Mitteilung allein für sie bestimmt wäre.

»Indian love call, mit Nelson Eddy und Jeanette MacDonald«, sagte Spjuth, während er weiter seinen Nacken massierte.

»Was?«, fragte Elin.

»Nur ein alter Film. Eine freie Assoziation.«

»Frau Lindberg hat jemanden rufen hören, oder?« Fors sah Spjuth an, der die Frage mit einem Nicken bestätigte.

»Und wer hat jemanden Sippa oder Lippa rufen hören?«, fragte Stenberg.

»Ein Mann hat gehört, wie jemand Lippa oder auch Pippa gerufen hat. Er heißt Sture Larsson oder so ähnlich und wohnt im Folkungavägen 32, oder war es 34«, sagte Spjuth.

»Oder so ähnlich?«, fragte Elin Bladh.

Spjuth seufzte.

»Ich kann nachgucken, wenn Sie wollen.«

»Tja«, sagte Spjuth. »Oder so ähnlich. Sture oder Uno oder Rune. Oder so ähnlich. Aber Larsson ist sicher. Er ist Automechaniker. Er hat versprochen, sich am Wochenende mein Auto anzugucken.«

»Dein Auto ist eine Gefahr für den Verkehr«, behauptete Stenberg. »Das kommt nie durch den TÜV.«

»Hat mal jemand eine Magentablette?«, fragte Spjuth gequält.

»Man soll nicht so viele Magentabletten schlucken«,

behauptete Carin. »Davon kriegt man Magenschmerzen.«

»Können wir zum Thema zurückkehren?«, fragte Fors.

»Klar«, sagte Spjuth. »Im Folkungavägen gibt es noch einige Wohnungen, wo wir die Bewohner nicht erreicht haben. Das können wir noch mal versuchen.«

»Irgendwo am Folkungavägen werden wir was finden«, meinte Stjernkvist. »Aber dieses Türenabklappern macht keinen Spaß.«

»Könnte man es nicht vereinfachen?«, fragte Karlsson und suchte Elin Bladhs Blick. »Könnte man nicht eine Zusammenarbeit zwischen Post und Polizei einführen? Jedes Mal wenn der Briefträger einen Brief einwirft, klingelt er an der Tür und fragt, ob jemand etwas gesehen hat? Oder man könnte ganz einfach Formulare mit Briefen und Rechnungen verteilen. Unter denen, die angeben, etwas gesehen zu haben, könnte man jeden Monat drei Reisen nach Westindien verlosen.«

Karlsson sah sich um. Niemand verzog den Mund. Carin schüttelte den Kopf.

»Ach, du schöne neue Welt«, sagte Spjuth. »Stell dir vor, du wirst Justizminister.«

Karlsson lächelte und blinzelte Elin Bladh zu.

»Mama Lipponen lässt vielleicht doch noch was raus«, schlug Carin vor, »wenn der Junge nicht dabei ist.«

»Das könnte einen Versuch wert sein«, sagte Fors. »Kann man sich nicht mit ihr unter vier Augen unterhalten? Vielleicht weiß sie, mit wem ihr Sohn verkehrt. Vielleicht kriegen wir einen Namen?«

»Das hab ich doch gemeint.«

Fors sah erstaunt aus.

»Wirklich?«

Carin schüttelte den Kopf.

»So ist das ständig. Ich sage etwas, niemand hört zu. Eine Minute später sagen Spjuth oder Fors das Gleiche. Alle hören zu. Könnte das etwas mit dem Geschlecht zu tun haben?«

Spjuth seufzte.

»Wir setzen unsere Befragung an den Türen fort und unterhalten uns noch einmal mit Frau Lipponen. Hat denn wirklich niemand eine Magentablette?«

»Gut«, sagte Fors. »Dann war's das mit Seferis.«

Er sah Carin an, die in ihren Papieren blätterte und sich räusperte.

»Ich habe mich über Marcus Lundkvist informiert. Er wohnt in einer Einzimmerwohnung in der Birkagatan 22 in Stockholm. Seit fünf Jahren ist er bei einem Fuhrunternehmen angestellt, das bestimmte Lebensmittelläden in Stockholms Umgebung beliefert. Er ist Besitzer eines schweren Motorrades. Das Monster hat einen Motor mit 127 PS.«

»Pfui Teufel!«, sagte Stenberg mit Nachdruck. »Den braucht er nicht zu trimmen.«

Er erinnerte sich an die Mopeds, die er als Fünfzehnjähriger auf eine für die Zeit imponierende Geschwindigkeit von neunundvierzig Stundenkilometern gebracht hatte.

»Trimmen?«, sagte Carin. »Marcus Lundkvist wird sich wohl kaum mit einem Gefummel an seinem Motorrad aufhalten. Er hat noch so viele andere Interessen. Vor acht Jahren wurde er wegen Körperverletzung und Vergehen gegen das Waffengesetz im Zusammenhang mit einer

Auseinandersetzung nach einem Fußballspiel verurteilt. Dann zu achtzehn Monaten Gefängnisstrafe für Diebstahl. Die hat er abgesessen. Ich habe mir die Ermittlungsakten geholt.«

Carin blätterte in ihren Papieren, nahm eine Brille aus der Blusentasche, setzte sie auf und fuhr fort:

»Lundkvist war zusammen mit einem unbekannten Täter auf einer Baustelle in Handen eingebrochen. Die beiden haben eine Kiste, in der Sprengstoff der Marke Dynamex verwahrt wurde, aufgebrochen. Die Kiste war jedoch mit Alarm gesichert. Als ein Wachmann mit Hund am Ort erschien, konnte Lundkvist festgenommen werden. Bei der Festnahme trug er einen Rucksack, in dem sich viereinhalb Kilo Sprengstoff befanden. Sein Komplize entkam. Aus der Ermittlungsakte geht hervor, dass es dem Mittäter gelungen ist, zwischen fünf und sieben Kilo Sprengstoff zu entwenden. Dieser Sprengstoff ist nie wiedergefunden worden.

Im letzten Jahr hat Lundkvist bei der Steuererklärung ein Einkommen von hundertvierundsechzigtausend Kronen angegeben. Er ist beim Gerichtsvollzieher registriert, weil er sich eine Stereoanlage gekauft hat, die er nicht bezahlt hat. Lundkvist hat einen sieben Jahre alten Sohn, der bei seiner Mutter in Salem lebt.«

Carin nahm die Brille ab, steckte sie zurück in die Tasche und sah sich um.

»Das ist ja interessant«, sagte Fors. »Deine Entdeckungen machen Lust auf mehr. Was haltet ihr von diesem Spaßvogel?«

»Unser Mann«, sagte Stenberg. »Lundkvist ist unser Mann. Aber ist er Linkshänder?«

»Jemand sollte sich mit seiner alten Lehrerin unterhalten«, schlug Tunell vor.

»Jemand sollte sich die Wohnung anschauen«, meinte Elin. »Ich hab Kontakte in Stockholm, da könnte jemand ohne Beschluss des Staatsanwaltes hingehen.«

»So was pflegen wir selbst zu erledigen«, sagte Stenberg. »Unser Distrikt hat die beste Aufklärungsrate bei Gewalttaten im ganzen Land. Und so was setzt voraus, dass wir unsere Ermittlungen selbst durchführen. In Stockholm kann man im Polizeirevier am Norrmalmstorg nicht pinkeln gehen, ohne dass auf Kungsholmen darüber geflüstert wird. In Stockholm gibt es so viele Lecks, dass einem ein normales Sieb wie eine ziemlich dicht schließende Konstruktion vorkommen muss.«

»Ist das so?«, fragte Elin.

Stenberg war sich nicht sicher, ob sie ihn auf den Arm nehmen wollte.

»So ist es«, sagte er. »So ist es in der Hauptstadt.«

»Von wo alles Böse kommt«, sagte Spjuth.

»Und natürlich Elin Bladh«, sagte Stenberg.

»Ich hab mit Hjelm gesprochen«, sagte Carin. »Er ist seit heute Morgen wieder im Dienst. Er hat bei Tullgren nichts angefasst, nichts umgeworfen oder aufgerichtet, was umgeworfen wurde. Er hat nichts, was auf dem Boden lag, auf einen Tisch oder Stuhl gelegt. Er kann sich nicht erklären, was es gewesen sein könnte, was zu Boden gefallen ist, als auf Tullgren eingestochen wurde.«

»Das Telefon«, sagte Spjuth. »Sie hatte das Telefon in der Hand. Der Täter hat es mitgenommen.«

»Das ist auch meine Schlussfolgerung«, sagte Carin. »Tullgren hat für ihre beiden Telefone dieselbe Telefongesellschaft. Über das Telefon, das sie ein Jahr nicht benutzt hat, konnten wir nichts in Erfahrung bringen. Von dem Telefon, das sie in den letzten Monaten benutzt hat, kann uns der Lieferant innerhalb von fünf Tagen eine komplette Liste über die geführten Gespräche zur Verfügung stellen, unabhängig davon, ob wir ihm das Telefon überlassen oder nicht. Aber es wird teuer, und der Lieferant macht es nicht, wenn es keinen vom Polizeichef unterschriebenen Auftrag gibt.«

»Diese Schweine«, seufzte Spjuth. »Alles ist dem Gesetz des größtmöglichen Profits unterworfen.«

»So eine Erlaubnis kriegen wir nie«, sagte Stenberg. »Hammarlund hat ja kaum noch Mittel, um einen von Nylanders Wagen an einem normalen Werktag abends rumfahren zu lassen. Und es heißt, dass sie Irma einsparen und die Kantine schließen wollen.«

»Stress«, sagte Spjuth. »Jetzt kommt's zur Krise. Der Kuchen ist bedroht.«

»Wenn die die Kantine schließen, fang ich wieder an zu rauchen«, behauptete Stenberg.

»Ich versteh den Zusammenhang nicht«, sagte Stjernkvist, beugte sich vor und stemmte die Ellenbogen auf die Knie. »Zwischen einer geschlossenen Kantine und deinen Rauchgewohnheiten.«

»Das ist eine Frage der Psychologie«, murmelte Stenberg. »Wenn ich das eine nicht kriege, muss ich das andere haben. Man kann nicht in einem dauernden Mangelzustand leben.«

»Worum geht's hier eigentlich?«, fragte Elin Bladh, die tiefe Falten zwischen den Augenbrauen hatte.

»Ich werde mit Hammarlund reden«, sagte Fors. »Und

außerdem werde ich mir die Birkagatan 22 selber ansehen. Ich bekomme doch sicher eine gute Werkzeugtasche mit auf den Weg?«

Er sah Stenberg an, der nickte.

»Mit der Tasche kommst du sogar zu nächtlicher Stunde in die Reichsbank, und niemand wird das Geringste merken.«

»Ich hab gestern einen sonderbaren Onkel besucht«, fuhr Carin fort. »Er heißt Richard Widermark und ist pensionierter Dozent für Prozessrecht. Außerdem ist er – soweit ich es begriffen habe – aktiver Nazi der ganz wilden Sorte.«

Dann erzählte sie von ihrem Besuch bei Widermark.

»Sollte es sich also um einen Konflikt innerhalb der Partei handeln?«, fasste Tunell den Bericht zusammen.

»Ja«, sagte Carin, »oder darum, dass jemand Tullgren mit Fors hat reden sehen.«

»Jemand könnte ihr gefolgt sein«, bemerkte Stjernkvist. »Jemand kann versucht haben, sie zum Schweigen zu bringen, damit er seinen Plan ausführen kann.«

»Sollte jetzt nicht der Geheimdienst übernehmen?«, fragte Elin Bladh.

»Ich werde Hammarlund Bericht erstatten«, sagte Fors. »Und hören, ob ich nach Stockholm fahren kann, um mich mal umzuschauen.«

27

Hammarlund hörte Fors zu, lehnte sich im Sessel zurück und strich sich über die Wange. Er war frisch rasiert und hatte ein neues Rasierwasser benutzt, das nach Auskunft des Mädchens, das es ihm verkauft hatte, nach Gras, Granit und Meer duften sollte. Hammarlund strich sich wieder über die Wange und roch dann an seinen Fingern. Ihm kam es vor, als würden sie nach halb vergammelten Fischnetzen riechen.

»Es ist ausgeschlossen, dass du unser Budget sprengst, indem du eine Aufstellung über Tullgrens Telefonate verlangst. Das können wir unmöglicherweise leisten. Wenn wir es mit einem Mord oder Totschlag zu tun haben, aber Tullgren lebt, und wir haben, wenn ich es richtig verstanden habe, nichts anderes als einen Haufen mehr oder weniger gut begründeter Vermutungen.«

Hammarlund schnupperte an seinen Fingern und fuhr fort:

»Dem Geheimdienst werde ich übermitteln, was du mir gerade mitgeteilt hast, und ich möchte einen Bericht, den ich beifügen kann. Ich ahne aber schon, dass deren Intresse an dieser Sache immer noch gering ist. Es gibt kein richtiges Drohbild, und wir wissen, wie es aussehen muss, wenn nach deren Auffassung ein Drohbild vorliegt: Vor dem Reichstagsgebäude muss ein bekannter und vorbestrafter Hohlkopf stehen. Der Dummkopf muss den Geheimdienst anrufen und sagen, dass er mit einer geladenen Waffe ausgestattet ist und beabsichtigt, in den nächsten fünf Minuten einen Minister zu erschießen. Die Aussage des Hohlkopfes muss von mindestens zwei unbescholtenen Personen bestätigt werden, die sich an Ort und Stelle vorm Reichstagsgebäude befinden. Dann, und erst dann, liegt ein richtiges Drohbild vor, aber merke, wir wissen nicht, welcher Minister bedroht ist, weswegen der Geheimdienst aus Gründen der Gleichberechtigung davon absieht, überhaupt einen Minister zu bewachen, abgesehen von denen, die sowieso immer Personenschutz haben, wie der Staats- und der Justizminister.«

Hammarlund verdrehte die Augen.

»Dass ich dich nach Stockholm fahren lasse, ist auch ausgeschlossen. Stockholm wird von der Stockholmer Polizei verwaltet. Wir können sie unterrichten, aber nicht eigene Leute hinschicken, das weißt du ja.«

Während er den Blick zum Fenster hinaus zu den großen Ulmen, in denen der Wind zerrte, wandern ließ, fuhr er fort:

»Allerdings ist mir bekannt, dass du noch Überstunden hast. Wenn du dir morgen Vormittag freinimmst und erst nach dem Mittagessen kommst, habe ich volles Verständnis dafür. Carin kann eure Ermittlungen weiter vorantreiben, und es gibt wohl nichts, das dich zwingt, morgen Vormittag im Haus anwesend zu sein, oder? Aber ich möchte, dass du einen offiziellen Antrag auf Beurlaubung stellst, damit ich mit der Hand auf der Bibel schwören kann, dass du nicht im Dienst bist – falls du dich entgegen allen Vermutungen morgen in Stockholm befinden solltest.«

»Klar. Hand auf der Bibel. Und dann haben wir noch das Leck im Krankenhaus. Wir sitzen in einem Boot, das verdammt leck ist.«

»Es ist sonderbar mit unseren Booten«, sagte Hammarlund. »Immer muss jemand ein Leck reinbohren.

Wenn es keiner innerhalb der Organisation ist, dann ist es jemand außerhalb. Aber die Quellen von Zeitungsartikeln dürfen nicht überprüft werden. Tja...«

Hammarlund strich sich über die Wange und schnupperte wieder an seinen Fingerspitzen.

»Außerdem haben wir noch Tullgren«, sagte Fors. »Ich hoffe, sie wird rund um die Uhr bewacht.«

Hammarlund sah müde aus.

»Sie wird bewacht, solange sie auf der Intensivstation liegt. Wenn sie in eine andere Abteilung verlegt wird, ziehen wir die Wache ab. Ich habe den Geheimdienst davon unterrichtet. Die haben nicht geantwortet. Wenn die einen Politiker, der auf dem Weg in den Reichstag ist, bewachen wollen, dann ist das ihre Sache. Ich habe Nylander gebeten, Hjelm und Bodström einzusetzen. Die beiden können wir sowieso nicht für irgendeinen Außendienst einsetzen, solange die Negerermittlung läuft. Hast du übrigens gemerkt, dass sich die Zahl von Tullgrens Wahlanhängern fast verdoppelt hat?«

»Nein«, sagte Fors.

»Darüber haben sie heute Morgen im Radio gesprochen. Die Sympathie ihrer Wähler, die sie im Reichstag sehen wollen, ist seit Anfang August fast um siebzig Prozent gestiegen. Alles deutet darauf hin, dass sie es schafft.«

»Natürlich nur, wenn sie nicht stirbt.«

»Dann kommt sie in die Hölle. Wenn es denn eine Hölle für Nazis gibt.«

»Deren Hölle ist ein Ort, an dem es Loke nie gelingen wird, Balder hereinzulegen«, sagte Fors. »Was riecht denn hier so?«

Hammarlund sah ihn verständnislos an. »War das nicht Höder, der von Loke hereingelegt wurde? Aber wie war das denn mit der Mistel?«

Fors schnupperte. »Ist das Vickan? Hat sie ein neues Parfum?«

»Glaub ich nicht«, sagte Hammarlund. Er sah traurig aus. »Wie findest du den Duft?«

Und er sog Luft durch die Nasenlöcher ein, als wollte er sämtliche Gerüche des Raumes aufnehmen.

»Nach alter Nutte«, sagte Fors und erhob sich. »Hast du jetzt eine Pressekonferenz?«

Hammarlund warf einen Blick auf die Uhr. »In zehn Minuten. Möchte wissen, ob ich es noch schaffe, eine Tasse Kaffee zu kriegen.«

»Aufdringlicher Geruch«, sagte Fors. »Wie war das mit der Mistel?«

Hammarlund zuckte mit den Schultern.

Fors schüttelte den Kopf. Und dann ging er.

Hammarlund ging zur Toilette und wusch sich das Gesicht. Da es keine Papierhandtücher gab, versuchte er sich das Gesicht unter dem elektrischen Händetrockner zu trocknen. Mit mäßigem Erfolg. Er riss ein Stück Toilettenpapier ab und wischte sich damit über Stirn und Wangen. Danach ging er in das Zimmer seiner Sekretärin.

»Kannst du nicht ein paar Papierhandtücher besorgen?«

Die Frau wandte sich von ihrem Computer ab, drehte den Rollstuhl herum und sah bekümmert aus.

»Ich fürchte nein. Die Finanzabteilung hat den Einkauf von Papierhandtüchern gestoppt, seit wir die elektrischen Händetrockner haben.«

»Ich bin verdammt noch mal Polizeichef, irgendwas werd ich ja wohl auch bestimmen dürfen«, sagte Hammarlund.

»Du selbst hast beschlossen, dass der Händetrockner die Papierhandtücher ersetzen soll«, erinnerte ihn seine Sekretärin.

Hammarlund seufzte.

»Sind es viele Leute?«

»Ich glaub, wir hatten noch nie so viele Journalisten im Haus«, antwortete Vickan.

28

Als Fors sich wieder an seinen Schreibtisch setzte, klingelte das Telefon.

»Mit wem spreche ich?«, fragte jemand mit auffallendem Dialekt aus Småland. Värnamo, dachte Fors und nannte seinen Namen und Dienstgrad.

»Ich hab einen Zettel an der Tür gesehen«, sagte der Småländer. »Sie suchen Zeugen.«

»Das stimmt.«

»Vielleicht hab ich was gesehen.«

»Wann?«

»Montag.«

»Wo?«

»Auf dem Folkungavägen.«

»Wo auf dem Folkungavägen?«

»Ich hab vor Nummer 36 gesessen.«

»Um wie viel Uhr?«

»So gegen elf, abends also.«

»Und was haben Sie gesehen?«

»Ein paar Jungs.«

»Wie war noch Ihr Name?«

»Anders Qviberg. Mit Q. Ich schreibe über die Q-Ranch, falls Sie sie kennen.«

»Leider nicht.«

Fors meinte einen Seufzer zu hören.

»Nein, das kann man wohl nicht erwarten.«

»Was?«

»Dass Sie meine Bücher gelesen haben. Obwohl ich schon vierzig geschrieben habe. Cowboyromane.«

»Und alle handeln von der Q-Ranch?«

»Nein«, antwortete Anders Qviberg. »Nicht die ersten zwölf. Die handeln von John Wesley Hardin. Sie wissen, wer das ist?«

»Nein«, antwortete Fors.

»John Wesley Hardin hat mit fünfzehn Jahren seinen ersten Gegner erschossen. Aber das war nicht das erste Mal, dass er jemanden umgebracht hat. Schon mit vierzehn hat er einen Schulkameraden erstochen. Sein Vater war Pastor. Das alles geschah 1867.«

Fors bekam einen trockenen Mund.

»Ich verstehe nicht ganz, worauf Sie hinauswollen?«

»John Wesley Hardin«, sagte Anders Qviberg. »Meine ersten zwölf Bücher handeln von ihm. Ich hab sie zu der Zeit geschrieben, als ich noch Adverbien benutzt habe. Dann hab ich damit aufgehört. Der Verkauf ging in den Keller. Jetzt versuch ich mich wieder an Adverbien zu gewöhnen. In dem Buch, an dem ich jetzt arbeite, Ben Carson auf der Q-Ranch, hab ich schon zwölf Adverbien benutzt, obwohl ich erst zehn Seiten geschrieben habe.«

»Interessant«, sagte Fors, der inzwischen ziemlich sicher war, dass der Kerl betrunken war. Aber es war noch früh am Tag und Anders Qviberg lallte nicht, vielleicht war er ein Morgenmensch, der auch in der Frühe so redete und dachte wie jetzt.

»Es gib drei Arten Leute«, behauptete Qviberg, »schlechte Menschen, sehr schlechte Menschen und dann solche, die Adverbien benutzen, wenn sie schreiben. Die dritte Art ist eine grässliche Art. Ich versuche, ein bisschen grässlich zu werden. Weil man annimmt, dass Adverbien sich verkaufen. Es heißt, sie seien wichtiger als eine melodramatische Handlung. Vier Leichen und eine Flugzeugentführung, wie sie in meinen früheren Büchern vorgekommen sind, seien nichts, wenn man das Ganze nicht mit Adverbien würzte. Die Leichen riechen nicht, findet der Leser. Der Held muss seine .45er mit einem gleichgültigen Lächeln auf den schmalen Lippen ziehen, sonst treffen die Kugeln nicht. Die verdammten Leichen zappeln immer noch, findet der Leser. Das geht nicht. Das bremst den Verkauf. Alles hängt von den Adverbien ab. Ohne Adverb kein Verkauf. Aber dann entsteht schlechte Literatur. Was soll man machen? Man beugt sich natürlich dem Druck des Marktes. Sie schaut den Held lüstern an und lächelt verführerisch. Das war es, was sie tat, bevor ich Sie anrief.«

»Wer?«, fragte Fors.

»Das Mädchen aus Vera Cruz. Sie heißt Esmeralda.«

»Wie sollte ein Mädchen aus Vera Cruz auch sonst heißen?«, sagte Fors.

»Genau. Wie sonst? Sie kann ja nicht Kleines Kaninchen heißen.«

»Sind Sie zu Hause?«

»Ich arbeite wie ein Pferd bis zwölf. Keine Sekunde länger.«

»Darf ich vorbeikommen und Sie stören?«

»Klar. Folkungavägen 38, der Türcode lautet 1933. An der Tür steht, wie gesagt, Qviberg. Könnten Sie mir eine Schachtel Zigarillos mitbringen?«

»Welche Marke?«

»Im Nachbarhaus ist ein Tabakladen. Die Zigarillos liegen links vom Tresen, eine flache, blaue Blechschachtel. Ich wohne im vierten Stock. An der Tür steht Qviberg.«

»Mit Q, ich weiß«, sagte Fors. »Ich bin in einer Viertelstunde da.«

Fors kaufte eine Schachtel Zigarillos in dem Tabakladen, der im Haus 36 war, dann ging er zur Haustür 38, nahm den Fahrstuhl zum vierten Stock hinauf und klingelte. Der Mann, der ihm öffnete, war klein und grobschlächtig, und die Haare standen ihm zu Berge. Er trug verblichene, ausgefranste Jeans und ein graues T-Shirt. Seine Füße waren nackt, und er hatte einen Dreitagebart. Schon im Flur merkte man, dass Lüften nicht zu den Gewohnheiten des Mannes gehörte.

»Hallo«, sagte Anders Qviberg. »Haben Sie mir was zu rauchen mitgebracht?«

Fors nahm die flache Blechschachtel aus der Gesäßtasche und reichte sie Qviberg. Der grub in seiner Tasche und holte ein paar zerknüllte Scheine und einige Münzen heraus. Eine Weile waren sie damit beschäftigt, Geld zu wechseln.

Es war eine Zweizimmerwohnung. Vom Wohnzimmer

konnte Fors ins Schlafzimmer schauen. Das Bett war nicht gemacht. Fors hatte den Eindruck, als wären die Laken schon seit geraumer Zeit nicht mehr in der Waschmaschine gewesen.

Im Wohnzimmer waren zwei Wände mit Bücherregalen bedeckt. Vor dem Fenster stand ein für den Raum überdimensionaler Esstisch. Auf dem Tisch waren ein Laptop und ein Drucker und zwei Stapel weißes Papier, zwei Kaffeetassen und ein halbes Dutzend gerahmter Fotos. Auf einigen Bildern waren Wüstenlandschaften. Auf einem vergilbten Schwarzweißfoto war ein Mann im Anzug mit Weste und einem Unterhemd mit rundem Ausschnitt. Auf dem Kopf trug er einen weißen breitkrempigen Hut, der in den Nacken geschoben war. Der Mann auf dem Bild sah aus, als erwäge er, ein kaltes Bier zu trinken und in die Badewanne zu steigen.

»New Mexico«, sagte Qviberg, der sich einen Zigarillo angezündet hatte und Fors beobachtete. »Das ist Hardin. Er wurde 1895 erschossen. Das Bild ist wahrscheinlich in den Achtzigerjahren aufgenommen worden, bevor er sich ganz totgesoffen hat. Es ist ein Original. Ich hab's in Abilene gekauft.«

»Ein Killer«, sagte Fors.

»Genau«, sagte Qviberg. »Der hat ein Dutzend Leben auf dem Gewissen. Wurde beim Kartenspiel von hinten erschossen. Der Schütze ist nie verurteilt worden. Der Staat Texas war froh, einen Mitbürger los zu sein, der ihm viel Kummer bereitet hat. Wenn man dauernd Leute umbringt, schafft man sich Feinde. Rache scheint ein menschlicher Trieb zu sein.«

»Zwölf Bücher«, sagte Fors. »Das haben Sie doch gesagt? Dass Sie zwölf Bücher über den Typ geschrieben haben?«

Er zeigte auf das Foto.

Qviberg nickte und musterte Fors.

»Und Sie sind Bulle?«

»Ja.«

»Ich hab darüber nachgedacht.«

Fors wartete auf die Fortsetzung, aber die kam nicht, also fragte er:

»Worüber nachgedacht?«

»Bullengeschichten. Man kann ja nicht nur über den Wilden Westen schreiben, nicht wahr?«

»Ich weiß nicht, worüber man schreiben soll«, sagte Fors. »Wenn Sie vierzig Bücher über den Wilden Westen geschrieben haben, scheint es doch gut zu gehen, oder?«

Qviberg nickte. »Never change a winning concept.«

Er zeigte mit einem dicken kurzen Zeigefinger auf Fors. »Oder?«

»Aber genau das machen Sie doch? War da nicht was mit Adverbien?«

Qviberg lachte. Er hatte ein raues Lachen, vermutlich durch das Rauchen und hochprozentigen Alkohol.

»Never change a winning concept«, verdeutlichte er. »Ich hab in all my life kein winning concept gehabt. Was meinen Sie, was man mit so was verdient?« Er zeigte auf ein Taschenbuch. Es lag auf einem ganzen Stapel auf einem Stuhl. Auf dem Titelbild war das Gesicht eines Mannes, der ein kariertes Hemd trug und einen langläufigen Revolver in der Hand hatte. Im Hintergrund war ein anderer Mann zu sehen, der ein Pferd mit einem Lasso einfing.

»Wissen Sie, wie viele Bücher Leute wie ich im Jahr schreiben müssen, um ein Monatsgehalt zusammenzukriegen wie Sie?«

»Keine Ahnung.«

»Sechs Bücher. Im Jahr. Das reicht für Knäckebrot. Aber ich möchte ja auch mal ein ordentliches Stück Wurst draufhaben. Wissen Sie, was ich dann mache?«

»Nein, was?«, fragte Fors.

»Dann schreibe ich so was.« Qviberg ging zum Bücherregal und nahm ein Taschenbuch mit weißem Umschlag heraus. Auf dem Umschlag war eine grell geschminkte Krankenschwester zu sehen, die eine Injektionsspritze hochhielt. Im Hintergrund war ein brennendes Flugzeugwrack.

Qviberg zeigte auf den Autornamen. »Ann Cole, das bin ich. Ich habe sechsunddreißig Romane über Schwester Drake geschrieben. Der letzte handelt davon, wie Schwester Drake auf einem Atom-U-Boot eingesetzt ist, das unterm Eis der Antarktis stecken bleibt. Ich habe vorgeschlagen, das Buch solle ›Schwester Drake unterm Eis‹ heißen. Aber das wollte der Verlag nicht. Setzen Sie sich.«

Fors nahm auf einem durchgesessenen, viel zu weichen Sofa Platz, vor dem mehrere Zeitungen auf dem Fußboden lagen.

»Würden Sie mir bitte erzählen, was Sie gesehen haben«, sagte Fors, nachdem er eine aufgeschlagene Zeitung mit dem Fuß beiseitegeschoben hatte.

»Natürlich. Ich kann Ihnen leider keinen Kaffee anbieten. Mein Kaffee ist alle.«

»Das macht nichts. Von welchem Tag sprechen wir?«

Fors nahm einen Notizblock hervor, notierte den Namen des Mannes, das Datum des heutigen Tages und nach einem Blick auf seine Armbanduhr die Uhrzeit.

»Montagabend«, sagte Qviberg. »Ich hatte aufgehört zu arbeiten und saß im Auto.«

»Was ist Ihr Beruf?«

»Ich kann ja vom Schreiben nicht leben, also fahre ich Taxi. Ich springe ein, wenn es nötig ist, meistens ein, zwei Abende in der Woche. Ich fahre am liebsten abends und am allerliebsten nachts. Morgens schreibe ich. Ich schreibe besonders gut, wenn ich nachts wach gewesen bin. Manchmal, wenn ich nachts gearbeitet habe und um sieben nach Hause komme, setze ich mich hin und schreibe noch drei Stunden. Manchmal bin ich dann wie in einem Rauschzustand, das ist so ähnlich wie high speed zu sein, falls Sie verstehen, was ich meine. Es überkommt mich wie eine Art Geschwindigkeitsrausch.«

Qviberg verstummte und sah zum Fenster. »Hören Sie den Wind? Als ich in diesem Jahr in den USA war, habe ich einen Tornado erlebt. Wissen Sie, was für eine Geschwindigkeit der erreichen kann? Mehr als hundert Meter in der Sekunde. Ich segle manchmal mit meinem Bruder, und der sagt, wenn die Windstärke um die zwölf erreicht, dann segelt man nicht. Und bei einem Tornado sind es über einhundert Meter in der Sekunde.«

Qviberg schüttelte den Kopf und schaute zum Fenster. Der Wind zerrte an etwas, das sich von der Fassade gelöst hatte.

»Das ist der Balkon«, erklärte Qviberg. »Diese Häuser sind Bruch. Die Fenster sind undicht, die Wände dünn, auf den Balkons sind Blechscheiben unter dem Geländer angebracht. Bei Sturm fangen sie an zu vibrieren. Und dann all die Idioten, die Parabolantennen anbringen. Ein Wunder, dass die bei diesem Sturm nicht abgerissen werden. Dass nicht noch mehr Leute von herabfallenden Parabolantennen erschlagen werden, ist mir ein Rätsel. Einige Antennen hängen nur an zwei Schrauben. Wenn man so ein Ding an den Schädel kriegt, kann der mittendurch gespalten werden.«

»Was ist am Montag passiert?«

»Kurz vor elf bekam ich eine Fahrt nach Trolldalen. Es war eine Frau. Ich erkannte sie sofort. Dann klingelte ihr Handy, und als sie zu reden anfing, erkannte ich auch ihre Stimme. Wir sind in dieselbe Klasse gegangen. Neun Jahre lang war ich in sie verliebt. Dann ist sie weggezogen. Und jetzt saß sie auf dem Rücksitz in meinem Auto.«

»Was haben Sie gesehen?«, fragte Fors.

»Sie natürlich. Sie ist noch genauso schön wie in der Neunten. Wirkt nur ein bisschen müder. Sie wissen ja, was man mit einem Rückspiegel machen kann. Ich hörte sie reden und sah sie an, während ich nach Trolldalen fuhr. Sie telefonierte die ganze Zeit, sodass ich keine Möglichkeit hatte, sie anzusprechen. Erst als sie zahlen und aussteigen wollte. Da drehte ich mich um und sagte, dass ich sie erkannt habe. Sie schien sich nicht besonders über das Wiedersehen zu freuen. Es schien sie sogar zu irritieren, dass ich mich zu erkennen gab. Jedenfalls tauschten wir unsere Telefonnummern. Dann fuhr ich noch bis elf, am nächsten Morgen um sieben sollte ich wieder anfangen. Deshalb parkte ich das Auto unten auf der Straße. Ich war noch nicht ausgestiegen, da rief sie an. Sie sagte, sie habe Ärger in der Arbeit und wolle mir nur schnell sagen, dass sie sich gefreut habe, mich wiederzusehen, und dass sie gern mal einen Abend mit mir ausgehen und über alte Zeiten reden würde.«

Qviberg verstummte und zündete den Zigarillo erneut an, der vor einer Weile ausgegangen war. Er erhob sich und holte einen Aschenbecher vom Arbeitstisch. Es war ein Ding aus Messing mit einem Muster aus verschiedenen Knoten. Fors erkannte einen Rahbandknoten und einen Trompetenstich.

»Ich sitze also da unten im Auto und rede mit ihr. Da kommen ein paar Jungs die Straße entlang. Sie gehen sehr schnell und boxen sich gegenseitig, wie Jungs das manchmal machen. Einer von ihnen versetzt einem anderen einen Stoß, und der fällt mit dem Rücken gegen mein Auto. Ich beuge mich vor und sehe seinen Rücken am Beifahrerfenster. Und dann ist der Junge mit seinen Kumpels verschwunden. Ich hab noch gesehen, dass auf seiner Jacke eine Art Text stand.«

»Was für ein Text?«

Qviberg dachte nach.

»Ich weiß es nicht. Es ging so schnell, und es war dunkel. Ich konnte nicht entziffern, was auf dem Jackenrücken stand, aber ich konnte erkennen, dass es ein Text war.«

»Was hatte er an?«

»Ein Kapuzenshirt, die Kapuze aufgesetzt.«

»Farbe?«

»Grau oder blau.«

»Was war das für ein Text?«

»Ich hab ihn nicht lesen können, aber ich glaub, ich habe ein Q gesehen. Das ist ja gewissermaßen mein Buchstabe.«

»Wie groß waren die Buchstaben?«

Qviberg maß den Abstand zwischen Daumen und Zeigefinger. »Etwa so, vielleicht ein bisschen kleiner.«

»Waren es große oder kleine Buchstaben?«

Qviberg dachte wieder nach.

»Ich glaube, es waren große, aber beschwören kann ich es nicht.«

»Welche Farbe hatten die Buchstaben?«

»Blau oder schwarz.«

»Wo stand der Text?«

»Zwischen den Schulterblättern.«

»Und Sie haben vielleicht ein Q gesehen? Ein großes Q?«

»Ja.«

»Was haben Sie sonst noch gesehen?«

»Da waren noch ein paar Jungen. Alle trugen Kapuzenshirts. Sie gingen sehr schnell.«

»Haben sie irgendwas gesagt?«

»Sie haben etwas gerufen, oder einer von ihnen hat gerufen.«

»Was?«

»Wie Jungen halt so rufen, Sie wissen schon, so eine Art Geheul.«

»Können Sie es nachmachen?«

Qviberg legte die Hände wie einen Trichter um den Mund. »Ohhh-hoooo ...«

»Mehr haben Sie nicht gehört?«

»Nicht das Geringste. Einen Augenblick waren sie da, und im nächsten Moment waren sie verschwunden. Und ich habe telefoniert.«

»Wie spät war es da?«

»Gegen elf.«

»Wie viele Jungen waren es?«

»Schwer zu sagen. Einige waren schon vorbeigegangen – glaube ich –, als ich den Jungen bemerkte, der gegen mein Auto fiel.«

»Wie viele haben Sie gesehen?«

»Mindestens drei.«

»Und Sie sind sicher, dass es Montag war?«

»Klar. Ich bin Montagabend Taxi gefahren und den ganzen Dienstag. Seitdem bin ich nicht mehr gefahren.«

»Würden Sie einen der Jungen wiedererkennen, wenn Sie ihm begegneten?«

Qviberg dachte eine Weile nach. »Kaum.«

»Und die Jacke mit dem Text, würden Sie die wiedererkennen?«

»Ich glaube nicht.«

Fors klappte das Notizbuch zu und steckte es in die Tasche. Dann erhob er sich.

»Vielen Dank für die Hilfe.«

Qviberg hatte einen warmen und trockenen Händedruck und kräftige Finger.

»Das war doch nicht viel.«

»Melden Sie sich bitte, falls Ihnen noch etwas einfällt. Und viel Glück mit der Klassenkameradin.«

Qviberg nickte.

Fors fuhr mit dem Lift nach unten und ging zu seinem Golf. Es war jetzt so windig, dass sein Jackett hochgeweht wurde, als er sich in den Wind drehte, Fors drückte es an den Körper und schloss einen Knopf.

Als er zum Polizeipräsidium zurückfuhr, kam er am Järnvägstorget vorbei. Vor dem Bahnhof hing Tullgrens

Bild auf ungefähr zehn Wahlplakaten. Sie lächelte ihn an. Auf eins der Plakate hatte jemand ein Hakenkreuz über ihr Gesicht gesprayt.

29

Lydia saß ganz hinten im Klassenzimmer, in der Ecke an der fensterlosen Wand. Tove saß am Fenster. Sie saß zurückgelehnt da, die Arme über der Brust gekreuzt.

Lydia hob den Blick vom Matheheft und betrachtete die Schwester. Sofort fühlte Tove sich beobachtet und wandte Lydia das Gesicht zu. Dann schloss Tove die Augen und hielt den Atem an. Sie zählte bis dreißig, ehe sie wieder Luft holte. Vor ihrem inneren Auge sah sie Anneli Tullgren im Krankenhausbett. Sie sah das Zimmer voller Blumen, und sie sah sich selbst die Türklinke herunterdrücken und das Zimmer betreten.

Tullgren schlief. In ihrer Nase war ein Schlauch. Tove riss das Kissen unter Anneli Tullgrens Kopf weg, drückte es auf Tullgrens Gesicht und warf sich darauf. Eine Minute, dachte Tove. Wenn ich das Kissen eine Minute auf ihr Gesicht drücke, erstickt sie.

»Tove?«, sagte Frau Månsson. »Hallo!«

30

Anneli Tullgrens Zimmer war voller Blumen. Man hatte extra einen Tisch hereingestellt, auf dem sich unzählige Blumenvasen drängten. Außerdem standen auf beiden Fensterbrettern Blumen.

Unten auf dem Hof fuhr der Wind durch das hohe Gras. Etwas weiter entfernt stand eine hübsche Eberesche. Jeder, der sie sah, sagte, dass es ein gutes Vogelbeerjahr werden würde. Man würde Gelee einkochen können. Manche meinten, die Beeren seien Vorboten eines strengen Winters.

Tullgrens und Seferis' Zimmer lagen nebeneinander.

In Seferis' Zimmer saß eine kleine Frau am Kopfende des Bettes. Am Fußende standen drei große Männer mit schwarzen gewellten Haaren.

Achilles Seferis' Söhne.

Die Frau am Kopfende weinte.

Der älteste Sohn trat zu der Frau und legte ihr seine großen Hände auf die Schultern. Die Frau gab ein unterdrücktes Schluchzen von sich, und der Mann, der hinter ihr stand, strich ihr über die Haare.

»Er wird nie mehr sprechen«, flüsterte die Frau. »Er ist ein lebendiger Toter.«

Hinter dem Mann, der seine Hände auf die Schultern der Frau gelegt hatte, war ein Stöhnen zu hören. Es war der jüngste Sohn. Er atmete schwer und Tränen rannen ihm über die unrasierten Wangen.

»Er wird nie mehr sprechen«, wiederholte die Frau.

Der jüngste Sohn stöhnte.

»Mama«, flüsterte der Mann, der hinter der Frau stand,

»Mama, es können auch Wunder geschehen. Die Ärzte sagen ...«

Und dann verstummte er.

Im Raum war jetzt das Schluchzen des Jüngsten zu hören. Vor dem Fenster fuhr ein Windstoß durch den Goldregen, und hin und wieder schlug ein Zweig gegen die Scheibe.

»Wir werden sie finden«, versprach der Jüngste mit einer Stimme, die vor Verzweiflung zitterte. »Wir werden sie finden.« Dann sah er seine Brüder an und wiederholte es: »Wir werden sie finden.«

»Wir reden mit Nestor«, schlug der Älteste vor, der hinter der Mutter stand.

»Nein!«, stieß der Jüngste hervor. »Was gibt es da noch zu reden? Wir kennen einen von ihnen. Wir schnappen ihn uns und holen aus ihm raus, wer die anderen waren.«

»Zuerst reden wir mit Nestor«, sagte der Älteste noch einmal. »Papa hat nie an Rache geglaubt.«

»Oh doch«, antwortete der Jüngste, »Papa heißt nicht von ungefähr Achilles.«

»Nestor«, flüsterte die Frau, »ist in Athen bei seinen Kindern. Mit ihm könnt ihr im Frühling sprechen. Dann kommt er zurück.«

»Wir wissen, wer einer der Täter war«, sagte der Jüngste. »Den schnappen wir uns heute Abend.«

»Wir müssten mit jemandem reden, der nicht zur Familie gehört und der uns einen Rat geben kann«, sagte der Älteste.

»Mama kann uns beraten«, sagte der Jüngste und wandte sich an die Mutter. »Sag, Mama, was sollen wir tun?«

Die Frau sah ihren Jüngsten an.

»Dir, Telemakos, hat er mehr Geschichten vorgelesen als euch anderen. Dir, Telemakos, hat er die Legenden und Mythen erzählt. Er hat von Theseus und dem Labyrinth erzählt, er hat von den Verbrechern erzählt, denen Theseus begegnet ist. Er hat alles erzählt, was man wissen muss. Alles, was man wissen muss, um seine Pflicht zu erkennen, wenn Untiere im Menschenhafen einen liebenswerten, fürsorglichen Vater, einen liebevollen, fürsorglichen Ehemann zusammengeschlagen haben. Du weißt, Telemakos, was du zu tun hast, denn du weißt, was Theseus getan hat, als er seine Sandalen zusammenknotete und mit dem Schwert seines Vaters in der Hand in die Welt hinauszog.«

Der Jüngste hörte seiner Mutter mit offenem Mund zu. Er nickte. »Ich mache das, was Theseus mit Prokrustes getan hat, ich mache, was Theseus mit den anderen Missetätern gemacht hat. Ich behandle die Rohlinge so, wie sie ihr Opfer behandelt haben.«

»Auge um Auge, Zahn um Zahn«, flüsterte die Frau, und ihre Stimme klang müde und schwach.

Ihr ältester Sohn schüttelte den Kopf.

»Das ist nicht richtig. Es gibt Gesetze.«

»Nein«, stöhnte Telemakos. »Es gibt keine Gesetze, die uns geben, was wir brauchen, um weiterleben zu können. Es gibt kein Gesetz, das uns rehabilitiert. Es gibt kein Gesetz, das uns die Befriedigung geben kann, die daraus entsteht, dass die Täter so leiden müssen wie unser Vater, wie unsere Mutter, wie wir und unsere Schwestern.«

Der jüngste Sohn zeigte auf den bandagierten Kopf des Vaters. In Achilles Seferis' Nase steckte ein Schlauch und in seinem rechten Arm eine Kanüle. Auf seiner Brust hatte man Elektroden angebracht, die über einen Apparat am Kopfende seines Bettes die Herzschläge anzeigten.

»Unser Vater ist ein Paket«, stöhnte der Jüngste, während ihm Tränen übers Gesicht flossen. »Er wird seinen Enkeln nie mehr von Theseus erzählen. Er wird deinem Sohn, Giorgios, nie erklären, was es bedeutet, in einem Labyrinth herumzuirren. Er wird deiner Tochter, Konstantinos, niemals Ariadnes Trauer auf Naxos beschreiben. Er wird nie erklären, warum Hippolytos ins Meer stürzen musste. Er wird nie mehr den Mund öffnen, um mit uns zu sprechen. Wir werden ihn im Krankenhaus besuchen, Jahr für Jahr, während er dahinsiecht. Wir werden am Kopfende seines Bettes weinen, Jahr für Jahr. Aber wir wissen, dass es dem, der unseren Vater verletzt hat, selber schlecht geht.«

Der Jüngste, der Telemakos hieß, holte Luft, ehe er fortfuhr: »Die Rache kann unseren Vater nicht wieder stark machen. Die Rache bringt seine Stimme nicht wieder zum Klingen. Aber die Rache kann den Schmerz in meiner Brust mildern. Und die Rache kann mich vor der Schmach bewahren, denen wieder begegnen zu müssen, die unseren Vater verletzt haben. Die Rache kann mich vor der Scham schützen, wenn ich Auge in Auge mit Rohlingen stehe, die meinen Vater, meine Mutter, meine Brüder und Schwestern gequält haben und die mich jetzt fast um den Verstand bringen. Die Rohlinge sollen mir nie mehr lachend auf der Straße entgegenkommen. Sie sollen nicht nach einem Gesetz bestraft werden, das sie laufen lässt. Sie sollen durch mich gestraft werden, und mein Gesetz lautet: Auge um Auge, Zahn um Zahn.«

Telemakos war alle Farbe aus dem Gesicht gewichen. Seine Wangen waren blass wie von der Sonne ausgetrocknete Knochen oder vergilbtes Porzellan, die Augen groß und schwarz, die Lippen trocken.

»So, meine Brüder«, sagte er. »Kommt ihr mit mir, oder soll ich mir die Rache allein verschaffen, die ich brauche, um meinen Schwestern und Kindern in die Augen sehen zu können?«

Eine Weile später fuhren die drei Brüder ihre Mutter zu dem Haus, in dem die älteste Schwester mit ihren beiden kleinen Kindern wartete. Die Frauen fielen sich weinend in die Arme. Die Kinder weinten. Die drei Männer kehrten zu dem Auto zurück, setzten sich hinein und sprachen miteinander, während der Wind im Laub der Ulmen im Park auf der anderen Straßenseite raschelte.

Konstantinos rauchte.

»Mir gefällt das nicht«, sagte er und blies Rauch durchs Fenster, das einen Spaltbreit geöffnet war.

»Hör mir zu«, sagte Giorgios. »Ich schneide Hjelm seit fünf Jahren die Haare. Er kommt alle sechs Wochen. Danach kann man die Uhr stellen, alle sechs Wochen. Er ist ein guter Bulle. Er hat gesagt, es war dieser Lipponen. Er sagt, die Kripo hat ihn verhört. Die wissen, dass er es ist, können ihm aber nichts nachweisen. Warum sollte Hjelm so was sagen, wenn es nicht stimmt? Hjelm ist seit fünf Jahren mein Kunde. Hjelm würde mich nie täuschen.«

»Mir gefällt das nicht«, wiederholte Konstantinos und blies Rauch durch den Fensterspalt.

»Du brauchst nicht mitzumachen«, sagte Telemakos. »Wir können es allein machen.«

»Mir gefällt das nicht«, sagte Konstantinos. »Aber er ist auch mein Vater.«

31

Lydia saß an dem großen Kieferntisch in der Küche des Pfarrhofs und blätterte in der Zeitung. Tove stand an der Anrichte, schälte Mohrrüben und schnitt sie in dünne Scheiben. Die Tür zum Garten war offen.

»Tullgrens Zustand ist nicht mehr kritisch«, sagte Lydia. »Er ist ernst, steht hier. Aber nicht kritisch. Das muss bedeuten, dass es ihr besser geht.«

Tove antwortete nicht, hackte nur etwas fester auf die Mohrrüben ein, sodass die Stückchen in alle Richtungen flogen.

»Sie kommt in den Reichstag, steht hier. Wenn sie bei der Wahl genauso viele Stimmen kriegt wie bei der Meinungsumfrage, dann kommt sie in den Reichstag.«

Tove hackte weiter mit der breiten Klinge des schweren Küchenmessers auf die Mohrrüben ein.

»Die kommt nicht in die Reichstag«, knurrte sie. »Die kommt in die Hölle.«

Lydia sah auf den Rücken der Schwester. Sie sah die energische Körperhaltung, und sie hörte die schweren Hiebe, wenn das Messer durch die Mohrrübe ins Brett schnitt.

»Du kannst die Zwiebeln schneiden«, sagte Tove.
»Was für ein Referat machst du für Schwedisch?«
»Du kannst die Zwiebeln schneiden.«
»Ich werde von Amnesty erzählen«, sagte Lydia.

»Schneid die Zwiebeln.«

»Ich will keine Zwiebeln schneiden. Dann muss ich immer weinen. Was wirst du machen?«

»Ein Gedicht vortragen.«

»Aber doch wohl nicht das, das Bill dir beigebracht hat?«

»Lass das mal meine Sorge sein. Schneid jetzt die Zwiebeln.«

»Was passiert, wenn Anneli Tullgren in den Reichstag kommt?«

»Dahin kommt sie nicht«, behauptete Tove und suchte in der Schale mit dem Gemüse nach einer roten Zwiebel. »Sie kommt in die Hölle.«

Lydia seufzte.

»Kannst du nicht damit aufhören! Früher hast du gesagt, du willst sie umbringen, und dann hast du dir eingebildet, dass du sie mit einem Hammer geschlagen hast, aber du hast gelogen. Du nervst. Ich will nicht daran erinnert werden, was sie Papa angetan hat! Ich will nicht, dass du mich ständig daran erinnerst!«

Lydia war immer lauter geworden, und schließlich schrie sie die Schwester an.

Tove drehte sich um und warf mit der Zwiebel nach ihr. Sie traf Lydia an der Schulter, und die Zwiebel fiel auf den Boden. Tove nahm eine Packung Hackfleisch aus dem Kühlschrank, stellte eine Pfanne auf den Herd, goss Öl hinein und schaltete die Kochplatte ein.

»Sie hat meinen Papa umgebracht«, sagte Tove. »Sie kommt nicht in den Reichstag. Sie kommt in die Hölle. Und dass du vergessen willst, was Tullgren Papa, Mama, Großmutter, mir und dir angetan hat, darauf scheiß ich.

Denn es gibt kein Vergessen, kannst du das nicht begreifen. Niemand kann vergessen, was Tullgren getan hat. Und wer ein Verbrechen begangen hat, das niemand vergessen kann, und wer neue Verbrechen plant, muss sterben. Das kapierst du nicht. Aber du bist ja religiös, sag mir doch, warum Gott die Sintflut schickte? Sag mir, warum Gott alle vernichtet hat außer Noah, als er sah, wie sich das Böse verbreitete.«

Lydia hörte mit offenem Mund zu, dann fing sie an zu lachen.

»Du vergleichst dich mit Gott! Du bist dreizehn Jahre alt und willst wie Gott handeln. Du sagst, dass Mama verrückt ist! Du bist noch verrückter. Du solltest dich einsperren lassen. Du bist für dich selber eine Gefahr. Du bist drauf und dran, dein Leben zu zerstören.«

»Mach's wie Gott, werde Mensch«, sagte Tove.

Lydia schüttelte den Kopf. »Du bringst alles durcheinander. Du kannst Jesus nicht mit dem Gott des Alten Testamentes in einen Topf werfen. Das geht nicht.«

Tove lachte, ein schrilles und etwas angestrengtes Lachen.

»Ich werfe Gott nicht mit Jesus in einen Topf. Ich versuche nur, in einer Sprache mit dir zu reden, die du verstehst, aber das geht offenbar nicht. Schneid jetzt die Zwiebel.«

In dem Moment kam Pastorin Stare mit ihrem Fahrrad auf den Hof gefahren. Sie hatte Rückenwind und fuhr sehr schnell durch die Pforte. Der Schotter knirschte unter den Reifen. Ihre Haare flogen, genau wie der lange bleigraue Rock. Aine Stare stellte das Fahrrad im Ständer ab, hob die Tasche aus dem Korb vorm Lenker und ging auf die offene Küchentür zu. Lydia hatte gerade die Zwiebel aufgehoben. Sie stand da und sah die Großmutter an. Tove rührte das Hackfleisch in der Pfanne um, das zu zischen begann.

Pastorin Stare stellte die Tasche auf den Fußboden.

»Hier riecht es aber lecker«, sagte sie.

»Sag ihr, sie soll aufhören«, bat Lydia.

»Das musst du ihr schon selber sagen«, antwortete Pastorin Stare und umarmte Lydia. Dann ging sie zu Tove und strich ihr über den Rücken.

»Es gibt Hackfleischsoße«, sagte Tove. »Aber ich kann keinen Knoblauch finden.«

»Sag es ihr«, bat Lydia. »Ich halt das nicht mehr aus, wenn sie sagt, dass sie Anneli umbringen will.«

»Ihr müsst euch vertragen, Mädchen«, seufzte Aina Stare. »Die Welt ist so voller Elend, dass man wenigstens in seiner eigenen Küche Frieden halten sollte, oder?«

»Sie weigert sich, die Zwiebel zu schneiden«, beklagte sich Tove und zeigte mit dem Messer auf die Schwester. »Sie sitzt bloß da und meckert und jammert über alles, was ich sage.«

»Ja, so ist das eben manchmal. Wie war es in der Schule?«

»Wir sollen etwas vortragen«, sagte Tove. Dann nahm sie eine Pastinake und begann sie in kleine viereckige Stücke zu schneiden, die kaum größer waren als Reiskörner.

»Das gefällt dir doch bestimmt?«, vermutete Aina Stare, der aufgefallen war, dass ihre Enkelin eine Begabung hatte, vor Leuten zu stehen und ihre Meinung zu sagen.

»Es gibt Schlimmeres«, sagte Tove, »als vor der Klasse zu stehen.«

»Erklär ihr, warum es falsch ist, sich zu rächen«, bat Lydia.

Die Großmutter sah sie eine Weile an, ohne zu antworten.

»Mach es«, sagte Lydia. »Sag es ihr so, dass sie begreift, dass es falsch ist. Sag ihr, was Jesus gesagt hat.«

»Man soll die andere Wange hinhalten«, zischte Tove. »Glaubst du, ich muss mir so was anhören? Glaubst du, dass so ein blödes Gerede bei mir was bewirkt? Ich weiß, was ich weiß, ich weiß, was los ist. Ich weiß, dass eine andere Medizin nötig ist.«

»Medizin?«, sagte Aina Stare. »Wogegen?«

»Das Böse«, sagte Tove.

Aina Stare zog einen Stuhl heran und setzte sich an den Küchentisch.

»Soll ich die Zwiebel schneiden?«

»Wo ist der Knoblauch?«, fragte Tove.

»Glaubst du, dass der Rächer seiner eigenen Schlechtigkeit entgeht?«, fragte Aina Stare.

Tove antwortete nicht.

32

Telemakos fuhr mit dem Zug in einen Nachbarort. Dort mietete er einen Volvo und fuhr zurück. Er holte die Brüder ab und parkte das Auto im Dunkeln auf dem Folkungavägen.

»Da kommt er.« Telemakos zeigte auf Harri Lipponen-Frändberg, der gerade das Haus verließ.

Telemakos startete den Motor und rollte langsam neben dem Gehweg her, auf dem Harri entlangschlenderte. Er trug ein neues rotes Kapuzenshirt und zog sich gerade die Kapuze über den Kopf, als das Auto ein Stück von ihm entfernt hielt. Harri hörte Musik.

Packin a blade
No use
Packin a gun
No use
I'm packin
A Kalasjnikov
A Kalasjnikov
A Kalasjnikov

Harri machte einen Tanzschritt.

In dem Moment wusste er nicht, dass es der letzte Tanzschritt war.

In seinem Leben.

Die Autotür wurde geöffnet, und Telemakis, der auf dem Rücksitz gesessen hatte, stieg aus. Er versetzte Harri einen Schlag ins Zwerchfell, und als der Junge sich krümmte, packte er ihn im Nacken und stieß ihn ins Auto. Giorgios legte einen Arm um den Hals des Jungen und drückte zu, sodass der Junge keine Luft bekam. Als er nachgab, ließ Giorgios ihn los, und der Junge sackte auf dem Sitz zwischen den beiden Männern zusammen.

Konstantin ordnete sich in den Verkehr ein. Niemand sagte ein Wort, bis das Auto schon außerhalb der Stadt war.

»Was wollt ihr?«, wimmerte der Junge.

Er bekam keine Antwort. Der Junge keuchte. Der Schrecken umgab ihn wie ein fieser Geruch.

»Was wollt ihr?«, wiederholte er, als sie von der Autobahn abbogen. Die Scheinwerfer glitten über den dichten Wald, der den Weg säumte. Hier war kein Verkehr.

Telemakos hob eine Kette auf, die im Auto gelegen hatte. Er schlang sie um die Taille des Jungen und sicherte die Schlinge mit einem Vorhängeschloss.

»Was wollt ihr?«, wimmerte der Junge und begann zu weinen.

Das Auto bog in einen Forstweg ab. Es fuhr viel zu schnell, der Weg war holprig, und die drei Passagiere auf dem Rücksitz wurden durchgeschüttelt.

Giorgios stieß mit dem Kopf gegen die Decke. Das Scheinwerferlicht glitt über Tannen.

Dann hielt das Auto auf einem Wendeplatz am Ende des Weges an. Zwischen den Tannen schimmerte ein kleiner Tümpel. Auf der schwarzen Wasseroberfläche spiegelte sich breit der Mond.

Telemakos stieg aus, die Kette in der Hand. Er zerrte den Jungen aus dem Auto. Giorgios folgte ihnen, und Konstantinos stellte den Motor ab. Die Autolichter erloschen. Ein kräftiger Wind rauschte im Tannenwald, und der Junge fuchtelte schluchzend mit den Armen. Konstantin trat ihm in die Kniekehlen, sodass er fiel. Die Brüder hoben ihn auf und schleiften ihn zu dem Tümpel. Der Junge schrie um Hilfe, verstummte jedoch, als Telemakos ihm mit dem losen Ende der Kette einen Schlag auf die Schulterblätter versetzte. Die Brüder ließen den Jungen hinunter, sodass sein Oberkörper im Wasser landete. Telemakos setzte sich auf den Rücken des Jungen und drückte sein Gesicht unter Wasser. Der Junge strampelte. Nach einer Weile griff Telemakos ihm in die Haare und zog seinen Kopf hoch.

»Wir wollen, dass du was aufschreibst! Zwei Namen!«

Dann drückte er das Gesicht des Jungen wieder unter Wasser.

Der Junge strampelte, seine Zehen suchten nach einem Halt.

»Zwei Namen.«

Und Telemakos riss den Kopf des Jungen hoch.

»Schreibst du die beiden Namen auf?«

Der Junge rang nach Luft und hustete. Dann wurde sein Gesicht wieder unter Wasser gedrückt.

Der Mond verschwand hinter einer Wolke. Konstantinos kam mit einer Taschenlampe und richtete den Lichtstrahl auf seine Brüder, den Jungen und das schwarze Wasser.

Der Kopf des Jungen wurde aus dem Wasser gehoben. Dann richtete sich Telemakos auf. Seine Hose und seine Hemdärmel waren nass. Telemakos und Giorgios stellten den Jungen auf die Beine. Harri spuckte Wasser. Sie schleppten ihn zum Auto und legten ihn vornüber auf die Motorhaube.

»Er hat sich in die Hose geschissen«, stellte Giorgios fest. »Pfui Teufel.«

»Zwei Namen«, sagte Telemakos, und Giorgios legte ein Blatt vor den Jungen hin und drückte ihm einen Filzstift in die Hand. Konstantinos richtete den Lichtstrahl auf das Papier.

»Zwei Namen«, sagte Telemakos.

»Was für Namen?«

Der Junge konnte kaum sprechen, er war ein einziges großes Schluchzen.

Telemakos versetzte ihm mit der Kette einen Schlag in den Nacken. »Wer war in dem Restaurant?«

Der Junge heulte auf.

Telemakos schlug noch einmal zu.

Und der Junge schrieb.

Zwei Namen.

»Telefon«, sagte Telemakos.

»Ich kenne nur eine Telefonnummer«, schluchzte Harri. Er weinte so sehr, dass es ihn schüttelte. »Ich war nicht dabei. Ich hab nichts getan. Bitte!«

»Telefon«, wiederholte Telemakos und schlug mit der Kette zu.

»Die andere Telefonnummer kenne ich nicht«, weinte der Junge. »Ich war nicht dabei.«

Telemakos tastete die Taschen des Jungen ab und holte ein Handy hervor.

»Ruf an.«

»Wen?«, schluchzte der Junge.

Telemakos schlug wieder zu.

»Ruf den an, der in deinem Adressbuch steht, Idiot. Und wenn er sich meldet, sagst du, dass du ihn in einer halben Stunde treffen musst. Hinter dem Bahnhofsgelände. Sag, dass du unter dem Baugerüst stehst. Sag, dass die Bullen wegen des Griechen hinter euch her sind.«

Und Harri Lipponen-Frändberg wählte eine Nummer und schluchzte hervor, was er sagen sollte, und ehe er das Gespräch richtig beendet hatte, nahm Telemakos ihm das Handy weg und drückte auf Aus.

Giorgios hatte eine Luftmatratze und eine Pumpe aus dem Kofferraum geholt.

»Pumpen«, sagte er und zeigte auf die Pumpe.

Der Junge bückte sich im Licht der Taschenlampe, steckte den Schlauch der Pumpe in das Ventil und begann weinend, die Matratze aufzupumpen. Er wagte nicht zu fragen, was es mit der Matratze auf sich hatte.

Als sie prall gefüllt war, steckte Giorgios den weißen Plastikstöpsel in das Ventil und trug die Matratze zum Tümpel. Telemakos zog den Jungen mit sich. Als dieser sich zu Boden fallen ließ und sich wehrte, zerrte Telemakos ihn hoch, indem er die Kette um den Hals des Jungen legte. Dann wickelte er die lange Kette um den Jungenkörper, nahm ein weiteres Vorhängeschloss aus der Tasche und sicherte das Kettenende. Der Junge schrie und bekam einen Faustschlag ins Gesicht. Der Schlag brach ihm das Nasenbein.

Die Matratze wurde aufs Wasser gelegt. Telemakos hob einen Stein auf, groß wie eine Grapefruit. Er schlug gegen den Hinterkopf des Jungen.

Der Junge fiel.

Der Junge fiel.

Aber er war nicht tot.

Noch nicht.

Dann legten sie ihn auf die Matratze. Giorgios hatte sich ausgezogen. Er watete, die Luftmatratze vor sich her schiebend, hinaus in das schwarze Wasser des Tümpels. Nach einer Weile begann er zu schwimmen. Dreißig Meter vom Ufer entfernt, kippte er die Matratze um. Der Junge, eingeschnürt in vier Meter Stahlkette, versank in der Tiefe.

Blasen stiegen auf, als der Junge versank.

Giorgios schwamm mit der Matratze zurück. Telemakos zog den Stöpsel heraus, drückte die Luft aus der Matratze und faltete sie zusammen. Konstantinos machte die Taschenlampe aus, und Giorgios zog sich im Dunkeln an.

»Wie tief ist es da draußen?«, fragte er.

»Drei, vier Meter«, antwortete Telemakos. »Niemand wird jemals herausfinden, wo er geblieben ist. Es könnte höchstens passieren, dass ein Angler mit seiner Schleppangel hängenbleibt. Aber jeder weiß, dass es hier keinen Fisch gibt. Nicht mal Plötzen. Es ist also kein großes Risiko.«

Telemakos warf das Handy des Jungen in den Tümpel. Sie hörten es plumpsen.

»Nehmen wir uns den nächsten vor«, sagte Telemakos.

Sie fuhren zurück. Diesmal fuhr Konstantinos nicht so schnell wie vorher. Bevor sie auf die Landstraße einbogen, zündete er sich eine Zigarette an. Er ließ das Fenster neben dem Fahrersitz herunter und blies den Rauch hinaus.

»Was für ein Wind«, sagte Giorgios. »Das ist ja fast Sturm.«

»Stellt euch vor, wenn wir nun den falschen Jungen erwischt haben«, sagte Konstantinos.

Keiner der Brüder antwortete.

»Stellt euch vor, wir haben den falschen Jungen erwischt«, wiederholte Konstantinos und fädelte sich in den Verkehr auf der Autobahn ein.

»Das ist erledigt«, sagte Telemakos. »Oder? Mit dem sind wir fertig. Jetzt nehmen wir uns den nächsten vor.«

33

Der Wecker klingelte um halb vier. Annika schlief nackt, eine Hand im Schoß. Sie schlief mit offenem Mund und ausgebreiteten Haaren. Fors berührte ihre Hand und stellte den Wecker ab. Er stand auf, duschte und trank eine Tasse Kaffee.

Um vier saß er in dem grünen Golf und war auf dem Weg nach Stockholm. Es war noch dunkel, als er losfuhr, aber als er um Viertel nach sechs in der Birkagatan vor der Hausnummer 22 parkte, war es hell geworden.

Fors hatte eine Thermoskanne dabei und zwei Scheiben Pumpernickel mit Schinken. Er trank Kaffee, aß die Brote und einen Apfel und hörte dabei Radio.

Die Menschen des Stadtviertels kamen aus ihren Häusern. Sie kamen schnell heraus. Sie waren auf dem Weg in den neuen Tag. Und dann begegneten sie dem Wind.

Der Wind.

Er zerrte an ihnen und schob sie fast rückwärts. Die Menschen hielten Mäntel und Jacketts fest. Niemand trug einen Hut. Sie bekamen Staub und Sand ins Gesicht, wenn der Wind in der Rörstrandsgatan Wirbel bildete, um die Ecke fuhr und das Aufgesammelte den Menschen ins Gesicht schleuderte.

Fors hielt den Blick unverwandt auf die Haustür Birkagatan 22 gerichtet. Eine gute halbe Stunde hatte er so gesessen, als der Mann herauskam. Er war schlank und hatte einen schlaksigen Gang, seine Haare waren kurz geschnitten, und er trug schwarze Jeans und eine schwarze Jacke.

Marcus Lundkvist.

Wie beim letzten Mal, dachte Fors. In den Jahren, die

vergangen waren, hatte sich Marcus Lundkvists Aussehen kaum verändert. Vielleicht war der Körper etwas fülliger geworden, aber nicht viel.

Lundkvist verschwand um die Ecke bei der Rörstrandsgatan. Vermutlich war er auf dem Weg zur U-Bahnhaltestelle beim Sankt Eriksplan. Fors gab Lundkvist zehn Minuten.

Dann stieg er aus, öffnete den Kofferraumdeckel und hob eine Baumwolltasche heraus. Sie war schwer, das konnte man sehen, als er sie über die Straße zur Haustür 22 trug. Fors tippte den Code ein, die Tür öffnete sich und er betrat das Treppenhaus.

Lundkvist wohnte im zweiten Stock.

Fors stellte die Tasche ab und öffnete sie. Sie enthielt all die Hilfsmittel, die ehrgeizige Polizisten benötigen, wenn sie in eine Wohnung eindringen wollen, ohne einen Schlüssel zu benutzen oder alle Splinte auszuschlagen.

Fors hörte hinter einer der geschlossenen Türen einen Wecker klingeln. Dann brach das Geklingel ab.

Nachdem er festgestellt hatte, dass in Lundkvists Tür eine Briefeinwurfklappe war, nahm Fors ein Werkzeug aus der Tasche, das »Schleuder« genannt wurde. Dieses Werkzeug wurde vom Schlüsseldienst benutzt, wenn Wohnungsinhaber sich ausgeschlossen hatten. Mit Hilfe der Schleuder öffnete Fors die Tür zu Marcus Lundkvists Wohnung. Die ganze Operation dauerte fünfundzwanzig Sekunden.

Fors nahm die Tasche und betrat die Wohnung.

Der Vorraum war schmal. Es gab einen Wandschrank und ein kleines Bad mit Toilette und Dusche. Das einzige Zimmer hatte ein Fenster, das auf einen Hof mit einer großen Traubenkirsche hinausging. In dem Raum stand ein Doppelbett. Es war ungemacht. Die Laken waren dunkelgrün. Es gab ein Bücherregal mit einer Stereoanlage und drei laufenden Metern Bücher. Neben dem Regal waren einige Fotos an die Wand gepinnt. Darauf sah man junge Männer, die einander die Arme um die Schultern gelegt hatten. Die Männer trugen enge schwarze Hosen, kurze schwarze Jacken, hohe Stiefel und alle die gleichen Mützen. Auf einem der Bilder streckten acht Männer ihre Hände zum Gruß in Richtung Kamera aus. Neben den Bildern der jungen Männer hing das Bild eines Mannes, der auf dieselbe Art grüßte. Der Mann auf dem Bild war Adolf Hitler. Er stand in einem offenen Auto. Im Hintergrund war eine riesige Volksmenge zu sehen.

Vor dem Fenster stand ein Schreibtisch. Darauf standen zwei Pappkartons. Beide waren geöffnet. Fors sah sofort, was die Kartons enthielten.

Zündschnüre für Zünder.

Sie enthielten auch zwei Plastiktüten mit Kapseln für elektrische Zünder. Zehn Kapseln in jeder Tüte.

Es gab einige Fahrpläne und eine detaillierte Zeichnung von Stockholms Hauptbahnhof. Auf dem Fußboden stand eine Rolle mit fünfzig Metern gelbem Kabel von der Sorte, die für Niederspannung benutzt wird. Von der Sorte, die man benutzt, um Sprengladungen detonieren zu lassen. Auf dem Tisch lagen sechs Handys, lauter verschiedene Marken. Außerdem lag dort ein Seitenschneider, an dem noch das Preisschild klebte.

Fors nahm sein Handy hervor, rief die Auskunft an und ließ sich die Nummer von Kriminalkommissar Sture Allén geben.

»Hallo, Sture«, sagte Fors. »Hab ich's mir doch gedacht, dass du zu Hause bist und gerade dein Frühstücksei köpfst.«

»Hallo, Harald, wie geht's? Kommst du nach Stockholm?«

»Ich hab heute morgen eine kleine Autotour unternommen und bin jetzt in Stockholm. Du solltest auch eine kleine Tour unternehmen.«

»Wohin?«, fragte Sture Allén, und man hörte, dass er gleichzeitig einen Schluck Kaffee nahm.

»Vasastan. Birkagatan 22. Ich befinde mich im zweiten Stock. Vor mir liegen fünfzig Zündschnüre für Zünder und zwanzig VA-Kapseln. Auf dem Fußboden steht eine Rolle Sprengdraht. Außerdem liegen hier mehrere Handys, einige Fahrpläne und eine detaillierte Skizze vom Stockholmer Hauptbahnhof. Der Verrückte, der hier wohnt, plant etwas, was der Staatsanwalt Vorbereitung von terroristischen Straftaten nennen wird. Ich schlage vor, du kommst her und bringst gleich ein paar Leute mit, die dieses Rattennest ordentlich durchleuchten können.«

»Ich wohne neuerdings in Tyresö, es wird eine Weile dauern«, sagte Sture Allén. »Aber ich ruf die Jungs bei der Fahndung an, es kommt also jemand. Die sind in zehn Minuten da.«

»Glaubst du, dass sie den Türcode haben wollen?«

»Das glaub ich wohl«, sagte Sture Allén, und man hörte, wie er in ein Butterbrot biss. »Ich glaube, ich muss auch den Geheimdienst informieren.«

Während Fors auf die Leute von der Stockholmer Fahndung wartete, inspizierte er das Bücherregal. Dort gab es zwei Churchill-Biographien, drei Hitler-Biographien und etwa einen laufenden Meter Literatur über den Zweiten Weltkrieg. Es gab auch das »Kochbuch eines Anarchisten« in einer amerikanischen Ausgabe aus den siebziger Jahren, ein zerlesenes Buch von Jerry Rubin, »Soldateninstruktion für die Infanterie«, sowie »Der Soldat im Feld«. Fors berührte nichts, betrachtete aber noch einmal die Fotos. Er hörte, wie die Tür zur Nachbarwohnung zuschlug.

Fors stand am Fenster und schaute auf die Traubenkirsche im Hof. Der heftige Wind hatte keine Kraft mehr, nachdem er einen Weg in den Hof gefunden hatte. Die Traubenkirsche bewegte sich, aber der Wind zerrte nicht an ihr. Fors setzte sich auf den einzigen Stuhl im Zimmer, der vor dem Schreibtisch stand.

Da klingelte Lundkvists Telefon. Der Anrufbeantworter ging an, und Fors hörte eine Frauenstimme.

»Hallo, Marcus, ich wollte dich nur daran erinnern, dass du das Auto am Wochenende holen wolltest. Dann bin ich nicht zu Hause, vergiss also nicht den Haustürschlüssel.«

Fors beugte sich über den Anrufbeantworter und las die Nummer des Anrufers ab. Er benutzte sein eigenes Telefon, um bei der Auskunft zu erfragen, wessen Nummer es war.

»Margit Lundkvist«, war die Antwort. »Möchten Sie die Adresse haben?«

»Ja, bitte«, sagte Fors, der ziemlich sicher war, dass er die Adresse kannte.

Die Frau, die angerufen hatte, war Marcus Lundkvists Mutter.

Fors erinnerte sich an einen Tag vor langer Zeit, erinnerte

sich an eine Fahnenstange mit einer Fahnenschnur, die im Wind schlug, eine gusseiserne Pforte mit einem Muster, und er erinnerte sich an ein gequältes Frauengesicht.

Er rief Carin Lindblom an. Sie meldete sich nicht. Er wartete eine Weile, dann wählte er die Nummer erneut. Diesmal hob sie ab.

»Guten Morgen, Carin«, sagte Fors. »Ich stehe in einer Wohnung in der Birkagatan 22. Gleich kommt die Fahndung. Etwas später werden sie in diesem Loch alles auf den Kopf gestellt haben. Lundkvist ist unser Mann. Vermutlich hat er ein Auto beim Haus seiner Mutter abgestellt. Die Mutter heißt Margit Lundkvist. Nimm Stjernkvist und Tunell mit, und bewacht das Haus. Es könnte sein, dass Lundkvist dort im Lauf des Tages auftaucht. Und wenn nicht, müsst ihr das Auto durchsuchen, das wahrscheinlich vorm Haus steht. Aber das machen wir nicht auf eigene Faust. Schyberg soll jemanden hinschicken. Im Auto könnte Sprengstoff sein, und der könnte gezündet werden. Wir bewachen das Auto nur. Sollte Lundkvist kommen, dann kommt er vielleicht auf einem Motorrad. Dann schnappt ihr ihn euch. Lasst ihn nicht in die Nähe des Autos.«

»Ich verstehe«, sagte Carin. »Ich ruf Stjernkvist an. Da ist noch was.«

»Was?«

»Lundkvist hat zusammen mit Lars-Johan Kristoffersson in der Hällbyanstalt gesessen. Kristoffersson ist als Sprengstofffetischist bekannt. Als er das letzte Mal gefasst wurde, hatte er zwei Kisten Dynamex von einer Baustelle in Blekinge geklaut. Man konnte ihn festnageln. Überall Fingerabdrücke natürlich. Aber die beiden Dynamexkisten waren weg.«

»Wie viel ist in so einer Kiste?«, fragte Fors.

»Sechsunddreißig Kilo, hieß es bei der Baufirma, mit der ich mich gestern unterhalten habe.«

»Sechsunddreißig Kilo«, sagte Fors. »Was kann man mit sechsunddreißig Kilo Dynamex in die Luft sprengen?«

»Man kann sich selbst und alle Menschen, denen man jemals begegnet ist, in Stücke sprengen«, meinte Carin. »Plus alle Autos, die man jemals gefahren hat und alle Gräber, die man jemals graben wollte. Es entsteht ein solcher Knall, dass alle, die sich fünfhundert Meter vom Sprengort entfernt aufhalten, diesen Tag niemals vergessen werden, das ist mal sicher.«

Fors betrachtete die sechs Handys.

»Hat es nicht vor langer Zeit ein Attentat in Malmö gegeben? Die Terroristen hatten Dynamit in einem Zug deponiert, und das wurde durch Handys gezündet?«

»Das ist lange her«, sagte Carin. »Aber ich glaub, so war es. Zweihundert Menschen sind gestorben.«

»Sechsundsechzig Stangen Dynamex und sechs Handys. Das sind sechs Zehn-Kilo-Ladungen«, sagte Fors. »Könnten die eine Ladung für jeden Waggon vorgesehen haben? Was würde passieren, wenn man sechsundsechzig Kilo Dynamex auf dem Stockholmer Hauptbahnhof zündete?«

Fors überprüfte den Fahrplan, auf dem jemand beim Fernzug nach Östersund ein Zeichen gemacht hatte.

»Der Stockholmer Hauptbahnhof«, sagte Carin Lindblom, »der Stockholmer Hauptbahnhof würde nie mehr das werden, was er einmal war.«

34

Tove saß am Frühstückstisch und hielt den Atem an. Vor ihr auf dem Teller lag eine Scheibe Toastbrot mit einem Klacks Himbeermarmelade. Neben dem Teller stand eine Tasse Tee. Die Tasse hatte zwei Henkel und war blau. Aus dem Obergeschoss rief Lydia. Tove konzentrierte sich darauf, die Rufe der Schwester zu überhören.

Vor ihrem inneren Auge sah sie, wie sie das Krankenzimmer betrat, in dem Tullgren lag. Tove riss ein Kissen an sich und drückte es auf Tullgrens Gesicht. Tove legte sich auf das Kissen und zählte bis sechzig. Sechzig Sekunden, dachte Tove. Sechzig Sekunden ohne Sauerstoff.

Dann ist Tullgren tot.

35

Als Fors das Gespräch mit Carin Lindblom beendete, hörte er schwere Schritte im Treppenhaus. Er ging zur Wohnungstür, öffnete sie einen Spalt und spähte hinaus. Ein großer keuchender Mann kam die Treppe herauf. Er trug ein kurzärmeliges weißes Hemd über den Jeans und hatte einen roten Bart. Hinter ihm kam ein kleiner Mann in zerknautschtem kittfarbenen Baumwollanzug und Gesundheitssandalen. Er trug eine Brille mit runden Gläsern und sah säuerlich drein.

»Lasse Brigg«, keuchte der Große und zeigte seinen Ausweis. »Sind Sie Fors?«

»Das ist richtig.«

»Jakobsson«, knurrte der Kleine und versuchte an Fors vorbei in die Wohnung zu schauen.

»Kommen Sie herein und sehen Sie sich um«, sagte Fors.

Der Große roch nach Schweiß, und der Geruch nahm zu, als er sich an Fors vorbeidrängte. Fors folgte ihm in die Wohnung. Der Kleine kam als Letzter und ließ die Tür einen Spalt offen. Er warf Fors einen giftigen Blick zu.

»Weit weg von zu Hause, was?«

»Wir Landeier müssen uns immer wichtigmachen«, behauptete Fors.

»Hier wohnt ein netter Kerl, das kann man schon von Weitem sehen«, schnaubte der Große. »Schaut euch bloß an, was der alles gesammelt hat.«

Er musterte Fors.

»Da ist doch nichts geladen?«

»Wie meinen Sie das?«, fragte Fors.

»Dass er den Kühlschrank scharf gemacht haben könnte«, erklärte der Kleine. »Solche Typen können bösartig sein, da haben wir so unsere Erfahrungen.«

»Vielleicht kracht es, wenn man die Klospülung betätigt.« Der Große lachte. »Wir müssen ausräumen.«

Fors begriff nicht, worüber der Kollege lachte.

Der Kleine hatte schon das Telefon in der Hand. Während er eine Nummer wählte, neigte sich der Große etwas vor und musterte das Foto von Hitler.

»Er steht in einem Mercedes, oder? Wie kann man so verrückt sein?«

Der Große ächzte und bog den Rücken durch. Er legte seine rauen roten Hände in die Nierengegend.

Viel zu dick, dachte Fors. Rückenschmerzen.

»Ist doch ganz einfach«, behauptete er. »Miese Kindheit.«

»Blödes Gerede«, fauchte der Große. »Ich hatte eine Kindheit, die würde Sie zum Weinen bringen, wenn ich daraus erzählen würde. Gucken Sie mich an, was aus mir geworden ist, der netteste Bulle bei der Stockholmer Polizei.«

»Wir haben hier jede Menge Sprengstoff vor uns«, meldete der Kleine an seinem Handy, während er sich mit einem Nagel an der Nasenwurzel kratzte. »Birkagatan 22. Alles voll mit lauter Zeug, das darauf hindeutet, dass es Dynamit, TNT oder irgendeinen selbst gemachten Scheiß ergibt. Wir müssen von der Rörstrandsgatan bis zum Karlbergsvägen absperren und die Häuser räumen.«

Der Kleine schwieg eine Weile und starrte den größeren Kollegen an. »Um wie viele Gebäude geht es?«

»Keine Ahnung.« Der Große lachte. »Zwanzig Gebäude auf jeder Seite vielleicht.«

»Vierzig Gebäude«, sagte der Kleine ins Telefon und sah noch verdrossener drein.

Da ertönten schnelle Schritte auf der Treppe, und in der Türöffnung tauchte die Chefin der Abteilung F des Geheimdienstes, Karin Alke, auf. Hinter ihr kam, rot im Gesicht und heftig keuchend, ihr engster Mitarbeiter, Kommissar Rutger Schyberg.

»Sind Sie nicht ein bisschen weit von zu Hause entfernt?«, fragte Alke, nachdem sie Fors zugenickt hatte.

»Geheimdienst«, sagte Schyberg und zeigte den beiden Polizisten von der Stockholmer Fahndung seinen Ausweis.

»Wir sperren von der Rörstrandsgatan bis Karlsbergsvägen ab«, sagte der Kleine.

Alke nickte, beugte sich über den Schreibtisch und studierte die Zünder.

»Innerhalb von fünf Minuten haben wir Scharfschützen auf den Dächern«, teilte Schyberg mit und sah dabei mächtig zufrieden aus.

»Oje«, sagte Fors.

»Wir haben es mit einem Drohbild zu tun«, sagte Schyberg. »Alarmstufe 1.«

Alke schwieg.

»Die Einsatzkräfte sind unterwegs«, sagte Schyberg, der seinen Laptop geöffnet und auf den Stuhl gestellt hatte. Er schloss den Laptop an sein Telefon an und gab einige Befehle ein. »Die Schutzpolizei räumt die Häuser. Die Männer werden in einer halben Stunde hier sein. Hoffentlich knallt es nicht schon vorher.«

»Was soll knallen?«, fragte Fors.

Schyberg und Alke schwiegen. Fors wurde klar, dass er die falschen Fragen stellte. Vom Geheimdienst kann man keine Angaben erwarten, nicht einmal dann, wenn man gerade einen Plan entlarvt hat, bei dem es sich um eine Bedrohung für die allgemeine Öffentlichkeit handelt.

Im Treppenhaus ertönte Getrampel, und dann Klopfen und Klingelsignale an den Wohnungstüren. »Guten Morgen, hier ist die Polizei. Das Haus ist bedroht und wir müssen Sie bitten, es zu verlassen.«

»Was bedroht denn das Haus?«, fragte Fors.

Der Kleine zeigte mit überlegener Miene auf den Schreibtisch.

»Auch wenn Sie vom Land sind, wird Ihnen ja wohl klar sein, dass jemand, der solches Spielzeug sammelt und sich Adolf Hitler an die Wand hängt, ziemlich falsch gepolt sein muss. Bei so einem muss man mit allem rechnen. Vielleicht hat er die Bude vermint und lässt sie hochgehen, wenn sie voller Bullen ist.«

Schyberg wurde blass.

»Scheiße«, stöhnte er. »Daran haben wir nicht gedacht. Es könnte eine Falle sein.«

»Alle, die im Zimmer nicht benötigt werden, verlassen es«, kommandierte Alke mit gerunzelter Stirn. Dann beschrieb sie mit ausgestreckter Hand und gerecktem Zeigefinger einen Halbkreis, ungefähr wie ein Popmusiker, der auf der Bühne steht und auf das Publikum zeigt, weil es blöd genug ist, ein Vermögen dafür zu bezahlen, um sich Geräuschen auszusetzen, die die reinste Ohrenplage sind.

»Die Wohnung muss durchsucht werden. Matratzen, hinterm Kühlschrank, der Spülkasten in der Toilette, hinter den Tapeten, unter der Spüle, das Rollo, alles, was nicht niet- und nagelfest ist. Sorg dafür, dass Leute von uns kommen.« Sie gab Schyberg ein Zeichen, der sofort etwas in seinen Laptop eingab.

»Geht anrufen nicht schneller?«, fragte Fors auf seine praktisch-ländliche Art.

»Die arbeiten mit Code«, sagte der Große, der Schybergs Bildschirm musterte. »Sehen Sie mal, was er schreibt. *FA app12 rhotKK*. Wer soll so was verstehen?«

»Darf ich die Herren bitten, die Wohnung zu verlassen«, kommandierte Alke.

»Mit Vergnügen«, antwortete Fors. »Wenn man die eventuelle Bedrohung bedenkt, mit größtem Vergnügen. Aber ist es denn draußen auf der Straße sicher?«

»Warum nicht?«, fragte Schyberg.

»Scharfschützen«, sagte Fors. »Kann man sich auf die verlassen?«

Schyberg lächelte und klopfte Fors auf die Schulter.

»Du bist immer etwas ängstlich gewesen, Harald. Wie steht es mit deiner Flugangst? Ist die vorbei?«

»Klar«, sagte Fors. »Aber ich glaube, du hast letztes Mal meinen Kugelschreiber eingesteckt.«

»Wirklich?«

Schyberg sah verblüfft aus, öffnete sein Jackett und nahm einen vergoldeten Cross aus der Innentasche. Er betrachtete den Stift mit gerunzelter Stirn.

»Nein, ich glaub nicht. Der ist ganz neu. Ich hab meinen neulich verloren. Das sind teure Kugelschreiber, auf die muss man aufpassen.«

»Leihst du ihn mir bitte mal?«, sagte Fors.

»Ich weiß nicht.« Schyberg zögerte. »Es ist ein guter Kugelschreiber. Ich habe ihn gerade gekauft.«

Fors sah Alke an.

»Befehlen Sie ihm, mir einen Stift zu leihen«, sagte er. »Ich muss eine dienstliche Notiz machen.«

»Jesus!« Alke stöhnte und verdrehte die Augen. »Leih ihm in Gottes Namen deinen Kugelschreiber.«

Schyberg reichte Fors seinen vergoldeten Cross. Fors nahm ihn entgegen und ging zur Tür.

»Du kriegst ihn gleich wieder!«, rief er, ohne sich umzudrehen, und ging die Treppen hinunter. Unterwegs begegnete er zwei uniformierten Polizistinnen und einem Mann in Zivil, der einen Labrador an einer langen Leine führte.

Fors fand es angebracht, seine Schritte zu beschleunigen. Auf der Straße traf er Kommissar Sture Allén.

»Entschuldige, dass ich dich beim Frühstück gestört habe«, sagte Fors und reichte ihm die Hand.

Allén trug ein dunkelblaues Pikeeshirt und eine dunkelblaue Hose aus Synthetik, dazu farbige Sneakers. Unter der Nase hatte er so etwas wie eine seltsame Verfärbung.

»Ein Schnurrbart«, sagte Fors, »den hattest du bei unserem letzten Treffen noch nicht.«

»Es ist erst die Anfangsphase«, behauptete Sture Allén. »Ich wollte mir zur Hochzeit meiner Tochter eine Schnodderbremse zulegen. Sie heiratet einen Major der Royal Air Force. Very stiff upper lip.«

»Fly me to the moon«, sagte Fors und sah sich um. »Wie die absperren! Und wie sie die Häuser räumen! Hast du den Geheimdienst angerufen?«

Allén zuckte mit den Schultern und betastete den Ansatz seines Schnurrbarts. Er hatte kaum Bartwuchs und musste sich nur jeden dritten Tag rasieren.

Die Birkagatan war voller Polizeiwagen mit blinkendem Blaulicht auf den Autodächern, und aus allen Türen strömten Menschen, die Morgenmäntel über den Schlafanzügen trugen. Manche hatten nur Pantoffeln an den Füßen. Der Wind zerrte an ihrer Kleidung. Vier Polizisten waren damit beschäftigt, sich Schutzwesten und Helme anzulegen.

»Sind meine Jungs schon da?«, fragte Allén.

»Klar«, sagte Fors. »Plus Alke und Schyberg vom Geheimen. Und ein Bombenhund.«

»Mist«, sagte Allén. »Ich bin allergisch gegen Hundehaare. Danach bin ich mehrere Tage krank.«

»Wirklich Mist«, sagte Fors. »Ich muss heim in die Provinz. Ich glaube, Alke und Schyberg wissen alles, was man von dem, der im zweiten Stock wohnt, wissen muss. Ob sie allerdings mitteilsam sind, das steht auf einem anderen Blatt.«

»Fahr vorsichtig«, ermahnte ihn Allén. »Bei uns draußen hat der Sturm Bäume auf die Straße geschmissen.«

»Bis dann«, sagte Fors. »Richte Schyberg aus, dass ich seinen Kugelschreiber auf den Stromverteilerkasten dort lege.«

Er zeigte auf einen grau gestrichenen Kasten neben der Haustür.

»Mach ich«, sagte Allén. »Hast du die Heckenschützen da oben auf dem Dach gesehen?«

Er zeigte hinauf.

»Ja«, sagte Fors. »Aber ich versteh nicht, wozu das gut sein soll. Nicht mal wenn Marcus Lundkvist extrem beschränkt wäre, würde er sich in dieses Durcheinander begeben, falls er was zu Hause vergessen hätte.«

»Das ist wohl wahr«, sagte Allén. »Wo hast du den Hund gesehen? War das so ein langhaariger Brecher?«

»Pass auf dich auf«, sagte Fors und ging zu seinem Auto.

Er fuhr durch die Absperrungen und ließ die Stadt hinter sich. Dann rief er Carin an.

»Was ich über das Motorrad gesagt habe«, sagte er, »muss ja nicht unbedingt stimmen. Wie soll er das wieder mitnehmen, wenn ein Auto auf ihn wartet? Vielleicht kommt er mit dem Zug?«

»Daran haben wir auch schon gedacht«, sagte Carin. »Spjuth und ein Mann von der Schutzpolizei sitzen beim Bahnhof. Ich hab gerade mit Hammarlund gesprochen. In fünf Minuten ist ein Helikopter in der Luft. Dann haben wir die Kontrolle über eventuelle Motorräder auf den Zufahrten. Außerdem hab ich jetzt Lundkvists Auto gesehen. Es ist ein Minibus. Der ist auf den Namen seiner Mutter zugelassen.«

»In zwei Stunden bin ich zu Hause«, sagte Fors. »Was sagt Hammarlund?«

»Dass wir räumen müssen.«

»Dann verschrecken wir Lundkvist.«

»Wir müssen räumen. Sollten in dem Bus sechsundsechzig Kilo Dynamex liegen, können wir die Leute schlecht beim Frühstückskaffee sitzen lassen, falls es knallt.«

»Ich ruf Hammarlund an«, sagte Fors.

Er wählte Hammarlunds Nummer, aber alle Leitungen waren besetzt. Fors ließ das Seitenfenster herunter, nahm Schybergs vergoldeten Cross und warf ihn hinaus. Dann beschleunigte er das Tempo.

Er stellte das Radio an und drehte den Ton lauter.

Trink aus dein Glas, der Tod steht auf der Schwelle, wartet auch noch, ein Stündlein oder zwei.

Fors sang laut mit.

Bellman hatte er schon immer gemocht.

38

Tove fuhr zusammen mit Lydia auf dem Fahrrad von der Schule nach Hause.

»Guck mal, ein Polizeihubschrauber.«

Lydia zeigte zum Himmel, und die beiden Mädchen schauten hinauf.

Gleich darauf erreichten sie den Pfarrhof. Tove trank einen Becher Kakao und aß einen Wecken.

Lydia ging nach oben, um mit den Hausaufgaben anzufangen.

Tove ging wieder hinaus auf den Hof und setzte sich aufs Fahrrad. Sie fuhr in die Stadt und hielt vor Floras Blumenladen an. Dort kaufte sie eine weiße Lilie und bat, sie gut einzuwickeln.

Dann fuhr sie weiter in Richtung Zentralkrankenhaus. Sie hatte Wind von vorn, und als sie ankam, waren ihre Beine ganz schwach.

Auf dem Parkplatz vor dem Krankenhaus stand ein Polizeiauto. Tove ging daran vorbei durch den Eingang und weiter zum Informationstresen. Dort fragte sie nach der Intensivstation.

Die Frau warf einen Blick auf Toves eingewickelte Blume, und um ihre Lippen spielte ein Lächeln. Vielleicht sollte es freundlich aussehen.

Tove hatte das Gefühl, dass es ein durchschauendes, allwissendes Lächeln war.

Die Frau beugte sich über den Tresen und zeigte ihr mit langen lachsfarben lackierten Fingernägeln die Richtung. Tove warf einen Blick auf das Metallschildchen an dem offenen weißen Kittel der Frau.

Sirpa Kaurismäki.

Sirpa, du weißt nicht, was du tust, aber du zeigst mir den Weg zu meinem Ziel, meiner Bestimmung, meinem Schicksal.

Dachte Tove.

Der Tag davor.

Kommissar Nylander hatte mit Hjelm und Bodström gesprochen. Sie sollten auf dem Teppich bleiben. Sie sollten sich verdammt ruhig verhalten. Sie sollten im Korridor der Intensivstation sitzen und Tullgren bewachen. Natürlich konnte sie nicht rund um die Uhr von zwei Personen bewacht werden, aber tagsüber sollte sie bewacht sein. Wie sie sich die Zeit einteilten, war Nylander im Prinzip egal.

Behauptete er.

Danach begann er mit der Befehlserteilung.

Bodström und Hjelm standen stramm vor seinem Schreibtisch. Nylander kaute unablässig auf einem abgebrochenen Streichholz.

Noch Fragen?

Hjelm und Bodström hatten einen Blick getauscht. Wie machen wir das mit den Pausen?, hatte Hjelm gefragt. Pausen?, hatte Nylander gegähnt und das Streichholz in Richtung Papierkorb gespuckt. Ihr nehmt eure Pausen wie gewöhnlich. Muss ich dann Bodström rufen, wenn ich zum Essen gehe?, hatte Hjelm gefragt. Nylander hatte geschnaubt. Tullgren ist nicht der Staatsminister. Wir bewachen sie, aber eine Rund-um-die-Uhr-Bewachung ist nicht möglich, wenn wir nur zwei Leute und keine Ablösung haben, das kapiert ja wohl jeder. Dann gehen wir also essen wie üblich?, hatte Hjelm gefragt. Klar, antwortete Nylander. Und Kaffee und all das andere? Einer von euch kommt in der Früh, der andere löst ihn ab, entschied Nylander. Die Bewachung beginnt morgen früh um sechs Uhr. Einer hält bis vierzehn Uhr die Stellung. Der, der um zwei übernimmt, bleibt bis zehn

Uhr abends. Von zehn bis sechs muss das Reichstagsluder allein klarkommen. Ab zweiundzwanzig Uhr gibt es eine Nachtschwester auf der Station, dann ist es ruhiger. Wenn was ist, müssen sie es selbst in die Hand nehmen. Diese Operationsschwestern sind knallhart, überlegte Nylander laut. Die schneiden einem den Schwanz ab, eh man auch nur zwinkern kann. Wer so einer in die Finger gerät, der kann einem leidtun.

Bodström und Hjelm lachten.

Dann fangen wir also morgen früh an?

Klar, bestätigte Nylander. Wollt ihr noch was wissen? Nicht. Dann können die Herren abtreten.

Und das hatten die Herren mit Entzücken und einem Gefühl der Erleichterung getan.

Als Tove vom Empfang im Erdgeschoss zu den Fahrstühlen ging, hörte sie die eigenen Schritte im Korridor hallen, obwohl sie Schuhe mit weichen Sohlen trug. Sie hörte ihre eigenen Schritte, als hallten sie in ihrem Kopf. Sie war so erfüllt von ihrem Plan und ihrer Zielstrebigkeit, dass sie die eingewickelte Blume so fest umklammerte, dass ihre Fingerknöchel weiß wurden. Ihre Handflächen waren nass, und das Blumenpapier begann sich aufzulösen.

Ihr Herz hämmerte.

Ihr Mund war trocken.

Dann nahm sie den Fahrstuhl.

Sie war erfüllt von dem, was sie für ihre Aufgabe hielt, die Aufgabe, die sie mit dem Wind, dem Sturm, im raschelnden Laub in den Ulmen und Eichen um das Pfarrhaus bekommen hatte.

Jetzt sollte Tullgren sterben.

Das Krankenhaus war in mehrere Gebäude aufgeteilt, wovon das älteste 1898 errichtet worden war. Eins der Gebäude war so neu, dass noch nicht alle Fußleisten gestrichen waren. Das Hauptgebäude, in dem sich die sechs Zimmer der Intensivstation im Kellergeschoss befanden, war 1975 eingeweiht worden.

Das Krankenhaus beschäftigte zweitausend Menschen mit den unterschiedlichsten Aufgaben und war eingerichtet worden, um eine ganze Region zu versorgen.

Es gab einen Katastrophenplan.

Für den Katastrophenfall gab es drei Alarmstufen.

In dem Augenblick, als Tove den Fahrstuhl betrat, rief der verantwortliche Arzt beim Empfang der Intensivstation an und verkündete die Alarmstufe eins. Man hatte den Verdacht, dass sich in einem Minibus, der zwei Kilometer vom Krankenhaus entfernt in einem Villengebiet abgestellt war, Sprengstoff befand. Die Polizei hatte mobil gemacht und das Villengebiet sollte geräumt werden. Ob die diensthabende Schwester, die Gunnel Almgren hieß, sich bitte am Empfang der Intensivstation im Zimmer des verantwortlichen Arztes einfinden könne.

Sofort.

Gunnel Almgren verließ den Schreibtisch, an dem sie größtenteils arbeitete. Sie benutzte das tragbare Haustelefon, während sie den Verbindungstrakt betrat und den Kollegen Matzler bat, sie zu vertreten. Dann nahm sie einen Tretroller und bewegte sich hundertfünfzig Meter durch den Verbindungsgang, stellte den Roller ab und betrat den Raum, in dem sich vier Ärzte und genauso viele Krankenschwestern versammelt hatten.

Als Gunnel Almgren den Roller abstellte, verließ Tove den Fahrstuhl. Sie ging durch den Verbindungsgang und begegnete grün gekleideten Männern und Frauen, die sich hastig und mit flatternden Kitteln auf Tretrollern bewegten. Tove hatte das Gefühl, als schwebten die Flatterkittel durch die Luft, als würden die Räder der Tretroller den Betonboden gar nicht berühren.

Sie dachte: Blocksberg.

Dann war der Gedanke weg.

Unter dem leuchtenden Schild INTENSIVSTATION war eine grau gestrichene Tür. Tove öffnete sie und entdeckte Hjelm.

Dieser saß zurückgelehnt auf einem Stuhl, der viel zu klein für den großen Körper wirkte. Tove ging auf den uniformierten Polizisten zu.

»Jemand ist gerade dabei, ein Polizeiauto auf dem Parkplatz aufzubrechen«, behauptete sie.

Hjelm musterte das magere Mädchen mit den ernsten Augen. Sie konnte kaum älter als vierzehn sein, trug ein grünes offenes Flanellhemd und darunter ein verschlissenes T-Shirt. Mit der rechten Hand umklammerte sie eine Blume, die so lang war wie der Arm des Mädchens, eingewickelt in weißes Papier.

»Wirklich?« Hjelm stand auf.

»Er hat einen Kuhfuß und will den Kofferraum aufbrechen«, behauptete Tove.

Hjelm setzte seinen schweren Körper in Bewegung, und als er die grau gestrichene Tür erreichte, riss er sie auf, als wäre sie zugeschlossen und müsste mit aller Gewalt geöffnet werden.

Tove warf einen Blick durch das große Glasfenster.

Dort drinnen, in einem ordentlich gemachten Bett, lag Anneli Tullgren. Sie sah aus, als ob sie schliefe.

Die Decke war butterblumengelb.

Tullgrens Augen waren geschlossen, der Mund offen.

Tove drückte die Tür auf und ging hinein.

Sechs Ärzte und acht Krankenschwestern drängten sich in diesem Augenblick in dem engen Arztzimmer. Alle standen, bis auf den Mann hinter dem Schreibtisch, der telefonierte. Jetzt legte er auf und sah die Versammelten an.

»Im Gröntoftavägen, mitten im Villenviertel, steht ein Kastenwagen voller Sprengstoff, vierhundert Meter von der Kita Kohlmeise entfernt. Von der Gröntoftaschule bis zum Auto sind es sechshundert Meter.«

»Wir wohnen im Gröntoftavägen«, flüsterte Gunnel Almgren. »Und meine Kinder gehen zur Gröntoftaschule.«

Alle im Zimmer warfen ihr einen Blick zu. Ein Röntgenarzt mit Kugelbauch und zwei Tage alten Bartstoppeln und zwei Haaren, die aus dem einen Nasenloch ragten, legte einen Arm um Almgrens Schulter.

»Wir gehen von Alarmstufe eins zu Alarmstufe zwei über«, sagte der Mann hinterm Schreibtisch und sah Gunnel Almgren in die Augen.

»Sie haben angefangen, die Schulen und Häuser zu räumen.«

»Und es ist keine Übung?«, fragte ein sehr großer dünner Mann mit dicken Brillengläsern und einem weißen Kittel, der viel zu klein wirkte.

»Es ist keine Übung«, versicherte der Mann hinter dem Schreibtisch. »Wir leiten Alarmstufe zwei ein.«

37

Tove schloss die Tür hinter sich und schob einen Stuhl davor, sodass die Klinke nicht von außen heruntergedrückt werden konnte. Dann ging sie zu dem Bett, in dem Anneli Tullgren mit geschlossenen Augen lag. Hinter Tullgren stand ein Apparat, in dem ein elektrischer Impuls regelmäßig eine grüne gezackte Linie vor einem dunklen Hintergrund zeigte. Neben Tullgren stand ein vernickeltes Tropfgestell auf Rädern, und zu ihrem rechten Arm führte ein hautfarbener Schlauch, der mit einer Kanüle abschloss. Die Kanüle steckte in einer Vene an Tullgrens rechtem Unterarm. Tove ging noch einmal zur Tür und zog einen gelbweiß gestreiften Vorhang vor das Fenster in der Tür.

Dann kehrte sie an Tullgrens Bett zurück.

Der Duft von den vielen Blumen.

Draußen im Park zerrte der Wind an den Bäumen, er riss an etwas, das an der Fassade des Gebäudes befestigt war. Tove legte ihre Hand auf Tullgrens Arm direkt über der Kanüle. Darüber klebte ein zeitungspapierfarbenes Pflaster.

Tove schloss die Hand um den Schlauch mit der Nährflüssigkeit und beobachtete Tullgrens Gesicht. Tullgrens Mund stand offen, die Lippen waren farblos, das Gesicht hatte die Farbe von gekochtem Dorsch.

Dann riss Tove die Kanüle heraus.

Tullgren schlug die Augen auf.

Gunnel Almgren stieg wieder auf den Tretroller. Ihr Herz schlug, als wollte es ihren Brustkorb sprengen. Ihr Mund war trocken. Ein lautloser Schrei saß wie ein lebendiger Vogel in ihrem Hals.

Die Jungen, ihre Söhne, pflegten auf der Straße zu spielen. Sie spielten mit dem Skateboard. Auf der Straße. Ihre Söhne. Sie pflegten auf der Straße zu spielen. Nach der Schule. Ihre Söhne.

Ihre Söhne.

Die Söhne auf der Straße. Das Skateboard. Ein Auto, hatte er gesagt. Mit Sprengstoff. Auf der Straße. Wo die Söhne zu spielen pflegten. Auto mit Sprengstoff. Bilder aus den Nachrichten. Brennende Autos, zerrissene Körper.

Ihre Söhne.

Der kleine Vogel in ihrem Hals gab einen unartikulierten Laut von sich.

Sie stieß sich mit schwachen Beinen vorwärts. Der Albtraum hatte die Gestalt des Verbindungsganges mit den lindgrünen Wänden angenommen. Als sie den Tretroller abstellte, fiel er um. Sie kümmerte sich nicht darum. Sie ging zum Empfangstresen, wo ihr Arbeitsplatz war. Es war nicht erlaubt, innerhalb der Krankenhausgebäude Handys zu benutzen. Sie könnten die empfindliche medizinische Ausrüstung stören. Gunnel Almgren ging hinter den Tresen. Kollege Matzler telefonierte über einen Festanschluss. Almgren hob den Hörer eines Telefons ab und wählte die Handynummer ihres ältesten Sohnes.

Er meldete sich nicht.

Sie rief den Jüngsten an.

Er meldete sich.

Tomas, und ihre Stimme versagte, Tomas, wo bist du? Bei Großmutter. Die Polizei hat die Straße abgesperrt. Wir durften nicht nach Hause gehen. Danke, lieber Gott, danke, lieber Gott, hallte es in Gunnel Almgren wider.

Kann ich mal mit Eskil sprechen. Warte. Und dann hörte sie die Stimme ihres ältesten Sohnes. Es klang, als würde er auf etwas kauen. Was ist? Ihr müsst bei Großmutter bleiben, hörst du, ihr müsst bei Großmutter bleiben.

Was ist mit dir los?

Danke, lieber Gott!

Danke, lieber Gott!

Nichts. Ich wollte nur wissen, wo ihr seid.

Bist du verrückt?, hörte sie ihren Zwölfjährigen sagen. Großmutter hat Pie gebacken, Kirschpie. Das solltest du auch mal machen. Dazu gibt's Eis. Wie schön, sagte Gunnel Almgren, und Tränen liefen ihr über die Wangen. Wie schön, dass ihr Pie esst, Eskil. Ich werde auch mal Kirschpie backen.

Und sie versprach sich selber, sie würde Kirschpie backen.

Danke, lieber Gott.

Dann beendete sie das Gespräch und schaute auf.

Der Polizist mit den kurz geschnittenen Haaren war nicht da. Jemand hatte die gelb-weiß gestreiften Vorhänge an der Tür zu Anneli Tullgrens Zimmer zugezogen.

Fors hielt bei einer Tankstelle und trank eine Tasse Kaffee. Er musterte die in Plastikfolie verpackten Butterbrote. Weißbrot mit Käse, der wie ungewaschene Socken schmecken würde, ein welkendes Salatblat. Er kaufte sich eine Rosinenschnecke, aß sie auf, bezahlte und ging zum Auto. Er legte eine CD ein und hörte Ella Fitzgerald, die Cole Porter sang. Als er die Stadtgrenze passierte, hatte er zwölf Songs gehört und alle mitgesungen, und einige hatte er mehrere Male gehört.

Über der Stadt kreisten zwei Helikopter. Fors rief Hammarlund an.

»Wo bist du?«, sagte Hammarlund.

»Am Rondell bei der Gustavskirche, wo bist du?«

»Wir haben eine Kommandozentrale in der Kita Kohlmeise eingerichtet.«

»Wie muss ich fahren, um nicht aufgehalten zu werden?«

Hammarlund erklärte ihm, wie die Absperrungen errichtet worden waren, und Fors fuhr einen Bogen um den Gröntoftavägen und erreichte die Kita Kohlmeise.

Vor dem Gebäude standen vier Streifenwagen, drei Krankenwagen, ein Einsatzwagen des Rettungsdienstes und einige nachlässig geparkte zivile Wagen. Um die Kita herum hatte man die blau-weißen Plastikbänder der Polizei gespannt. Außerhalb der Plastikbänder standen zwei Fernsehteams und mehrere Pressefotografen. Ein Journalist, der ein Tonbandgerät an einem Riemen über der Schulter trug, versuchte Fors' Auto zu stoppen, als ein uniformierter Polizist das Band anhob, damit Fors zum Parkplatz fahren konnte.

Fors parkte seinen Golf neben Hammarlunds dunkelblauem Volvo. Er legte den Kopf in den Nacken und schaute in den Himmel. Dort oben in etwa dreihundert Metern Höhe, wie er schätzte, schien ein Polizeihubschrauber stillzustehen.

Fors betrat die Kindertagesstätte.

Hammarlund saß an einem Tisch, der für sehr kleine Kinder bestimmt und geeignet war. Der Stuhl, auf dem er saß, war auch für kleine Kinder bestimmt. Hammarlunds Knie waren in Höhe seines Kinns.

Ihm gegenüber saß der stellvertretende Chef des Rettungsdienstes, Olov Styrbjörnsson. Dieser hatte sehr lange Beine, und sein Gesicht guckte zwischen seinen knochigen Knien hervor. Auf einem blauen viereckigen Kissen zwischen Styrbjörnsson und Hammarlund saß die Polizeichefin des Regierungsbezirks, Bodil Malmgren. Es sah aus, als müsste sie jeden Moment von ihrem Kissen fallen. Sie trug eine weiße Uniformbluse mit viel Gold auf den Schulterklappen. Vor ihr lag eine weiße Schirmmütze.

»Hallo, Bodil.« Fors nickte ihr zu. Sie hatten zusammen im selben Chor gesungen. Fors hielt sie für eine gute Sängerin. Er hielt sie jedoch für eine miserable Vorgesetzte.

»Es muss doch noch andere Stühle geben?«, sagte er. »Oder?«

»Nylander hat sie alle eingesammelt, als er ankam«, antwortete Hammarlund. »Er sitzt mit dem Einsatzkommando dort drinnen.«

Hammarlund zeigte auf eine geschlossene Tür. Fors zuckte mit den Schultern. Dann berichtete er, was er in der Wohnung an der Birkagatan 22 gefunden hatte.

»Es könnte sein, dass Lundkvist auf dem Weg hierher ist«, spekulierte Fors.

»Seine Mutter meinte, das Auto würde abgeholt werden. Tja ... Wenn Lundkvist in diesem Moment ankommt und die Absperrungen sieht, dann weiß er, was die Stunde geschlagen hat. Und wir kriegen ihn nie.«

»Wir können ihn außerhalb der Stadt abfangen«, meinte Hammarlund. »Wir errichten Sperren an den Einfahrten. Wir können es als Geschwindigkeitskontrollen kaschieren.«

»Wir wissen nicht, wie er ankommt«, bemerkte Fors. »Er besitzt ein schweres Motorrad, aber er kann genauso gut ein anderes Verkehrsmittel benutzen. Worauf sollen die Leute achten, wenn wir bei den Einfahrten überwachen? Wir meinen zu wissen, dass er daran interessiert sein könnte, das Auto vor dem Haus seiner Mutter zu erreichen. Wir haben kein aktuelles Foto von ihm, nehme ich an? Wie sollen die Leute ihn also erkennen?«

»Es geht um einen Bus«, sagte Hammarlund, »einen Minibus. Und es ist nicht sicher, dass Sprengstoff darin ist. In diesem Punkt können wir keinerlei Risiko eingehen.«

»Bombenexperten sind vor Ort. In diesem Augenblick öffnen sie den Bus«, teilte Malmgren mit und leckte sich über die Oberlippe. Das war eine Angewohnheit von ihr. Wenn sie erregt war, leckte sie sich über die Oberlippe.

»Gut«, sagte Fors. »Wenn das Bombenteam nicht in die Luft fliegt, schlage ich vor, dass wir eventuelle Sprengstoffe, die der Bus enthalten könnte, ausräumen, und dann postieren wir einige Männer im Bus. Wir nehmen alle Absperrungen weg, schicken die Helikopter nach Hause und warten.«

»Gute Idee«, lobte Malmgren, leckte sich über die Oberlippe und schaute Hammarlund an, um herauszufinden, ob er es auch für eine gute Idee hielt.

»Gute Idee«, sagte Hammarlund.

Malmgren sah erleichtert aus und leckte sich noch intensiver als vorher über die Lippen.

Nylander kam herein. Er kaute auf einem Streichholz und hielt ein Handy in der Hand.

»Die Männer sind jetzt im Bombenbus«, teilte er mit. »Alles im grünen Bereich. Wir können also zur Stand-by-

Situation zurückkehren. Im Bus wurden zwar zwei Kisten Dynamex gefunden, aber keine Zünder und kein Pulver. Wir sind also wieder auf der sicheren Seite und müssen den Schurken nur noch festnehmen.«

Nylander gab ein glucksendes Geräusch von sich, das den naturliebenden Styrbjörnsson an die Birkhahnbalz denken ließ.

»Dann machen wir es, wie Harald vorgeschlagen hat, oder?« Malmgren sah von einem zum anderen.

»Ja«, bestätigte Hammarlund. »Bringt das Dynamit weg, baut die Absperrungen ab, schickt den Helikopter nach Hause, und dann setzen wir ein paar Männer in den Bus.«

»Dafür hab ich gute Leute«, behauptete Nylander, nahm das Streichholz aus dem Mund, betrachtete es und ließ es auf den Fußboden fallen.

»Ich setz mich in den Bus«, sagte Fors. »Ich nehm Stjernkvist und Tunell mit. Spjuth und Lindblom parken ihre zivilen Autos an den Straßenecken. Nylander kann mit seinen Männern bei der Schule abwarten.«

Nylander sah sauer aus und gähnte.

»Einverstanden?«

Malmgren sah sich um.

»Meine Männer sind für so was ausgebildet«, schnaubte Nylander. »Die sollten im Bus sitzen. Mit Spezialausrüstung.«

»Es handelt sich nur um eine ganz gewöhnliche Festnahme«, behauptete Fors. »Wir warten im Bombenbus und nehmen ihn fest, wenn er den Schlüssel ins Schloss steckt.«

»Auf jeden Fall brauchen wir eine Hundepatrouille«,

meinte Nylander. »Und Verstärkung...Waffen. Wer weiß, was der in den Taschen hat, wenn er seine Bombe auf Rädern abholen will.«

»Meinetwegen«, sagte Fors. »Spezialausrüstung und bei der Schule Hunde in Bereitschaft.«

»Na dann.«

Malmgren sah erleichtert aus.

»Wir sind uns also einig. Harald kümmert sich um die Rückendeckung durch das Einsatzkommando.«

»Perfekt«, sagte Hammarlund.

»Dann ruf ich jetzt im Krankenhaus an«, sagte Styrbjörnsson. »Die können den Alarm also abblasen.«

Er stand auf und nahm ein Handy aus der Tasche.

»Mach das«, sagte Fors. »Dies wird eine unblutige Veranstaltung.«

Hjelm hatte den Krankenhausparkplatz erreicht und war einmal um seinen Dienstwagen herum, hatte die Türen und den Kofferraumdeckel überprüft. Alles war geschlossen. Keine Anzeichen eines Einbruchs. Er hatte sich umgesehen.

Auf dem Parkplatz hatten viele Autos gestanden. Weit entfernt, fast bei der Ausfahrt, stiegen gerade zwei Frauen aus einem sonnenblumenfarbenen Wohnmobil.

Sonst war kein Mensch zu sehen gewesen.

Hjelm war eine Weile stehen geblieben und hatte sich umgeschaut. Dann war er ins Krankenhaus zurückgekehrt und zu Sirpa am Informationsschalter gegangen. Sie trafen sich gelegentlich im »Red Eye«, einem Club, den Hjelm manchmal besuchte, um Kontakt zu Frauen zu bekommen, die richtige Kerle mochten.

»Hallo, Sirpa, wie geht's?«
Sirpa hatte innerlich geseufzt und gedacht, jetzt wird der hier um meinen Tresen herumschwänzeln. Und wenn ich einen nicht ausstehen kann, dann diesen Stinkstiefel. Hallo, hatte sie gesagt. Hast du dir die Haare schneiden lassen? Ja, sieht man das? Sirpa hatte gelacht. Klar sieht man das, du hast ja kaum noch Haare auf dem Kopf. Bei wem lässt du sie schneiden? Bei Seferis, du weißt, der Sohn von dem, der zusammengeschlagen wurde. Sirpa nickte. Kurzes Haar steht dir, hatte sie gesagt, während sie dachte, dass dieser Stinkstiefel Hjelm widerlich aussieht, ganz gleich, was er mit seinen Haaren macht. Das Einzige, was sein Aussehen hätte verbessern können, wäre vielleicht so eine Perücke gewesen, die der Adel im achtzehnten Jahrhundert trug. Wenn Hjelm so eine trüge. Vorn und hinten. Damit das Gesicht und besonders die Augen verdeckt waren, dann würde es vielleicht gehen. Dann würde man vielleicht nicht gleich das Kotzen kriegen, sobald man ihn sah. Nee, sagte Hjelm. Jetzt muss man wieder runter, das Reichstagsmitglied schützen.

Tove sah in Tullgrens Augen. Die müden Augen folgten ihr, als sie einen Schritt näher ans Bett machte. Tove griff nach dem Kissen unter Tullgrens Kopf. Sie riss daran und hatte es in der Hand. Tullgrens Kopf war nach hinten gefallen. Tove ging näher heran. Sie schaute hinunter in das Gesicht, das jetzt aussah wie aus Marzipan modelliert. Tove umklammerte das Kissen und drückte es an ihre Brust.

Sie umklammerte das Kissen und drückte es an ihre Brust.

Das Kissen war unter Toves Kinn. Ein Teil des Kissens drückte sie an ihre Brust, und ihr Kinn ruhte auf der Längsseite des Kissens. Tove sah hinunter in Tullgrens Gesicht.

Das blasse.

Sie spürte, dass ihre Beine zitterten, und sie dachte, jetzt, jetzt tue ich es. Wenn ich es jetzt nicht tue, werde ich es nie tun.

Denn die Mühsal derer, die meinen, töten zu müssen, besteht darin, dass sie leben müssen, bis sie sterben. Bis zu dem Moment, wenn das Leben sie verlässt und der Tod sie in Besitz nimmt, leben sie. Und das Lebende hat eine besondere Kraft. Es hat die Kraft des Lebenden, zu sagen »noch bin ich nicht tot«.

Noch bin ich nicht tot.

Sagten Anneli Tullgrens Augen.

Und:

Wenn du meinen Tod willst – dann musst du mir das Leben nehmen.

Tove zögerte.
Obwohl sie zu wissen meinte, was sie wollte, obwohl

sie meinte, überzeugt zu sein, dass Tullgren jetzt sterben sollte, zögerte sie.

Vor ihrem inneren Auge, in ihrer Phantasie, hatte sie sich unzählige Male Anneli Tullgren töten sehen. Sie hatte sich gesehen, wie sie Tullgrens Schädel mit Stahlrohren, mit Hämmern, mit Ziegelsteinen und mit abgebrochenen Stuhlbeinen zerschmetterte. Sie hatte sich gesehen, wie sie Tullgrens Hals mit Großmutters Küchenmessern von Sabatier, mit der Sense aus Großmutters Garten, mit Rasierklingen aus Bills Rasierapparat durchschnitt. Sie hatte sich gesehen, wie sie in Tullgrens Bad schlich, während Tullgren mit geschlossenen Augen im Schaumbad lag, Gurkenscheiben auf den Augenlidern. Sie hatte sich gesehen, wie sie den Stecker des Föhns in die Steckdose steckte, ihn anschaltete und ihn ins Wasser warf. Sie hatte Tullgrens erstaunte Augen gesehen, nachdem die Gurkenscheiben von den Lidern gefallen waren und die Augen sich öffneten, und Tove hatte sich selbst schreien hören:
Stirb, du Schwein, stirb, stirb, stirb!

Tove hatte Stricke und Schlingen um Tullgrens nackten Hals gelegt und zugezogen. Sie hatte gesehen, wie Tullgrens Augen aus ihren Höhlen quollen, sie hatte gesehen, wie die rote Zungenspitze im Mundwinkel erschien, und sie hatte gesehen, wie Tullgrens Finger am Strick kratzten, und sie hatte gesehen, wie Tullgrens ganzer Körper nach Luft schrie.

Unzählige Male.

Aber jetzt, jetzt war es Wirklichkeit.

Und Wirklichkeit war, dass eine Glasscheibe zersplitterte und eine Hand durch das Loch gesteckt und ein Stuhl beiseitegestoßen wurde, und dann kam Hjelm ins Zimmer gestürmt.

Unter Hochdampf steuerte er auf das magere Mädchen zu, das mit dem Kissen an die Brust gedrückt dastand. Er packte ihren Arm und schleuderte sie rückwärts, in Richtung Blumen. Sie stieß gegen den Blumentisch, eine Vase kippte um, und Wasser floss auf den Boden. Die Vase fiel herunter. Dunkelblaue Blumen verteilten sich auf der hellblauen Plastikmatte.

Eine Schwester war schon an Tullgrens Bett. Ein Arzt und eine weitere Krankenschwester kamen herein. Der Arzt zeigte auf Tove.

Tove beobachtete das Wasser, das eine immer größere Pfütze auf dem Boden bildete.

»Bringt sie raus!«

Und Hjelm packte Tove am Kragen und führte sie in den Flur. Er ließ sie nicht los. Er schleppte sie mit sich zum Empfangstresen, zog sie dahinter, und mit einer großen behaarten Hand hob er ein Telefon ab und wählte eine Nummer.

»Hier ist Hjelm. Ich bin auf der Intensivstation. Ein kleines Mädchen hat versucht, Tullgren anzugreifen. Ihr müsst einen Wagen schicken. Vielleicht gibt es hier noch mehr Verrückte.«

Dann wandte er sich an Tove. »Wie heißt du?«

»Mein Papa hieß Hilmer Eriksson«, antwortete Tove. »Dieses T-Shirt hat ihm gehört.« Sie zupfte an dem verschlissenen T-Shirt, das sie unter dem Flanellhemd trug.

»Wie heißt du?«, wiederholte Hjelm.

»Die da hat ihn umgebracht«, sagte Tove und zeigte zu Tullgrens Zimmer. »Es ist nicht gerecht, dass sie in den Reichstag kommt.«

Hjelm beugte sich vor, um dem Mädchen in die Augen sehen zu können. Er grinste.

»Du, Tullgren kommt in den Reichstag. Das ist so gut wie sicher. Sie ist so populär geworden wie noch nie, seitdem jemand versucht hat, Hackfleisch aus ihr zu machen. Und sie wird nicht weniger populär, wenn sich herumspricht, wie du dich aufgeführt hast bei deinem Krankenbesuch.«

Da übergab sich Tove.

Fors, Tunell und Stjernkvist warteten im Minibus im Gröntoftavägen. Sie saßen auf dem Blechboden gegen die Wände gelehnt. Sie hatten zwei Thermoskannen Kaffee dabei, einige Kopenhagener und eine große Flasche Mineralwasser.

Am nördlichen Ende des Gröntoftavägens saß Carin Lindblom in einem fünfzehn Jahre alten Volvo. Er stand mit dem Heck zum Minibus. Sie wollte jedes Fahrzeug und jedes einzelne Individuum im Blick haben, das sich dem Gröntoftavägen näherte.

Am südlichen Ende der Straße saß Spjuth in einem ziemlich ungepflegten Fiat.

Elin Bladh war es gelungen, Marcus Lundkvists Mutter ausfindig zu machen. Sie saßen in ihrem Haus, vierzig Meter von dem bewachten Minibus entfernt. Elins Aufgabe war es, Frau Lundkvist davon abzuhalten, ihrem Sohn mitzuteilen, dass die ganze Siedlung einige Stunden wegen Bombendrohung abgesperrt gewesen war. Frau Lundkvists Gesicht hatte die Farbe von Eierschalen, und hin und wieder wischte sie sich Tränen von den Wangen.

Bei der Schule wartete Nylander mit einer Mannschaft, die aus sechs Polizisten mit Spezialausrüstung und in Schutzkleidung des Einsatzkommandos bestand. In einem anderen Bus saßen zwei Hundeführer mit den Schäferhunden Rick und Wanja.

Die Zeit kroch dahin, wie sie immer kriecht, wenn man auf etwas wartet, das vielleicht passieren wird, vielleicht jetzt, vielleicht später, vielleicht nie.

Die Männer im Bus unterhielten sich leise über ihre Kinder. Tunell und Stjernkvist redeten am meisten. Fors hörte zu und dachte an die Ehe, die er einmal geführt hatte, und an seine Kinder, die er selten traf.

Der Nachmittag ging in den Abend über. Männer und Frauen kehrten nach Hause zurück, parkten Autos und schlossen Türen auf. Eine Weile kurvten halbwüchsige Jungen auf Mopeds herum, dann verschwanden sie und es wurde still.

Essenszeit. In der Siedlung wurde zu Abend gegessen. Jemand grillte in einem Garten, und in den Bus drangen unverkennbare Grilldüfte. Stjernkvists Magen knurrte.

»Ich muss pinkeln«, meldete Tunell.

»Du hättest nicht so viel Kaffee trinken sollen«, belehrte ihn Stjernkvist.

»Kopenhagener ohne Kaffee geht nicht. Kann ich rausgehen?«

Fors rief Carin und Spjuth an und teilte mit, dass Tunell den Bus verlassen wollte. Carin und Spjuth gaben grünes Licht und Tunell schlüpfte hinaus.

»Vielleicht kommt er gar nicht«, überlegte Stjernkvist laut. »Wie lange wollen wir hier sitzen?«

»Wir werden um zehn abgelöst«, sagte Fors.

»Er könnte mit Kameraden hier in der Stadt gesprochen haben«, meinte Stjernkvist. »Dann hat er von der Absperrung erfahren und kann sich zusammenreimen, was los ist. Und dann können wir bis zum Sankt Nimmerleinstag warten, und er kommt nicht.«

»Klar«, sagte Fors. »Aber eins ist gut an Bullen, und wir sind doch gute Bullen, oder?«

»Von der allerfeinsten Sorte«, sagte Stjernkvist. »Was ist das Gute an Bullen?«

»Gute Bullen haben Glück.«

Nach einer Weile kehrte Tunell zurück, stieg in den Bus, ließ sich auf dem Boden nieder und lehnte sich gegen die Wand.

»Schön, die Beine etwas zu vertreten.«

Eine halbe Stunde später schlug etwas laut gegen das Autoblech. Die drei Männer zuckten zusammen. Dann noch einmal ein lautes Geräusch. Die Männer schauten sich an. Sie hörten Kinderstimmen:

»Lass das …«

Wieder ein Knall.

»Die Kinder werfen einen Tennisball gegen den Bus«, flüsterte Stjernkvist.

»Lümmel«, zischte Tunell.

Sie hörten Kinderlachen, und dann wurde es still.

Da begann Fors' Telefon zu vibrieren.

»Jemand nähert sich zu Fuß«, sagte Carin. »Es ist ein Mann in schwarzen Jeans und schwarzer Baumwolljacke. Er hat kurz geschnittene Haare, ist gut eins achtzig groß.

Etwa fünfunddreißig Jahre alt. In einer Minute ist er bei euch.«

»Verstanden«, sagte Fors und nickte Tunell und Stjernkvist zu. »Jetzt kommt er.«

Die drei Männer griffen nach ihren Dienstwaffen.

Da knallte es wieder am Autoblech.

»Die Kinder«, flüsterte Tunell.

Wieder knallte es.

Fors rief Nylander an.

»Du kannst jetzt kommen. Er ist gleich hier.«

»Wir müssen raus«, zischte Stjernkvist. »Sonst nimmt er die Kinder als Geiseln.«

Fors nickte.

»Hört auf, Bälle gegen das Auto zu werfen, Rotzbengel!«, hörten sie, als sie die hinteren Türen öffneten.

Tunell und Stjernkvist waren als Erste draußen. Sie wirbelten herum und waren Angesicht zu Angesicht vor Marcus Lundkvist, der einige Meter entfernt bei zwei Jungen stand, die acht Jahre alt sein mochten. Der eine Junge hielt einen Tennisball in der Hand. Lundkvist bückte sich, legte dem Jungen mit dem Ball in der Hand einen Arm um den Hals und zog ein Messer aus der Gesäßtasche. Er drückte die stumpfe Seite gegen den Hals des Jungen. Der Junge ließ den Tennisball fallen, der auf Stjernkvist zurollte und an seinem linken Fuß liegen blieb. Der andere Junge lief zur Seite, sprang über einen Zaun und verschwand hinter einem Busch.

Fors, Stjernkvist und Tunell hatten gleichzeitig denselben Gedanken: Lundkvist war Linkshänder.

»Ich schneid dem Rotzlöffel den Hals durch!«, rief Lundkvist. »Ich schneid ihm den Hals durch!«

Vom nördlichen Ende näherte sich ein fünfzehn Jahre alter Volvo in hoher Geschwindigkeit. Von der anderen Seite kam ein klappriger Fiat. Die Autos näherten sich mit brüllenden Motoren, die mit viel zu hoher Drehzahl liefen.

»Ich schneid dem Kind den Hals durch!«

Marcus Lundkvist zeigte das Messer. Der Abstand zwischen Lundkvist, Tunell und Stjernkvist betrug fünf Meter. Die beiden Polizisten hatten ihre Waffen auf einen Punkt drei Meter über Lundkvists Kopf gerichtet. Hinter ihnen stand Fors, er richtete seine Waffe auf eine Wolke, die wie ein Bär aussah.

Tunell überlegte: Würde er aus fünf Metern Entfernung Lundkvist am Kopf treffen können? Auf dem Schießstand würde er mit Leichtigkeit den Kopf der Pappfigur treffen. Aber jetzt war es etwas anderes.

»Ich schneid dem Jungen den Hals durch!«, wiederholte Lundkvist, als der Volvo und der Fiat vor und hinter ihm bremsten.

»Ich schneide dem Jungen den Hals durch!«, rief Lundkvist.

Eine Frau war auf der Treppe eines weiß geklinkerten Hauses erschienen. Auf dem Rasen standen zwei farbige Trolle aus Beton.

»Erik!«, rief die Frau. »Erik!«

»Bleiben Sie, wo Sie sind!«, rief Carin Lindblom, die aus dem Volvo gestiegen war und sich mit gezogener Dienstwaffe zu entscheiden versuchte, ob sie auf Lundkvist schießen konnte, ohne den Achtjährigen zu treffen, der offenbar Erik hieß. Oder würde sie, wenn sie schoss, einen ihrer Kollegen treffen, die zwölf Meter entfernt in der Schusslinie standen?

»Die Autoschlüssel!«, brüllte Lundkvist und drehte sich halb zu Carin Lindblom um.

Er will mit dem Jungen im Volvo abhauen, schoss es allen fünf Polizisten durch den Kopf.

Da zerschnitt eine Frauenstimme den Schrecken, der wie eine Glocke über dem Gröntoftavägen lag. Es war eine Frauenstimme, die alle anderen Geräusche übertönte.

»Marcus, was machst du!«

Es war Marcus Lundkvists Mutter. Sie war auf die Treppe hinausgekommen und stand vornübergebeugt, die Hände auf die Oberschenkel gestützt, in ihren Jeans und ihrem rosafarbenen T-Shirt und schrie, als wollte sie sich die Eingeweide aus dem Leib schreien, wieder und wieder:

»Marcus, lass den Jungen los! Lass den Jungen los! Lass den Jungen los!«

Und Marcus Lundkvist ließ den Jungen los, und dieser lief wie ein Eichhörnchen die wenigen Schritte zu dem Haus, in dem er wohnte, die Treppe hinauf und durch die Tür, die seine Mutter ihm öffnete.

Dann war der Junge weg.

»Lassen Sie das Messer fallen!«, befahl Carin Lindblom.

Marcus Lundkvist ließ das Messer im selben Moment fallen, als das Einsatzkommando um die Straßenecke bog und sich in hoher Geschwindigkeit dem Platz näherte, wo die fünf Polizisten standen, ihre Waffen auf verschiedene Punkte in der Luft über Marcus Lundkvists Kopf gerichtet.

Elin Bladh war auf die Treppe herausgekommen und

stand neben Frau Lundkvist. Sie hielt die Frau im Arm, die vom Weinen geschüttelt wurde.

»Gut«, sagte Fors und ging zu Marcus Lundkvist. »Gut, dass Sie das Messer haben fallen lassen.«

»Gute Bullen haben Glück«, sagte Stjernkvist und schob seine Waffe in das Holster. Er zitterte am ganzen Körper und musste sich einen Augenblick auf den Rücksitz des Fiats setzen.

39

Tove hatte Fieber. Sie lag in ihrem Trainingsoverall auf dem Bett im ersten Stock des Pfarrhauses. Ein Arzt kam. Er saß eine Weile auf der Bettkante und sprach mit ihr. Er konnte die Großmutter beruhigen, das Mädchen sei nur überanstrengt und das Fieber war eine Reaktion auf die Anspannung, in der sie die letzten Tage verbracht hatte.

Tove sah immer wieder vor ihrem inneren Auge, wie sie dort mit dem Kissen an die Brust gedrückt gestanden hatte, wie sie gezögert und gezögert hatte. Manchmal weinte sie und wusste nicht richtig, warum.

Der Sturm hatte sich gelegt.

Aus der Klinik für Kinderpsychiatrie rief jemand an und schlug einen Termin vor. Tove weigerte sich hinzugehen.

Fors schaute vorbei. Er brachte zwei Pfirsiche mit. Er setzte sich mit den Pfirsichen in der Hand auf Lydias ordentlich gemachtes Bett. Von unten aus der Küche hörte man den Seewetterbericht.

»Als ich klein war, war ich einmal im Krankenhaus«, erzählte er. »Eine Tante kam mich besuchen und brachte mir zwei Pfirsiche mit. Ich glaube, das waren die ersten Pfirsiche, die ich gesehen habe. Heute ist es schwer, gute Pfirsiche zu bekommen. Sie duften nicht mehr wie früher. Wahrscheinlich sind sie zu schnell gereift. Aber die beiden habe ich sehr sorgfältig ausgesucht. Riech mal dran.«

Er stand auf und ging die wenigen Schritte zu Toves Bett und reichte ihr die hübschen runden Früchte. Tove hielt sie sich unter die Nase und begegnete Fors' Blick.

»Sie riechen gut«, sagte sie. »Ich mag am liebsten Melonen, aber Pfirsiche mag ich auch.«

Sie schwiegen eine Weile, dann sagte Tove: »Ich werde aufhören.«

»Du meinst Tullgren?«

»Ja.«

»Sehr gut«, sagte Fors. »Du findest bestimmt etwas anderes, worauf du deine Kraft verwenden kannst. Es gibt so viel auf der Welt, was in Ordnung gebracht werden muss, und du könntest eine von denen werden, die dazu beitragen, dass die Welt ein besserer Ort wird.«

Tove roch an den Pfirsichen.

»Ich werde sie morgen zum Frühstück essen. In meinem Jogurt.«

»Das schmeckt gut«, sagte Fors. »Ich mag auch gern Pfirsiche zum Jogurt. Ich esse sie mit Schale, und du?«

Tove gab keine Antwort.

Sie schwiegen wieder, und Tove hielt die Pfirsiche die ganze Zeit gegen die Wangen gedrückt.

»Ich mag das Flaumige an der Schale«, sagte sie nach einer Weile.

»Morgen früh sind sie wahrscheinlich gerade richtig reif«, spekulierte Fors.

Dann stand er auf und ging in die Küche hinunter.

»Möchtest du eine Tasse Kaffee?«, fragte Aina Stare.

»Danke nein«, sagte Fors. Er verließ das Haus, setzte sich in den Golf und fuhr in die Stadt. Neben ihm auf dem Sitz lagen zwei Pfirsiche. Er hatte vier gekauft und die besten für Tove ausgesucht.

Im Fahren nahm er eine Frucht in die Hand, hielt sie sich unter die Nase und atmete tief ein. Er erinnerte sich an ein Krankenzimmer vor langer Zeit. Dann legte er die Frucht zurück und schaltete das Radio ein.

40

Stenberg und Spjuth warteten auf die anderen. Es war sechs Minuten nach neun. Dann kamen sie im Gänsemarsch zur Tür herein. Alle außer Bladh und Karlsson.

»Wo habt ihr gesteckt? Ihr seht aus, als hättet ihr zusammen was ausgeheckt?«, knurrte Stenberg, der ahnte, dass ihm etwas entgangen war.

»Nylander ist sechzig geworden«, sagte Carin. »Wir haben gesungen. Du hättest dabei sein sollen. Es gab Torte. Mit Marzipan.«

Stenberg sah Spjuth an. Der Blick war anklagend und nicht unähnlich dem eines Hundes.

»Warum hast du nichts gesagt?«

»Ehre, wem Ehre gebührt«, sagte Spjuth, ohne von der Zeitung hochzuschauen, in der er den Leitartikel las.

Da kamen Elin Bladh und Karlsson herein. Als sie

über die Schwelle traten, ließ Elin Bladh Karlssons Hand los. Sie hatte rote Wangen. Karlsson lächelte die versammelte Gesellschaft an.

»Dann fangen wir also an.«

Fors nahm auf seinem Schreibtischstuhl Platz. Die anderen setzten sich aufs Sofa und die Stühle. Carin lehnte sich ans Fensterbrett und steckte einen Finger in die Erde der Topfpflanze.

»Heute wird die Kantine geschlossen«, jammerte Stenberg. »Bald muss man wohl noch Miete für sein Büro zahlen.«

»Was steht auf der Tagesordnung?«, fragte Fors.

Spjuth faltete die Zeitung zusammen und steckte sie in die Jacketttasche.

»Drei Jungen, einer von ihnen Harri Lipponen-Frändberg – das ist der, den Carin und ich im Fall Seferis verhört haben –, sind vermisst gemeldet worden. Es scheint sich nicht um das übliche Verschwinden von Jugendlichen zu handeln. Die Eltern verlangen gemeinsam, dass wir etwas unternehmen. Heute Abend bringen sie im Regionalfernsehen etwas über das Verschwinden der Jungen. Wir haben mit Eltern und Freunden gesprochen, wir haben an den Türen gefragt. Die drei Jungen sind am selben Abend verschwunden. Niemand weiß, wohin. Niemand hat etwas gesehen, niemand begreift es. Tja … das ist alles. Carin und ich arbeiten weiter daran. Aber wir brauchen Leute, es ist einige Zeit vergangen, und die Jungen haben nichts von sich hören lassen. Ein Verbrechen kann nicht ausgeschlossen werden.«

»Drei Jungen?«, sagte Stenberg. »Drei Jugendliche. Wer will denn was von denen?«

»Können wir Elin Bladh bekommen?«, bat Spjuth.

»Ich bin mit der Ermittlung wegen der Überfälle auf die alten Leute beschäftigt, aber na gut«, antwortete Elin. »Allerdings nur einen halben Tag und nur diese Woche.«

»Gut«, sagte Spjuth. »Wir können weiter die Türen abklappern.«

»Und was haben wir sonst noch?«, fragte Fors.

»Wilderei auf Rotwild in großem Umfang«, sagte Stjernkvist. »Wird in Deutschland als besonderes Abenteuer angeboten, weil man das Tier ja nicht nur nicht schießen darf, man muss auch noch an der Polizei vorbei. Kürzlich haben wir an einem Abend vier Herren aus München festgenommen, das Ganze scheint gut organisiert zu sein.«

»Warum machen die das?«, sagte Carin. »Die können sich doch mit Leichtigkeit Jagdrechte kaufen?«

»Es ist eben ein besonderer Kitzel, weil es nicht erlaubt ist«, erklärte Stjernkvist. »Ich versteh die Leute nicht. Wir klären weiter auf. Tunell verhört sie heute mit Hilfe eines Dolmetschers.«

»Haben wir noch was?«, fragte Fors.

»Västra Götland wünscht, dass wir einige Jugendliche aufs Korn nehmen, die unsere schöne Stadt heimsuchen«, sagte Elin Bladh. »Die Jungs sind bekannte Räuber. Der Jüngste ist vierzehn Jahre alt. Vielleicht besteht da eine Verbindung zu den Überfällen auf die alten Leute.«

»Was machen die hier?«, fragte Carin.

»Besuchen Verwandte«, antwortete Spjuth.

»Drei verschwundene Jungen«, sagte Fors. »Das ist natürlich unsere Hauptaufgabe. Hat einer von euch eine zündende Idee zu diesem Fall?«

Sie sahen einander an. Keiner von ihnen hatte irgendeine Idee.

Fors klingelte zu Hause bei Anneli Tullgren. Ihm öffnete ein großer Mann mit weißen Haaren, weißem Hemd mit Manschettenknöpfen, ordentlich gebügelter Hose und blank geputzten Schuhen. Fors zeigte seinen Ausweis.

»Mein Name ist Richard Widermark«, sagte der Weißhaarige. »Ich bin Annelis Freund und ihr juristischer Beistand.«

»Verstehe«, sagte Fors. »Ich werde nicht lange bleiben.«

Der Alte strich sich die weißen Haare zurück.

»Darf ich Ihnen eine Tasse Kaffee anbieten?«

»Danke, nein.«

Fors folgte dem Weißhaarigen durch die Diele ins Wohnzimmer, in dem Anneli Tullgren auf einem Sofa mit drei großen Kissen im Rücken aufgestützt lag.

Sie ist sehr blass, dachte Fors, als er auf sie zuging und ihr die Hand reichte.

»Bitte, setzen Sie sich«, sagte Widermark und zeigte auf einen Stuhl an der anderen Seite des Sofatisches.

Fors nahm Platz, und Widermark setzte sich so hin, dass er Fors und Tullgren im Blick hatte.

»Wir ermitteln«, sagte Fors. »Später brauche ich eine formelle Zeugenaussage. Heute wollte ich nur mal allgemein nachfragen.«

Tullgren nickte.

»Anneli ist müde«, erklärte Widermark. »Das Gespräch darf also nicht lange dauern.«

»Darauf bin ich eingestellt«, sagte Fors. »Haben Sie Schmerzen?«

Anneli Tullgren nickte wieder.

»Was ist mit diesem Rowdy, der in die Intensivabteilung eingedrungen ist und versucht hat, Anneli zu verletzen?«, fragte Widermark.

»Wir ermitteln«, sagte Fors. »Das Mädchen ist dreizehn Jahre alt.«

»Dreizehneinhalb, habe ich gehört«, sagte Widermark. »Ich gehe davon aus, dass es eine Form von Strafe geben wird. Eine Gesellschaft, in der Reichstagsmitglieder am laufenden Band attackiert werden, ist untragbar.«

»Stimmt«, sagte Fors. »Der Staatsanwalt ist natürlich mit der Angelegenheit beschäftigt.«

Dann wandte er sich an Tullgren.

»Wenn Sie raten sollten, was meinen Sie, wer Sie überfallen hat?«

Sie antwortete nicht sofort, dann flüsterte sie:

»Marcus Lundkvist.«

»Warum glauben Sie das?«

»Wir waren vor langer Zeit zusammen«, flüsterte Tullgren. »Ich hab ihn im Badezimmer sofort wiedererkannt. Es spielt keine Rolle, dass er sich maskiert hat. Ich weiß, wie Marcus aussieht. Ich bin sicher, dass er es war.«

Ihre Stimme war schwach und klang sehr müde.

»Und warum sollte Lundkvist Sie überfallen?«

»Weil ich mich dem Attentat widersetzt habe«, antwortete Tullgren. »Er muss mir gefolgt sein und gesehen haben, wie ich Sie im Wald getroffen habe. Vielleicht hat er aber nur vermutet, dass ich die Behörden unterrichten wollte. Er wollte mich aus dem Weg haben. Er ist schon immer so extrem gewesen. Ich bin sicher, dass er es war.«

Sie hustete. Und als sie hustete, schien der Schmerz wie

ein Windstoß durch ihre Augen zu fahren und sich in ihrem blassen Gesicht auszubreiten. Sie schloss die Augen.

»Wer ist noch in dieser Zelle, die von Lundkvist geleitet wurde?«

Anneli Tullgren öffnete die Augen nicht. Es sah aus, als würde sie schlafen. Aber dann bewegte sie die Lippen.

»Marcus und ich waren von Anfang an dabei. Später kamen noch drei hinzu. Sie kamen alle am selben Abend. Sie hatten die richtige Parole. Wenn sie die Parole kannten, sollte alles in Ordnung sein. Wir hatten Decknamen. Ich hieß Jan. Marcus hieß Jim. Die drei Neuen wurden Dan, Ingo und Torsten genannt.«

»Können Sie sie beschreiben?«

»So um die dreißig. Sahen ganz normal aus. Einer trug einen Anzug. Wäre ich ihm auf der Straße begegnet, ich hätte geglaubt, er arbeitet bei der Bank. Einer war ziemlich grobschlächtig. Sah aus wie ein Bodybuilder. Der, der Torsten genannt wurde, war sehr schüchtern.«

»Ich komme wieder mit Fotos«, sagte Fors. »Haben Sie Kraft, sie anzuschauen?«

»Vielleicht übermorgen«, flüsterte Anneli.

»Ich glaube nicht. Jetzt ist es jedenfalls genug«, sagte Widermark. »Anneli braucht viel Ruhe. Es hat ja auch einen solchen Aufstand darum gegeben, dass sie es in den Reichstag geschafft hat. Die Partei hat zwar keine vier Prozent erreicht, aber Anneli hat neunzehn in ihrem Wahlkreis bekommen, und das reicht für einen Platz im Reichstag. Es ist tatsächlich mehr als genug. Für die Erste Kammer gilt die Zwölf-Prozent-Klausel.«

»Nur noch eine letzte Frage«, sagte Fors. »Haben Sie sich immer in der Birkagatan 22 getroffen?«

»Nie«, antwortete Tullgren. »Wir haben uns beim ›Hellashof‹ getroffen. Wir sind um den See gelaufen und haben uns dabei unterhalten. Ein einziges Mal haben wir uns im April in der Birkagatan getroffen. Marcus wollte die Sprengtechnik mit uns durchgehen. Wir sollten das Scharfmachen und Auslösen mit Hilfe von Handys lernen. Da ist mir klar geworden, dass ich nicht mitmachen wollte.«

41

Tove ging nach vorn und stellte sich neben den Katheder.

Sie ließ den Blick über ihre siebenundzwanzig Klassenkameraden gleiten. Fredrik und Mange öffneten den Mund und ließen die Zunge heraushängen, als wollten sie alles auflecken, was sie sagte. Fredrik schob seine Kappe in den Nacken. Ullis und Nina flüsterten miteinander und schienen Wert darauf zu legen, desinteressiert zu wirken.

»Ich werde ein Gedicht lesen«, sagte Tove. »Es ist von einem Iren. Er heißt William Butler Yeats. Also er hieß so, denn er ist tot. Im Original heißt das Gedicht *The Second Coming*. Ich werde die Übersetzung lesen. Auf Schwedisch heißt das Gedicht *Die zweite Geburt*.«

Als sie »Geburt« sagte, warfen Mange und Fredrik sich über den Tisch, als hätte ihnen jemand einen Schlag mit einem Axtstiel in den Rücken versetzt. Mange stöhnte.

Tove konnte das Gedicht auswendig, und sie sah Mange und Fredrik von Zeit zu Zeit an, während sie sprach. Als sie die Hälfte vorgetragen hatte, begann Mange zu kichern. Nach einer Weile stand er auf und ging hinaus. Als Tove ein paar weitere Worte gelesen hatte, verließ auch Fredrik die Klasse. Vom Korridor war lautes Gelächter zu hören.

Tove las weiter.

Als Tove die letzten Worte ausgesprochen hatte, ging sie zurück zu ihrem Platz und setzte sich.

»Ja also.« Die Lehrerin sah verlegen aus. »Möchtest du etwas dazu sagen, warum du gerade dieses Gedicht ausgewählt hast?«

Tove schüttelte den Kopf.

»Möchte jemand anders etwas sagen?«

Nina und Ullis sahen sich an.

»Warum bist du so komisch?« zischte Nina und starrte Tove an.

Tove zuckte mit den Schultern.

»Kapierst du nicht, dass es krank ist, so was vorzutragen?«

Wieder zuckte Tove mit den Schultern.

»Total krank«, wiederholte Nina. »Dass so was überhaupt erlaubt ist. Ich meine, in der Schule soll man doch was lernen. Und dann muss man sich so was anhören – entschuldige, wenn ich das so sage –, den reinsten Scheiß.«

Ullis begann lauthals zu lachen.

Die Lehrerin wusste nicht recht, was sie sagen sollte. Sie fand das Gedicht selber merkwürdig. Sie schaute die Klasse an und versuchte sie zu der Stimmung zurückzuführen, die geherrscht hatte, bevor Tove das Wort ergriff.

»Wer meldet sich am nächsten Donnerstag zu Wort?«, fragte die Lehrerin.

»Wir«, sagte Nina, »Ullis und ich. Ich werde von meinem Kaninchen erzählen, dann braucht keiner Angst zu haben, dass er was Komisches zu hören kriegt und sich blöd fühlt.«

»Und du, Ullis?«, fragte die Lehrerin. »Worüber wirst du sprechen?«

Ullis zuckte mit den Schultern und schwieg eine Weile, ehe sie antwortete.

»Jedenfalls werde ich kein Gedicht vorlesen«, beteuerte sie.

»Ein Glück«, flüsterte jemand.

Dann ging die Lehrerin Mange und Fredrik hereinholen, und alles war wieder fast wie immer.

42

Die Blätter wurden gelb.

Immer mehr verzweifelte Vogelbeeren erzählten Geschichten vom Schnee. Die Tage wurden blauer und kürzer. Der Morgen verharrte abwartend still, wie ein Monument seiner selbst und seiner Vergänglichkeit.

Kurz nach dem Morgengrauen war das Gras weiß von Frost. Die Kinder auf dem Schulhof hatten Atemwolken vor den Milchmündern. Jäger in Stiefeln und mit Stöberhunden an der Leine stiegen aus Autos und verschwanden zwischen Tannen. Bald waren in der Ferne Schüsse zu hören.

Dann war alles wieder still.

Man sagte, der Winter komme diesmal früh und dass er kalt werden würde. Anfang Dezember sah man Männer und Frauen mit Rucksäcken, Schlittschuhen und Eispickeln zu den Seen um das Vitmoor herum aufbrechen. Spielwarenhändler warben für Schlitten, und in den Sportgeschäften rechnete man mit einem guten Absatz von Skiern.

Fors und seine Kollegen forschten nach den verschwundenen Jungen. Die Zeitung brachte Seite um Seite das, was man »neue Spuren« nannte.

Aber es gab keine neuen Spuren. Tatsächlich gab es überhaupt keine Spuren. Die drei Jungen waren – wie man zu sagen pflegt – »spurlos« verschwunden.

Die Reichskriminalpolizei entsandte vier erfahrene Ermittler vor Ort. Man verhörte die Klassenkameraden der Verschwundenen, Freunde und Feinde. Man studierte Telefonlisten und beschlagnahmte Computer. In den Umkleideräumen der Polizei klebten an sämtlichen Spinden die Fotos der Jungen. Die Eltern traten im Fernsehen auf und zeigten die Kleidung der Jungen und Bilder von ihnen, als sie noch klein waren.

Man suchte nach einem gestohlenen Auto, das nicht wieder aufgetaucht war, weil man eine Zeitlang davon ausging, dass die Jungen gemeinsam in einem Auto abgehauen waren. Jemand meinte, sie in Hamburg gesehen zu haben, und Interpol verteilte die Fotos der Jungen an die Polizeibehörden in ganz Europa.

Zwei Tage vor Heiligabend betrat ein maskierter Junge mit einer Waffe in der Hand einen Videoladen. Später stellte sich heraus, dass es sich um eine Luftpistole gehandelt hatte. Es war die genaue Kopie einer Pistole der Marke Glock.

Zufällig befanden sich Hjelm und Bodström in einem Streifenwagen in der Nähe. Als der Alarm einging, brauchten sie nur um die Ecke zu fahren. Der Junge versuchte die Polizisten mit seiner Luftpistole zu bedrohen, gab jedoch auf. Ihm ist nie klar geworden, wie nah er daran gewesen war, erschossen zu werden, als Bodström meinte, der Räuber ziele mit einer automatischen Neunmillimeter-Waffe auf ihn.

Der festgenommene Junge hieß Jussi und war sechzehn Jahre alt. Der schwedischen Polizei ist es verboten, eine Kartei über Verbrecher zu führen, die jünger als fünfzehn sind. Also konsultierte man die inoffiziellen Karteien, die in zwei Regalen in der Besenkammer verwahrt wurden. Dort standen achtunddreißig blaue Ordner mit Ermittlungen zu Fällen, wo die Täter unter fünfzehn gewesen waren.

Man fand keinen Jussi.

Karlsson nahm die Fingerabdrücke des Jungen, und Stenberg fand heraus, dass Jussi, soweit man sehen konnte, nicht derjenige war, der richtig schöne Fingerabdrücke bei einem Raubüberfall auf einen Lebensmittelladen am Luciatag hinterlassen hatte.

Man sah auch noch etwas anderes: Jussi hatte sich an jenem Abend, als Achilles Seferis misshandelt wurde, auf dem Folkungavägen befunden. Jussis Fingerabdrücke wurden auf der Windschutzscheibe eines Autos gefunden, dessen Scheibenwischer demoliert worden waren.

Elin Bladh verhörte den Jungen.

»Hör mal, Jussi, dieses Auto auf dem Folkungavägen, erinnerst du dich daran?«

»Was?«

»Deine Fingerabdrücke sind auf der Windschutzscheibe.«

»Wovon reden Sie?«

»Am selben Abend, als Restaurantbesitzer Achilles Seferis zusammengeschlagen wurde, warst du auf dem Folkungavägen. Es war kurz vor der Wahl. Erinnerst du dich?«

»Der Scheißer. Lokalbesitzer. Klar.«

»Welcher Scheißer?«

»Seferis, Mann. Dieses Arschgesicht.«

»Du kennst Seferis?«

»Der hat gekriegt, was er brauchte. Verdammter Kanacke. Macht sich hier breit und spielt sich auf.«

»Du erinnerst dich also an diesen Abend?«

»Klar doch. Die anderen sind dann ja auch verschwunden, da kriegt man ja Schiss.«

»Wovor?«

»Die haben doch Labbe und Torket geschnappt.«

»Wer?«

»Ich weiß nicht, aber sie haben Labbe und Torket geschnappt. Die liegen bestimmt irgendwo in einem Acker. Tauchen wieder auf, wenn die Bauern im Sommer zu pflügen anfangen.«

»Du glaubst, dass Labbe und Torket tot sind?«

»Klar sind die tot.«

»Aber wo ist der dritte Junge, der verschwunden ist?«

»Genau, das ist komisch. Der hatte mit der Sache nichts zu tun. Der war überhaupt nicht dabei. Wir waren drei beim Griechen.«

»Dann hast du also mit Labbe und Torket Achilles Seferis überfallen, willst du das damit sagen?«

Jussi schwieg eine Weile. Dann lächelte er.

»Klar, das waren wir. Aber ich weiß ehrlich nicht, warum sie sich den Dritten oder Vierten oder wie man das nun sagen soll, gekrallt haben, er war nicht da, er war gar nicht dabei.«

»Kennst du – oder kanntest du – Harri?«

»Nee, Harri nicht. Der war eine Memme.«

»Du warst nie zu Hause bei Harri?«

»Nee.«

»Du weißt also auch nichts von dem Brief, den wir bekommen haben, ein anonymer Brief, der zu Hause bei Harri geschrieben wurde?«

»Doch, das war Torket. Er wollte einen anonymen Brief schreiben. Harri wollte ihm helfen. Der wollte sich einschleimen, wollte bei uns mitmachen. Da haben sie also einen Brief gemacht. Ich hab ihn gesehen, bevor sie ihn abgeschickt haben. Ausgeschnittene Buchstaben. Ein richtiger Gangsterbrief. Das war Torkets Style. Gangsterstyle. Yeah! Er wollte ein echter Gangster sein.«

Der Junge schaute zur Heizung unter dem Fenster.

»Verdammt warm hier drinnen.«

Dann stand er auf und zog seine Jacke aus. Als er sie auf einen Bügel hängte und Elin Bladh den Rücken zuwandte, konnte sie lesen, was auf dem Pulloverrücken stand:

QUICK FIX

»Was ist?«, fragte Jussi und setzte sich wieder.

»Hübscher Pullover«, sagte Elin. »Hast du den schon lange?«

»Mindestens ein Jahr.«

Jussi sah zufrieden aus.

»Hübscher Pullover«, wiederholte Elin Bladh. »Die Farbe gefällt mir.«

»Wirklich?«
»Ja«, log Elin Bladh.

Zwei Tage später stand es nicht nur in der Lokalzeitung, sondern auch in den überregionalen Zeitungen, dass ein »Sechzehnjähriger die Beteiligung an dem brutalen Überfall auf den Restaurantbesitzer Achilles Seferis« gestanden habe. Und »Der Sechzehnjährige sagt, sie waren zu dritt«. Eines der überregionalen Blätter machte eine große Sache aus dem, was jetzt »Der vierte Junge« genannt wurde.

Es gab offenbar etwas, das Jussi, Labbe und Torket verband. Sie waren alle drei am Überfall auf Seferis beteiligt gewesen. Aber »der vierte Junge«, was sollte man von ihm halten? Was sollte man von Harri Lipponen-Frändberg glauben?

Als Konstantinos Seferis sich nach dem Mittagessen vor dem Fernseher niederließ, um die Regionalnachrichten zu sehen, war er guter Laune. Seine Tochter hatte anscheinend eine Begabung für Mathematik. Vor einer Weile hatte der Lehrer des Mädchens angerufen, um den Eltern zu erzählen, dass Alexandra die Leuchte der Klasse und die Beste unter allen Elfjährigen in Mathe war. Konstantinos Vaterherz war voller Stolz, als er sich auf dem Sofa niederließ.

Die Sprecherin trug einen breiten roten Schal und eine blaue Baskenmütze und sah direkt in die Kamera. Sie schien Konstantinos Seferis' Blick zu suchen. Die Reporterin stand vor dem Polizeipräsidium der Stadt. Sie fror, hatte eine rote Nase und war erkältet. Wenn sie sprach, quoll eine weiße Wolke aus ihrem Mund.

»Nun scheint festzustehen, wer Anfang September den Überfall auf Restaurantbesitzer Achilles Seferis begangen hat. Ein sechzehnjähriger Junge hat seine Beteiligung gestanden und ausgesagt, er könne darauf schwören, dass sie bei dem brutalen Überfall zu dritt waren. Zwei der angegebenen Täter gehören zu den Jungen, die kurz nach dem Überfall spurlos verschwunden sind. Seitdem wurden die Verschwundenen nicht mehr gesehen. Der Sechzehnjährige hat die Namen seiner Kameraden genannt und den Überfall auf das Restaurant glaubwürdig beschrieben. Die Polizei hat also keinen Grund, an der Schilderung des Jungen zu zweifeln. Die Täter waren drei Jugendliche, die einen Konflikt mit dem Restaurantbesitzer hatten. Die brennende Frage ist jetzt, warum zum selben Zeitpunkt ein weiterer Junge verschwunden ist, Harri Lipponen-Frändberg. Der geständige Sechzehnjährige behauptet mit Bestimmtheit, dass Harri Lipponen-Frändberg nicht an dem Überfall beteiligt war.«

Die Reporterin holte Luft.

»Der Sprecher der Polizei hält es für nicht ganz ausgeschlossen, dass Lipponen-Frändberg irrtümlich in einen Akt der Selbstjustiz geraten ist, die als Bestrafung für den Überfall auf das Restaurant gedacht war. Es war ein sehr brutaler Überfall, und Achilles Seferis, der am 31. Dezember sechzig wird, liegt immer noch im Koma. Als Grund, warum der Sechzehnjährige der Polizei jetzt von seiner Beteiligung am Überfall erzählt hat, gibt er an, dass er vor einer Vergeltung Angst hat.«

Konstantinos Seferis stellte die Kaffeetasse ab, die er in der Hand hielt. Dabei vergoss er einen großen Teil des Inhalts.

Er stand auf und ging in sein Arbeitszimmer. Dort saß Alexandra vorm Computer. Er ging hinaus in den Garten. Es war dunkel und mehrere Grad unter Null. Die Erde war mit Schnee bedeckt. Er rief seinen jüngsten Bruder an. Über ihm funkelte der Sternenhimmel. Konstantinos Seferis klapperte mit den Zähnen, und ihn fror bitterlich.

»Hast du die Nachrichten gesehen?«

Das hatte Telemakos nicht.

»Der Junge«, flüsterte Konstantinos, »der Junge, der sich in die Hose gemacht hat. Er war unschuldig.«

43

Man verhörte die Brüder Seferis.

Mehrere Male.

Immer wieder.

Man kam nicht von der Stelle. Die Brüder erinnerten sich daran, wie sie ihren Vater im Krankenhaus besucht hatten, wie sie ihre Mutter zwischen Wohnung und Krankenhaus hin- und hergefahren hatten, wie sie gearbeitet und versucht hatten, an etwas anderes zu denken als an den Vater, zu dem sie keinen Kontakt mehr bekamen. Sie hatten keine Gedanken an Rache gehabt. Rache war ihnen fremd, weil ihr Vater Achilles Seferis Rache immer für die Geißel der Menschheit gehalten hatte. Er hatte seine Meinung mit der Ilias und Odyssee exemplifiziert, die er ihnen vorgelesen hatte, als sie Kinder gewesen waren.

Rache ist die Geißel der Menschheit, hatte er gesagt.

Wir würden unseren Vater nie rächen. Das widerspräche allem, an was er geglaubt hat.

Allmählich beschlossen Fors und seine Kollegen, den Brüdern zu glauben.

Am Ende des Winters gestand ein vorbestrafter Pädophiler, dass er im September drei Jugendliche am Bahnhof aufgelesen habe. Er hatte die Jungen zu einem Zelt gefahren, das er im Wald aufgeschlagen hatte. Dort hatte er die Jungen mit Alkohol betrunken gemacht und sich dann an ihnen vergangen. Danach hatte er sie ermordet und die Leichen an drei verschiedenen Stellen vergraben.

Der Pädophile musste mehrere Tage den Wald durchkämmen, fand jedoch die Stelle nicht, wo sein Zelt gestanden hatte. Auch die Stellen, wo er die Jungenleichen vergraben hatte, konnte er nicht zeigen. Der Pädophile schob sein Versagen auf den vielen Schnee.

Während der Pädophile die Wälder durchkämmte, gingen Hjelm und Bodström neben ihm her. Sie hatten ihren Prozess vor sich und waren etwas beunruhigt.

Der Prozess ging jedoch gut aus für Hjelm und Bodström. Zwei Wächter bezeugten, dass Nynjake Akebuko aggressiv gewesen war und sich gewaltsam gewehrt und mehrere Male nach den beiden Polizisten getreten hatte. Die Wächter bezeugten auch, dass die anderen Zeugen vermutlich so gestanden hatten, dass sie den Ablauf nicht richtig verfolgen konnten.

Die Verhandlung fand an drei Vormittagen statt. Am Ende wurden Hjelm und Bodström freigesprochen. Das Opfer ihrer Polizistenehre wurde zu Tagessätzen wegen Körperverletzung und Gewalt gegen Beamte verurteilt.

Bodström und Hjelm feierten den Ausgang der Verhandlung im »Red Eye«.

Am Tag darauf begann der Prozess gegen Marcus Lundkvist. Er schwieg sich durch die Verhandlungen und wurde wegen Mordversuch und Vorbereitung einer terroristischen Straftat, Vergehen gegen das Waffengesetz und Diebstahl zu zehn Jahren Gefängnis verurteilt.

Einige Wochen später stand Anneli Tullgren vor Gericht. Sie wurde wegen Teilnahme an der Vorbereitung einer terroristischen Straftat angeklagt. Die Strafvollstreckung wurde zur Bewährung ausgesetzt, da das Gericht berücksichtigte, dass sie alles unternommen hatte, um die Ausführung des Attentats zu verhindern. Das Urteil wurde von den Medien kritisiert. Manche meinten, man sollte Tullgren zwingen, ihren Sitz im Reichstag aufzugeben, aber es gab keinen konstitutionellen Grund, der Frage weiter nachzugehen. Die teilweise gehässige Hetze der Massenmedien führte dazu, dass Anneli Tullgren bei ihren Wählern noch populärer wurde.
Und dann kam ein kalter, stürmischer Frühling.

44

Sie hatten Feuer machen müssen, und die Glut war noch nicht erloschen. Der Kachelofen strahlte immer noch Wärme aus. Sie hatten das Licht ausgeknipst. Draußen war es kalt, und der Vollmond schien.
Lydia drehte sich im Bett um. Es knarrte, als sie sich bewegte.
»Schläfst du?«
»Nein«, antwortete Tove.

»Morgen Mittag kommt Bill. Mama freut sich. Sie hat irisches Bier gekauft, genau wie früher.«

Tove antwortete nicht.

»Mama redet dauernd davon, dass du nie zu Hause bist. Kannst du denn nicht endlich mal kommen?«

Auch jetzt antwortete Tove nicht.

Lydia seufzte. »Hast du die Nachrichten gesehen?«, fragte sie nach einer Weile.

»Was?«

»Anneli Tullgren hat im Reichstag gesprochen. Sie hat gesagt, ihre Partei will die Anzahl der Polizisten verdoppeln. Ist das nicht komisch, dass ausgerechnet sie, die einen Menschen umgebracht hat und Führerin einer Partei ist, in der es von Verbrechern und Kriminellen wimmelt, mehr Polizisten fordert?«

»Ja.«

»Das ist doch komisch.«

»Ja.«

Lydia schwieg eine Weile, ehe sie fortfuhr.

»Ich bin da gewesen.«

»Wo?«

»In der Kinderpsychiatrie.«

»Warum?«

»Weil es mir schlecht geht.«

»Musstest du in der Sandkiste spielen?«

»Ich rede mit ihr, mit der Rothaarigen.«

»Worüber?«

»Manchmal über dich.«

Tove schwieg.

Sie schwiegen beide.

Im Kachelofen knackte es.

»Woran denkst du?«, fragte Lydia.
»An irgendwas.«
»Was?«
»An etwas Besonderes.«
»Sag schon.«
»Wenn wir beide nicht entstanden wären.«
»Ja?«
»Wenn wir nicht entstanden wären.«
»Was meinst du damit?«
»Wenn du und ich nicht entstanden wären, hätte Papa vielleicht noch gelebt.«

Lydia setzte sich auf und knipste das Licht an.
»Fang nicht wieder damit an.«
Tove drehte sich auf die Seite.
»Mama hat Papa angerufen und gesagt, dass sie schwanger ist. Papa ist mit dem Fahrrad zu ihr gefahren. Sie haben darüber gesprochen, und dann ist er wieder nach Hause gefahren. Als er daheim ankommt, sagt seine Mutter, dass er das Handtuch holen muss, das er auf dem Sportplatz vergessen hat. Er ist wieder losgefahren. Und da ist er Anneli Tullgren begegnet.«
»Und?«
»Wenn er nicht hierhergefahren wäre, um mit Mama zu reden, dann wäre er später nicht Tullgren begegnet und es wäre alles ganz anders gewesen. Vielleicht wäre Tullgren gar nicht da gewesen.«
»Du hast so sonderbare Gedanken«, sagte Lydia. »Alles drehst du so hin, dass du mitschuldig bist. Papa hätte trotzdem sterben können. Das ist nicht deine oder meine Schuld. Wir waren nur Embryos. Wieso glaubst du, dass ein Embryo überhaupt irgendeine Schuld haben kann?«

»Es wäre schön, mal mit Papa zu sprechen«, sagte Tove nach einer Weile.

Lydia stand auf und kam an Toves Bett, hob die Decke an und kroch darunter. Sie legte einen Arm um die Schultern der Schwester und deckte sie gut zu.

»Ich hätte auch gern mal mit ihm geredet«, sagte Lydia. »Aber wo es doch nicht geht – tja –, es ist jedenfalls nicht deine Schuld.«

»Bist du sicher?«, flüsterte Tove.

»Ja«, flüsterte Lydia. »Ganz sicher.«

»Mit etwas Glück hatte ich *einen Freund* auf der ganzen Welt, dem ich *vertrauen* konnte.«

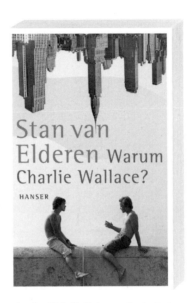

Aus dem Niederländischen von Bettina Bach
208 Seiten. Klappenbroschur. Ab 12

Als Jonathan Charlie begegnet, ist er richtig beeindruckt von dessen lockerer, lebenslustiger Art. Er selbst ist ganz anders, verschlossen und grüblerisch. Trotzdem ziehen sie gemeinsam durch New York und gelangen an Orte, die Jonathan noch nie gesehen hat. Wo sie auch sind, Charlie gelingt es immer, mit den Leuten ins Gespräch zu kommen. Wahrscheinlich könnte er auch Jonathan endlich zum Reden bringen – über das traumatische Erlebnis im Internat. Doch durch einen Zufall kommt alles anders …

www.hanser.de
HANSER